U0022147

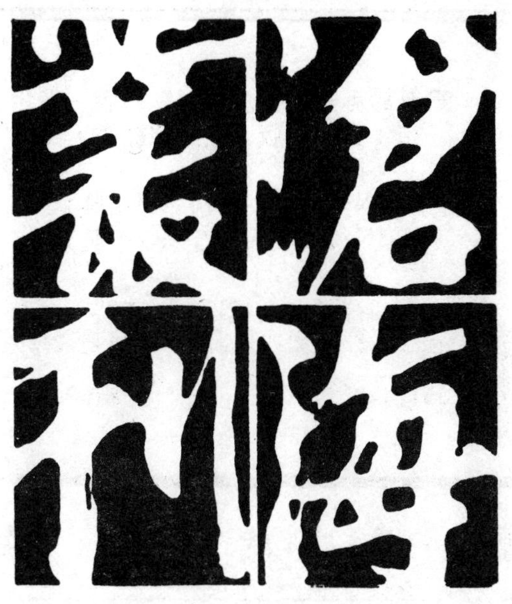

亭林詩考索

潘重規 著

東大圖書公司 印行

國立中央圖書館出版品預行編目資料

亭林詩考索／潘重規著—初版—臺北市：東大出版：三民總經銷，民81
面：　公分
ISBN 957-19-1476-2（精裝）
ISBN 957-19-1477-0（平裝）

1.(清)顧炎武-學識-中國詩　2.中國詩-歷史與批評-清(1644-1912)

851.472　　81005864

著　者　潘重規
發行人　劉仲文
著作財產權人　東大圖書股份有限公司
總經銷　三民書局股份有限公司
印刷所　東大圖書股份有限公司
地址／臺北市重慶南路一段六十一號二樓
郵撥／〇一〇七一七五——〇號
初　版　中華民國八十一年十二月
編　號　E 82063
基本定價　肆元肆角肆分
行政院新聞局登記證局版臺業字第〇一九七號

ISBN 957-19-1477-0（平裝）

潘重規著

亭林詩攷索

錢穆題

錢賓四先生手札

新亞書院

君禪吾兄大鑒　尊著稍讀過，甚佩佩。亭林三百年前能振聲疾呼，而表揚識學術界一盛事也。弟穆

目次

亭林詩發微

當中國被滿清侵佔以後，漢族的革命武力相繼失敗。一班遺民志士，迫不得已，只好使用熱血和腦汁，將滿腔義憤和反抗行動記述下來，藉以警惕未死的人心，號召復國的後進。不幸，漢族的敵人——康、雍、乾三帝都具有高深的智慧、毒辣的手段，不但消滅了革命的武力，而且控制革命思想，焚燬革命史料，使得民族的命脈，幾乎被扼殺斷絕。於是漢族志士不得不用隱曲的文詞、秘密的行動，來延續將絕的民族命脈，保存未來的革命種子。我們今天要了解這一段時期漢族志士的思想和行動，必須從殘餘的隱秘的材料，摸索訪尋，正如探奇選勝的遊人，必須縋幽陟險，到達峨眉的高峯，夜半寂寥，萬緣都盡，然後纔能發現希有奇幻的「聖燈」。這種情況和滋味，黃梨洲曾有一段極痛切的文章，他說：

> 天地之所以不毀，名教之所以僅存者，多在亡國之人物，血心流注，朝露同晞，史於是而亡矣！猶幸野制遙傳，苦語難銷，此耿耿者明滅於爛紙昏墨之餘，九原可作，地起泥香，

庸詎知史亡而後詩作乎？（《南雷文集．萬履安詩序》）

我早年愛讀顧亭林先生的詩文，後來發現他韻目式的隱語詩，再玩味黃梨洲這一段文章，誠有如所言，從爛紙昏墨之餘，感觸到古烈士的苦心苦語，耿耿精誠。不禁令人涕泗橫集。我忍不住將所見到的亭林隱語詩，略加闡釋，鈔寫出來，公諸同好。

考亭林先生詩集五卷，是先生卒後門人潘次耕捐資刊刻的，處在異族文網之中，不許他不刪改掉許多忌諱字眼。清末徐嘉撰《顧詩箋注》十七卷，是注解顧詩最詳贍的一部著作。他的凡例有一條說：

潘氏初刊是詩，中多闕文，他刻因之，未闚原稾。慮難補輯。光緒甲申，鎮江書賈出貤舊本，朱書補完。每卷下方鈐梁清標印，知為蕉林相國什藏。喜亟購歸，照錄靡闕。後於陳太守仲英家覩京師新刊本。檢校，哭顧推官咸正詩：獨奉句，奉作奮；漢將隙句，漢作諸；主帥句，帥作謀；大事句，大作舉。哭陳太僕子龍詩：詔使句，將作陵。吳興行詩：傳檄句，傳檄作指揮；拜掃句，掃作爵；十八陵作萬戶侯。贈路舍人澤溥詩：鑠金句，白作息。金山詩：故侯句，張車騎作褒鄂姿；沈吟句，十餘年作橫槊餘；不見句，不見作天際；忽聞句，王旅作黃屋。此刻皆從梁本，以陳本分注。惟路舍人家見隆武四年歷題，從陳本。

徐氏所得到的梁清標本，大概是梁氏根據原稿本或鈔本補寫的。近人無錫孫毓修曾得到鈔本《蔣山傭詩集》（亭林先生國亡後，自號蔣山傭。），發現刻本刪改處頗多，做了一編校補。商務印書館編四部叢刊，影印《亭林詩集》時，把校補附在集後。孫氏自序說：

《亭林先生詩集》，毓修見一鈔本，題蔣山傭詩集。與刻本異同甚多，且多詩十數首，乃知刻本多為潘次耕竄改，亦當時有所避忌故也。惟刻本五卷，而鈔止四卷，尚非足本，故叢刊中仍以刻本印行。今以鈔本校其異同，附於卷後。刻本有闕字，填以方圍者，又乾隆中，禁書事起削去，初印本不爾也，今亦補之。亭林之詩，至是始可讀矣。壬戌八月（民國十一年，西元一九二二年），無錫孫毓修。

我們讀過孫氏的校補，知道鈔本《蔣山傭詩集》，確是出於亭林先生的原稿。梁氏校本多與抄本符合，陳氏新刊本則與抄本多半不合，可見梁氏校本是接近底本的。抄本的詩，其中有許多隱語，叫人乍看，茫然不知所謂。原來亭林先生運用許多韻目，代替他要隱諱的字眼。有如近代電信用「東多江」來代表「一二三」的日子似的。我姑且定名爲韻目式的隱語。這些最隱諱的字句，也是最沉痛的血淚。現在我先把鈔本所有刻本所無的完整詩篇而又含有韻目式的隱語的先鈔錄於後，並且把所看到的意見，附贅幾句。

聞嘯（嘯是廣韻韻目，詔是屬於嘯韻相鄰笑韻的字，所以用「嘯」代替「詔」。）

聞道今天子，中興自福州。二京皆望幸，四海願同仇。滅虜（虞是廣韻韻目，虜是屬於虞韻鄰部姥韻的字，故以「虞」代「虜」。）須名將，尊王仗列侯，支（支是廣韻韻目，夷是屬於支韻相鄰的脂韻的字，故用「支」代「夷」。）方傳尺一，不覺淚頻流。

元日

一身不自若，竟爾墮虞塵（虞是廣韻韻目，胡字是虞韻相鄰模韻的字，所以用「虞」來代替「胡」。虞塵就是胡塵。）。旦起肅衣冠，如見天顏親。天顏不可見，臣意無由申。伏念五年來，王塗正崩淪。東支（用「支」代替「夷」，東支就是東夷。）亂天紀，反以晦爲元（規案：淸曆元日先明曆一日，所以說反以晦日做元日。）。我今一正之，乃見天王春。正朔雖未同，變支（卽變夷）有一人（規案：詩意說明朝正朔雖亡，但反淸復明的至少還有我顧亭林一人。）。歲盡積陰閉，玄雲結重垠；是日始開朗，日出如車輪。天造不假支（夷），支（夷）行亂三辰。人時不受支（夷），支（夷）德違兆民。留此三始朝，歸我中曆君（規案：詩意謂歲盡——卽胡曆的元旦——

是陰雲晦暗；而明曆的元旦卻天日光華，可見天意人事都是厭清佑明的。）。願言御六師，一掃開青旻。南郊答天意，九廟恭明禋。大雅歌文王，舊邦命維新。小臣亦何思，思我皇祖仁。卜年尚未逾，眷言待曾孫（規案：意謂天意佑明，必有復興之日。）。

歲九月麌（用「麌」代替「虜」。）令伐我墓柏二株

老柏生崇岡，本是蒼虬種，何年徙靈根，幸託先臣壟。長持後彫節，久荷君王寵。歲月駸駸不相待，漢畤秦宮一朝改。刳中流涕要名材，乍擬相將赴東海。發丘中郎來，符牒百道聲如雷，斫白書其處，須臾工匠來斤鋸。持鋸截此柏，柏樹東西摧，卻顧別丘壟，辛苦行不辭。君不見泰山之廟柏如鐵，赤眉斫之嘗出血。我今此去去爲船，海風四面吹青天。秉性長端正，不敢作怪妖，東流到扶桑，日月相遨遊。去爲天上榆，留作丘中櫝，傳與松楸莫歎傷，漢家雨露瀰天下。

贈于副將元凱

嘗笑蘇季子，未足稱英俊，雒陽二頃田，不佩六國印。當世多賢豪，斯言豈足信。于君太學髦，文才冠諸生，悵然感時危，遂被曼胡纓。乍領射聲兵，南都已淪傾。芒鞋走浙東，千山萬水裏，飢從猛虎食，暮向鳶巢止。召對越王宮，虞（胡）沙四面起。間道復西來，潛身入

吳市，崎嶇赭山渡，迫阨三江壘。七月出雲間，蒼茫東海灣，孤帆依北斗，幾日到舟山。海水鹹如汁，海濤觸舟急，日夜白浪翻，蛟龍爲君泣。瀕死達關中，關中事不同，平虜（胡）奉降表，虜（胡）兵入行宮。途窮復下海，兩月愁艨艟，七閩盡左衽，一身安得容。攀崖更北走，滿地皆山戎。歸家二載餘，濶絕無音書，故人久相念，命駕問何如。君家本華胄，高門徧朱軒，囷倉禾百廛，趨走僮千指，侍妾裁羅紈，中廚膾魴鯉。更有龍山園，池亭風景繁，水聲穿北戶，花色蔭南軒。有琴復有書，足以安丘壑，身有處士名，不失素封樂，何用輕此生，久試波濤惡。不辭風波惡，不避干戈患，敝屣棄田園，孤遊凌汗漫，乃知鴻鵠懷，燕雀安能伴。君看張子房，不愛萬金家，身爲王者師，名與天壤俱。所貴烈士心，曠然自超卓，是道何足臧，願君大其學。異日封侯貴，黃金爲帶時，知君心不疑，無使魯連疑。

江上

江上傳夕烽，直徹燕南垂，皆言陽師（陽是廣韻韻目，王是屬於陽部的字，故以「陽」代「王」。陽師就是王師。）來，行人又奔馳。一鼓下南徐，遂拔都門籬。黃旗□隼張，戈船亦魚麗。幾令白鷺洲，化作昆明池。于湖擔壺漿，九江候旌麾，宋義但高會，不知兵用奇。頓甲堅城下，覆亡固其宜。何當整六師，勢如常山蛇，一舉定中原，焉用尺寸爲！天運何時開，干戈良可哀，願言隨飛龍，一上先于（先是廣韻韻目，單于的單字讀入先韻，故以「先」代「單」，「先于」

卽是「單于」。）臺。（規案：此詩編在卷二，刻本只載一首，按編年當作於順治十六年己亥——西元一六五九年——，大概是悼惜鄭成功進攻南京失敗而發的哀憤之音。）

陽麌引

（亡字是屬於陽韻的字，故以「陽」代「亡」；麌韻是虞韻的上聲，照例應代虜字，不過我懷疑是代替「胡」字，麌字或是虞字的偶誤。此題似應作亡胡引。）

今年祖龍死，乃至明年亡；佛狸死卯年，卻待辰年戕。歷數推遷小贏縮，天行有餘或不足。東支（夷）跳梁歷三世，四十五年稱僞霽（霽是廣韻的韻目，帝字是屬於霽韻的字，故以「霽」代「帝」。）牂牁越嶲入輿圖，兩戒山河歸宰制。佳兵不祥，天道好還，爲賊自賊，爲殘自殘。我國金甌本無缺，亂之初生自支（夷）孽。徵兵以願州（願字是廣韻的韻目，建字是屬於願韻的字，故以「願」代「建」。「願州」卽是「建州」。建州本淸人受命於明朝的部名。淸太祖初建國時，其對明廷請和等文書，則稱建州國汗；對朝鮮移書，則稱後金國汗；而對其國內，則自稱金國汗，或稱大金國；稱明爲南朝。其後遂諱稱建州。），加餉以願州（卽建州），土司一反西蜀憂，妖民一唱山東愁，以至神州半流賊，誰其嚆矢繇支尤（尤是廣韻的韻目，酋字是屬於尤韻的字，故以「尤」代「酋」。「支尤」卽是「夷酋」。）。四入郊圻躪齊魯，破屠邑城不可數。刳腹絕腸，折頸摺頤，以澤量屍，幸而得囚，去乃爲支（夷）。支（夷）口呀呀，鑿齒鋸牙，建蚩旗，乘莽車，視干城之流血，擁艷女兮如花。嗚呼！支（夷）德之殘如此，而謂天欲與之國家！然則蒼蒼者其果無知也耶？或曰，完顏氏之興，不亦然歟？中國之弱，蓋自五代，宋與契丹，爲兄爲弟，上告之神明，下傳之子孫，一旦與其屬支，攻其主人。是以禍成于道君，而天下遂以中分。然而天監無私，餘殃莫贖，海水雲昏，幽蘭景促，彼守緒之遺骸，至臨安而埋獄。子不見夫五星之麗天，或進或退，或留或疾，大運之來，固不終日。盈而罰之，天將棄蔡以壅楚，如欲取而固與。力盡敝五材，火中退寒暑。湯降文生自不遲，吾將翹足而待之！（規案：這首詩題下沒有注明作詩年份，敍次在順治十四年丁酉與順治十八年辛丑之間，不知道是在這五年當中的那一年。我們可以推知亭林先生做這首亡胡引時，必然有滿清在某一年滅亡的預言。所以說「今年祖龍死」。「今年祖龍死」乃秦代人詛咒秦始皇死亡的預言，借用來指斥滿清的滅亡。預言秦始皇今年死，但始皇到明年纔死；時間雖遲了一年，卻到底應驗了。北魏太武帝佛貍，當時也有預言辛卯年當死，卻遲到明年纔死。意謂滿清今年不亡，明年一準要滅亡。因爲滿人破屠邑城，刳腹絕腸，視干城之流血，擁艷女兮如花，夷德之殘如此，天還能與之國家嗎？這種「是日曷喪」的憎恨心理，乃是當時一般志士的共同呼聲。又近代史學家朱希祖先生撰《後金國汗姓氏考》，論到清朝諱稱金的緣故，他引日本稻葉君山《清朝全史》的話，認爲是清太宗與明和議，互數十次不成，因明人多以宋金前事爲鑑，故國號曰金，深予明人以殺伐武斷的象徵。我以爲亭林先生這首詩更可證明明朝人的內心的眞正情緒。亭林先生說：「或曰，完顏氏之興不亦然歟？中國之弱蓋自五代，宋與契丹，爲兄爲弟，上告之神明，下傳之子孫，一旦與其屬支，攻其主人，是以禍成於道君，而天下遂以中分。」正因爲明朝人痛心疾首於遼金人連和之後，反覆無信，「上告神明，下傳子孫」，卻「一旦與其屬支攻其主人，是以禍成于道君，而天下遂以中分。」因此清朝以金爲諱，這段直接材料似也可以證成朱先生和稻葉君山之說的。）

元日

雰雪晦支（夷）辰，麗日開華始。窮陰畢餘節，復旦臨初紀。（原注：支（夷）曆元日，先大統一日。）行宮刊木間，華路山林裏。雲氣誰得窺，眞龍自今起。天王未還京，流離況臣子。奔走六七年，率野歌虎兕。行行適吳會，三徑荒不理。鵬翼候扶搖，鯤鬐望春水，頹齡尚未衰，長策無中止。□

以上是刻本所無，靠抄本保存，並且含有韻目式隱語的完整詩篇。還有刻本把抄本許多重要字句加以刪改。其中有涉及隱語的，我現在也把他摘抄下來。

卷一

秋山，北去三百舸　北去，抄本作虜（胡）裝。

十二月十九日奉先妣藁葬　牧騎過如織　牧騎，抄本作虜（胡）兵。

哭楊主事　並奏北邊狀　北邊，抄本作冬虜（冬爲廣韻韻目，以與東韻相鄰，故以「冬」代「東」。「冬虜」卽「東胡」。）。

哭顧推官　誓麾白羽扇□　抄本作談笑冬虜空（冬虜空卽東胡空。）。

又　幾墮□□（徐本作旃裘）睍　抄本□□作猾虁（猾虁卽猾虜。）。

哭陳太僕　欻見牧馬逼　牧馬，抄本作虜馬（卽胡馬。）。

又　拜□（徐本作表）至□□（徐本作行朝）　抄本作拜表至屋京（屋是廣韻韻目，福是屬於屋韻的字，故以「屋」代「福」，「屋京」，卽福京，指福州隆武朝。）。

又　恥爲南冠囚　抄本作恥汙東支（夷）刀。

常熟縣耿侯橘水利書　況多鋒鏑驚　抄本作況此虜（胡）寇深。

浯溪碑歌　牧騎已如林　牧騎，抄本作虜騎（卽胡騎。）。

卷二

淮東　我爲□（徐本作天）朝將，爾作燕山俘，俱推凶門轂，各剖河山符，嗟公何不死，死在淮東郛　抄本作昔在天朝時，共剖河山符，何圖貳師貴，卒受冬虜（冬虜卽東胡）屠。

路舍人家見東武四先□（徐本作隆武四年曆）　此題抄本作東武（東是廣韻韻目，隆是屬於東韻的字，故以「東」代「隆」，東武卽隆武，爲唐王監國年號。）二年八月，上出狩，未知所之，其先霽陽（霽是廣韻韻目，桂是屬於霽韻的字。陽也是廣韻韻目，王是屬於陽韻的字，故以「霽陽」代「桂王」。）卽位於肇慶，改元梗錫（梗是廣韻韻目，永是屬於梗韻的字，故以「梗」代「永」。錫也是廣韻的韻目，歷是屬於錫韻的字，故以「錫」代「歷」。「梗錫」卽是「永歷」。）。時太子太師吏部尚書武英殿大學士臣路振微在厦元（微是廣韻的韻目，飛是微韻字，故以「微」代「飛」。元是廣韻的韻目，門是元韻相鄰魂韻的字，故以「元」代「門」。「厦元」即是厦門。）造東武（即隆武）四先（先是廣韻的韻目，年是屬於先韻的字，故以「先」代「年」，「四先」即是「四年」。）大統錫（錫是廣韻韻目，曆是屬於錫韻的字，故以「錫」代「曆」。「大統錫」即「大統曆」。），用文光閣（光字疑先字之誤。先是廣韻韻目，淵是先韻的字，故以「先」代「淵」。「文先閣」即「文淵閣」，本詩印用文淵閣可證。）印頒行之。九年正月，臣蔣山傭從振微子中書舍人臣路澤溥見此有作。

十廟　追惟定鼎初，遣祀明綸將。　抄本作上天厭支（夷）德，神祇顧馨香，上追洪武中，遣祀明綸將。

金山　祖生奮擊楫，肯效南冠囚。　抄本作況茲蠢逆虜（胡），已是天亡秋。

贈潘節士檉章　中更□（徐本作虜）與賊　抄本作中更支（夷）與賊。

卷三

京師作　自注先皇帝陵今號思陵　抄本作虜蕭（即虜朝。蕭是廣韻韻目，朝是蕭韻相鄰宵韻的字，故以「蕭」代「朝」。）上我先皇帝陵號曰思梁（梁字疑誤）。

又　太息觀今鄴　抄本此句下有「農氓苦誅求，甲卒疲轉饟。且調入沅兵，更造浮海舫。索盜窮琅當，追亡儆築杖。太陰掩心中，兩日相摩盪。火運有轉移，虜（胡）天亂無象。

白水皺未然，綠林煙已煬。」六十字。

從以上所看到抄本保存下來的篇章和不同的字句，把他韻目式隱語的秘密揭開之後，我們又看見不少可歌可泣的人物和行動。而且，由於抄本所保留下來的韻目式的隱語，我再發現刻本《亭林詩集》中有許多是抄本沒有校勘出來，而原文還可以推測出來的。如卷一哭楊主事詩，牧馬飲江南；卷二贈路舍人澤溥詩，牧馬彎弓至；卷三恭謁天壽山十三陵詩，皆云牧騎來；卷五井中心史歌，又驚牧騎滿江山：這些詩句中的牧騎，照抄本的詞例，可能也是寫成虞騎（卽胡騎），因爲用胡騎纔是亭林先生的口吻，牧騎定是潘次耕的改筆。

還有很饒意味的發現，我們看到了抄本中的韻目式隱語，我們更知道刻本的底本大概和抄本相同，刻本雖然把忌諱字眼刪改後纔付剞劂，但是刻本中仍有漏改的字句。徐嘉先生費了十年的工力，檢書四百五十餘種，做成一部《顧詩箋注》。因爲他不曾知道亭林先生有韻目式的隱語這回事，所以他舉出不能解決的問題，有一條北嶽廟赫赫我陽庚，就是因爲陽庚二字是韻目式的代字隱語，刻本沒有改掉，以至注顧詩的專家徐嘉先生也不能了解。其實徐氏自已舉出不能了解的一條以外，還有好些他沒有發覺的。他有的望文生義，加上許多注解；有的隨口滑過，沒有加以解釋。現在我先把他加了注解的列舉出來：

《顧詩箋注》卷二贈顧推官咸正

東虞勢薄天，少梁色悲悽。

注云：「《舊唐・地理志》：武德四年，置東虞州。案今山西蒲州府虞鄉縣。」規案：此詩東虞即是東胡，指的是滿清，正是用韻目代字的隱語，刻本偶然漏改。徐氏引《唐書・地理志》，解作州縣名，與上下文情事完全不合。

《顧詩箋注》卷七 贈潘節士檉章

我欲問蘭臺，秘書入東虞。

注云：「《日知錄》：『漢時天子所藏之書，皆令人臣得觀之。洪武平元，所收多南宋以來舊本，藏之秘府，垂三百年，無人得見。昔時取士，一史三史之科，又皆停廢。士於是乎不知古。實錄之進，焚草於太液池，藏眞於皇史宬。在朝之臣，非預纂修，皆不得見。而野史家傳，遂得以孤行於世。士於是乎不知今。豈非密於禁史，而疏於作人；工於藏書，而拙於敷教者耶？』《穆天子傳》：『至於桑野，北盡經林，南北十虞，東虞曰兔臺。』」規案：此詩東虞，也是東胡的代語，也是刻本漏改。亭林的意思是說要修明史，想收輯史料，但明朝已亡，秘書已入東胡滿清之手了。徐注引《穆天子傳》東虞曰兔臺，字面對了，但是文義卻完全不對。

同文化支字，劫火燒豐鎬。

注云：「《金史・完顏希尹傳》：『太祖命希尹撰本國字，備制度。希尹乃依仿漢人楷字，因契丹字制度，合本國語，製女直字。又熙宗製女直字，與希尹字俱行。希尹所撰謂之女直大字，熙宗所撰，謂之女直支字。』」規案：此詩「支」字，也是「夷」字的代語，也是刻本偶然漏改。意謂明朝被滿清所滅，中華同文之盛，化爲夷字。徐注引女直大字，女直支字爲解，終嫌牽強。因爲女直支字一詞，把女直省去，便詞意不明了。

王徵君潢具舟城西同楚二沙門小坐柵洪橋下

甯南佩侯印，忽焉竟披猖，稱兵據上流，以國資東陽。

徐注：「東陽縣在故盱眙縣七十里。寰宇記：『東陽城北至東陽山，周回一十里。』《明史・諸王傳》：『宏光元年四月，大兵取盱眙。』《小腆紀年》：『乙酉四月朔，可法移兵護祖陵，左良玉稱兵犯闕，召可法入援，渡江，抵燕子磯。得功已破良玉軍，可法乃趣天長，檄諸將救盱眙。俄報盱眙已降大清，泗州援將侯方巖全軍沒。可法一日夜奔還揚州。』」規案：「東陽」即是「東羌」，指滿清。陽字是廣韻韻目，羌字是屬於陽韻的字，故以「陽」代「羌」。此文也是刻本漏改的。此詩謂左良玉舉兵內訌，乃至以國資敵，使滿清收漁人之利。如果解東陽爲盱眙，文義變成把國土送給盱眙，便說不通了。東羌連爲一詞，在本集十廟詩中，抄本有「得治諸東羌」句可以互證，不過刻本已經改作得以威遐荒了。

以上是徐氏爲了不知道這種韻目式的隱語，以致不能了解作者的眞意。其次，刻本漏網的這類型的隱語，徐氏未加注解，當然也未摸索到作者的眞意，我現在也把他寫錄下來：

《顧詩箋注》卷八　京師作

居中守在支，臨秋國爲防。

規案：居中守在支，「支」卽是「夷」的代語。守在夷，卽守在四夷的意思。徐氏無注。

《顧詩箋注》卷九　山海關

東支限重門，幽州截垠堮。

規案：「東支」卽「東夷」。徐氏無注。

《顧詩箋注》卷十　北嶽廟

赫赫我陽庚，區分入邦甸。

規案：陽庚皆廣韻韻目。王是屬於陽韻的字，城是屬於庚韻相鄰淸韻的字。「陽庚」似代替「王城」。徐氏無注。

現在我再把顧詩所用的韻目代語列一簡表，以便觀覽：

廣韻韻目	代語	備註
東	隆	本韻字
冬	東	鄰韻字
支	夷	鄰韻字
微	飛	本韻字
虞	胡	鄰韻字
元	門	鄰韻字
先	單年淵	本韻字
蕭	朝	鄰韻字
陽	王羌	本韻字

廣韻韻目	代語	備註
庚	城	鄰韻字
尤	酋	本韻字
麌	虜	鄰韻字
霽	帝桂	本韻字
梗	永	本韻字
願	建	本韻字
嘯	詔	鄰韻字
屋	福	本韻字
錫	歷曆	本韻字

我鈔完亭林先生的隱語詩後，覺得胸臆中塞滿了無窮無盡似悲似喜的情緒。我記得十五六歲時，躲在書齋裏，手抄亭林詩一卷，終日把玩，有時拍案，有時狂吟，有時嗚咽痛哭。這位烈性的學人，彷彿也常在我書齋中來往。太史公傾慕晏平仲，欣然要爲他執鞭。小雅詩人不見所思慕的

人，便要「言從之邁」，鄭康成說是詩人憂悶，欲自殺求從古人。我對亭林先生，也時時湧起這許多念頭。每讀遺書，自傷薄劣，覺得執鞭的資格也不夠。常常繞室徬徨，不知所措。但是一涵詠遺詩，便聽到先生心靈的聲音，奮然有所興起，現在偶然從詩篇隱語中，發現了埋沒多少年的苦節苦心，更覺得儼如面對這位特立獨行的烈性學人，靜聆他低沉的語言，傾訴他灼熱的肺腑，我揾去兩行悲淚後，又似乎覺得感到莫名的慶幸欣悅了！

亭林詩鈎沈

序

歲戊戌秋，寫〈亭林詩發微〉一文，友人見者頗以臆測爲不謬。今年春，偶於南洋大學書庫中，繙得民國二年神州國光社排印之《古學彙刊》一函，其第十五册中，有《亭林集外詩附詩集校文》一卷，校寫者署名蘭陵荀羕（以下簡稱荀校）。荀羕蓋清末大儒仲容孫先生詒讓之隱名，孫卿古通作荀卿，羕則詒讓之切音也。（上海民初出版《章譚合鈔·章太炎文鈔》卷四，瑞安孫先生哀辭後，附孫先生最後書，署荀羕敬復。注云：「先生孫氏，名詒讓，字仲容。其自署荀羕者，荀孫通假，羕則詒讓之切音耳。」）取以校孫毓修亭林詩集校補（以下簡稱孫校），知仲容先生所據元鈔稿本更勝於孫毓修所見《蔣山傭詩集》鈔本，凡虞支諸韻目字，稿本多徑作胡夷等字；且《蔣山傭詩集》鈔本僅存四卷，而仲容先生所見元鈔稿本則爲六卷，今《亭林詩集》刻本五卷，乃潘次耕刪削後合併而成者也。

余於《發微》中，舉出亭林詩中諸韻目字，如東代隆，多代東，支代夷，虞代胡，元代門，先代單、年、淵，蕭代朝，陽代王、羌、亡，庚代城，尤代酋，麌代虜，梗代永，霽代帝、桂，願代建，嘯代詔，屋代福，錫代歷，大抵皆幸不誤。惟陽麌引解爲亡胡引，而荀校作羌胡引，蓋余雖知陽可代羌（余解以國賓東陽爲以國賓東羌），然涵泳文義，以爲亡胡之意較勝，故定陽爲亡也。又北嶽廟詩赫赫我陽庚，解陽庚爲王城，而荀校稿本作皇明，王皇，城明同爲陽庚韻字，此則必以稿本爲定也。他如卷一哭楊主事詩並奏冬虞狀，哭顧推官詩談笑冬虞空，卷二淮東詩卒受冬虞屠，余皆以東胡解冬虞，然荀校前二詩冬虞作東胡，淮東詩則作匈奴，匈在廣韻三鍾，亦冬之鄰韻字，以冬虞代匈奴，猶以冬虞代東胡，此則非見原本，不能以臆測斷其是非者也。又余見孫校，刻本牧騎牧馬，多作虞騎虞馬，知爲胡騎胡馬之隱語，因推知卷一哭楊主事詩，牧馬飲江南；卷二贈路舍人澤溥詩，牧馬彎弓至；孝陵圖詩序，牧騎充斥；卷三恭謁天壽山十三陵詩，皆云牧騎來；贈黃職方師正詩，牧馬踰嶺岫；卷五井中心史歌，又驚牧騎滿江山：凡所云牧馬、牧騎，依鈔本詞例，皆應作虞馬虞騎，爲胡馬胡騎之隱語。今荀校哭楊主事詩，牧馬作佛貍；贈路舍人澤溥詩，牧馬作胡馬；贈黃職方師正詩，牧馬作虜馬；井中心史歌，牧騎作胡騎：蓋余所推測略驗。至孝陵圖序「牧馬充斥」，恭謁天壽山十三陵詩「皆云牧騎來」，荀無校語，此或如卷一哭陳太僕子龍詩，欻見牧馬逼（中華書局新印《顧亭林詩文集校》云：「原鈔本牧作胡。」壬寅春重規補注。），孫校牧馬作虜馬，而仲容先生無校語，亦偶有漏校之明證也。詩中此類隱語，《顧詩箋注》不能得其眞相，因望文生訓以致誤解之處頗多，如贈顧推官咸正詩，東虜勢薄天；贈潘節士檉章詩，秘書入東虜，同文化支字；王徵君潢具舟城西同楚二沙門小坐柵洪橋下詩，以國資東陽；荀校東虜皆作東胡；支字卽作夷字。余於《發微》所說，並與荀校暗合。惟以國資東陽，余說東陽爲東羌；荀校東陽爲戎羌；證以十廟詩，孫校得治諸東羌，荀校同作東羌，若東陽爲戎羌，則得治諸東羌，蓋亦當作得治諸戎羌歟？

讀荀校旣竟，私幸所見，與作者之精誠冥合。又喜其遺詩軼事，多有出孫校之外者。如卷一哭顧推官詩，題下有注云：「推官名咸正，字端木。二子：長天遴，字大鴻；次天逵，字仲熊。弟咸建，字漢石，進士，錢塘令，子二。咸受，字幼疏，舉人，子二。」金山詩云：「故侯張車騎，手運丈八矛，登高矚山陵，賦詩令人愁。」注云：「定西侯張名振。」卷三濟南詩：「廿年重說陷城初。」注云：「濟南以崇禎十二年元日陷。」山海關詩：「辮頭元帥降。」注云：「吳三桂。」卷五二月十日有事於欑宮詩：「亮矣忠懇情，咨嗟傳宦者。」注云：「呂太監言，昔年王生弘撰來祭先帝，伏哭御座前甚哀。」寄次耕詩：「更得遼東問。」注云：「兄子二人，今在兀喇。」凡此皆於詩中存人存事，以昭忠邪。其他如卷二贈劉教諭永錫詩，「獨我周旋同宿昔，看君臥起節頻持。」注云：「劉君時未薙髮。」若無此注，則不知「看君臥起節頻持」之旨。又流轉詩，荀校題爲翦髮，蓋其時怨家欲陷亭林，乃變衣冠，僞作商賈。詩中所云，「晨上北固樓，慨然涕如雨，稍稍去鬢毛，改容作商賈，卻念五年來，守此良辛苦，畏途窮水陸，仇讎在門戶」者，所以誌翦髮之痛也。苟非得見原本，則不知詩意之所在矣。又卷五哭歸高士詩：「平生慕魯連，一矢解世紛，碧鷄竟長鳴，悲哉君不聞。」注云：「君二十五年前，嘗作詩，以魯連一矢寓意，君沒十旬，而文覃舉庚。」荀校云：「末四字未詳。」案文覃舉庚，卽雲南舉兵之代語，蓋歸玄恭嘗賦詩寓意，欲如魯連之招降將，以報國仇。及吳三桂舉兵雲南，反攻清室，正歸顧所渴望，故悲玄恭之不及見也。又卷四杭州詩「那肱召周軍，匈奴王衞律。」注云：「眞東蒹。」荀校曰：「不可解。戴子高云『或是張秉貞，』而韻亦不類。」案眞東蒹皆廣韻韻目，乃陳洪範之代語。陳，眞韻字；洪，東韻字；範，在范韻，與蒹韻相鄰也。夏完淳《續幸存錄》云：「迨清已有南下之志，始遣陳洪範左懋第北行，洪範與敵合謀，夤夜逃歸，遂成秦檜之奸計。又潞邸監國杭州，復遣陳洪範請割江南四郡以和。洪範陰與敵疾趨武林，潞邸手足無措，爲敵所縛。」洪範賣國召讎，故亭林特深惡痛絕之也。戴子高爲仲容先生摯友，仲容先生撰《墨子閒詁》，亦曾參考戴氏所校。然則先生校亭林詩元鈔稿本時，賞奇析疑，蓋與戴氏共之。雖所解未諦，然已疑爲韻目代字，惜乎其猶未達一間耳。

頃以長夏休假，課務稍閒，因合荀羡亭林先生集外詩校記，孫毓修亭林詩集校補，徐嘉亭林集外補詩，彙鈔成帙，分爲上下二編。上編爲佚詩，計荀校孫校各十八篇，徐補四篇，刪除複重，凡得二十有七篇。（吳縣朱記榮所刻亭林軼詩十三首，訪求未得，容俟後補。）下編爲詞涉忌諱，經潘次耕竄改之篇。其間往往以隻字片言之異同，半題一注之增損，而全詩之精神面目，頓覺改觀，故並全篇寫錄，用成完璧。其篇卷分合一依荀校，冀復原稿六卷之舊第。文字異同，則以荀校爲主。其有偶爾失校，或排印字誤者，則斷以鄙見，酌取孫校潘刊。昔鄭玄注《儀禮》，參用古文今文二本。其從今文而不從古文者，則今文大書，古文附注；從古文而不從今文者，則古文大書，今文附注。今錄顧詩，亦同斯例。取捨從違，期於至當。審訂隻字，或至移時。如歲九月虜令伐我墓柏二株詩，「刳中流柹要名材。」案柹，削木皮。晉書，王濬造船攻蜀，木柹蔽江而下。流柹正用其事。孫校作流涕，則涕爲誤字。又：「持鋸截此柏，柏樹東西摧，卻顧別丘壟，辛苦行不辭。」荀校柏字不重，四句中摧辭爲韻，則當從孫校重一柏字。又：「去爲天上榆，留作丘中櫝，」榆櫝對文，荀校作價，此亦荀校字誤。又羌胡引，「四入郊圻躪齊魯，破邑屠城不可數。」躪，荀校作躙；齊魯，孫校作魯齊：此則荀字誤而孫字倒也。卷二懷人詩：「曲中山水不分明，似是衡山與洞庭。」衡山，荀無校語，孫校作寒山，斟酌文義，衡山爲勝，此宜從刊本，而不應依孫校也。卷三京師詩：「空懷赤伏書，虛想雲臺仗。」仗，荀校作狀，孫無校語。案仗者儀仗，作狀蓋亦誤字，此亦宜從刊本，而不應依荀校也。又卷一浯溪碑歌，孫校作大唐中興頌歌。荀無校語，所見度當與孫校同，蓋亦偶失校爾。考集中有擬唐人五言八韻六首，張石洲先生亭林年譜云：「六詩皆非泛擬。乞師，悲往事也；擊筑、投筆，明素志也；渡瀘、聞鷄，以不忘恢復望諸公也；歸里，則知時之不可爲，而倦飛思還也。云擬唐人者，曾膺唐王之詔，受其冠帶也。」此歌序中特詳其傳授之經歷，詩末復云，「此物何足貴，貴在臣子心，援筆爲長歌，以續中唐音。」反覆致意於續興唐室，是此題作大唐中興頌歌，正符亭林先生之心志矣。

余夙服膺亭林先生學行，自慚薄劣，無能發皇。偶從諸老先生之後，丹心苦語，鈔撮於爛紙昏墨之餘。因繼〈亭林詩發微〉，寫成此編，名曰〈亭林詩鉤沈〉，用發潘次耕刊行遺書以來久錮之覆。常念先生身負沉痛，奔走流離，其幽隱莫發，畢生靡訴之衷，曾不得快然一吐於當世。而耿耿精誠，流注於長吟短歎者，又或扞於文網，化爲劫灰。今幸掇拾叢殘，未泯萇弘之碧。後之覽者，接先生之音辭，想先生之心志，其亦有悄然長吟，怡然遠望，奮然興起而不能自已者歟！己亥中秋日潘重規序於新加坡南洋大學寓齋。

此文寫成後，得門人李雲光張亨自臺北鈔寄《朱記榮校刻亭林軼詩》一卷，（攷蒯典光亭林餘集跋，知軼詩蓋據桐城蕭敬孚所得抄本。）亟為補校增入。朱刻在光緒年間，故避忌字多作方圍。朱氏所收軼詩最備，計之凡廿三首，《顧詩箋注》凡例云朱刻軼詩十三首，疑十三乃廿三之誤。朱刻軼詩為黃氏作題下注云：「在樓桑廟後。」又云：「子高臨本在前。」知朱氏所見元稿不止一本。棠笴校為黃氏作題下注亦云在樓桑廟前，與戴子高臨本合。又笴校杭州詩載戴子高說，知仲容先生與戴子高所見蓋同出一本也。己亥九月初三日重規又記。

頃繙孫殿起《販書偶記》（一九五九年出版），目有《亭林詩稿》六卷，注云：「崑山顧炎武撰。無印書年月，約光緒間幽光閣以戴子高家藏潘次耕手抄鉛字排印本，較他本多不同。」惜未得見此六卷本。又《國粹學報》六十九期載〈顧亭林集外遺札〉（乃錄自曲阜顏運生集其先世所得諸名人手札。），札尾有赴東六首，王官谷、先妣忌日，常熟縣耿侯水利書、鄒，詩凡十首，其有文義可採者，亦酌增校。札中所錄雖無軼詩，然先妣忌日詩末引顏氏家訓以釋一經猶得備人師之義，與刊本附小注全同，足證今詩集中小注亦出自亭林手筆矣。又閱清初卓爾堪輯《明末四百家遺民詩》，卷五有亭林詩凡十首，內圍城一絕，今詩集失載，亦屬軼詩，亟為補錄。他日世難少夷，能彙集諸本，重校亭林詩刊行之，是則區區微願也。

庚子端午重規又記於香港新亞書院。

附錄諸家題記

荀羨亭林先生集外詩校記（見順德鄧實編《古學彙刊》）

《亭林詩集》六卷，傳校元鈔稿本。（潘稼堂刻本并為五卷。）以潘刻勘之，得佚詩十有八篇。潘刻所有而文字殊異者，又逾百事。潘刻亦有初印及重修之異，修版本缺字殊夥，初印本並與元鈔本同，今不備校。謹校寫爲一卷。嗚呼！蘭畹賸馥，桑海大哀。淒迷塡海之心，寥落佐王之學。景炎蹕去，空傷桂管之蟲沙。義熙年湮，猶署柴桑之甲子。捃玆一掬之煤炱，恐化三年之碧血。偶付掌錄，讀之涕零。後之覽者，儻亦亮其存楚之志，而恕其吠堯之辠乎！蘭陵荀羕。

集外詩注中間有佚事，張氏顧先生年譜咸失載。疑石洲亦未覩元鈔本也。羕又記。

豈願區區王佐學，蒼鶻哀怨幾人知。流離幸早一年死，不見天驕平鄭時。

萬里文明空烈火，人間尚有采薇篇。臨風掩卷忽長歎，亡國于今三百年。

越東逸民荀徵

孫毓修亭林詩集校補題記 見四部叢刊《亭林詩集》後

亭林先生詩集，毓修見一鈔本，題《蔣山傭詩集》，與刻本異同甚多，且多詩十數首。乃知刻本多爲潘次耕竄改，亦當時有所避忌故也。惟刻本五卷，而鈔止四卷，尚非足本，故叢刊中仍以刻本印行。今以鈔本校其異同，附於卷後。刻本有闕字塡以方圍者，又乾隆中禁書事起削去，初印本不爾也。今亦補之。亭林之詩至是始可讀矣！壬戌八月無錫孫毓修。

徐嘉《顧詩箋注》凡例

是注從吳江潘氏耒栞本集外補詩四首。和若士兄賦孔昭元奉諸子游黃歇山大風雨之作，見吳譜。古俠士歌，見王士正《感舊集》。哭張爾岐，見《張蒿庵集》。箋注附後。

吳縣朱氏記榮所刻亭林軼詩十三首，是篇成後獲見。當時之所指陳，潘氏刪之宜也。且書已還瓻，艱於引證，輟管悵惘，遂從闕如。

朱記榮校刻亭林軼詩目錄

千官　感事　聞詔　上吳侍郎陽　元日　歲九月虜令伐我墓柏二株　贈于副將元凱

陳生芳績兩尊人先後卽世適皆以三月十九日追痛之作詞旨哀惻依韻奉和第三首　六言　張隱君元明於園中寘一小石龕曰仙隱徵詩紀之第一至第四第五第六計四首　爲丁貢士亡考衢州府君生日作　江上　羌胡引　元日　樓觀　偶題　贈同繫閻君明鐸先出　爲黃氏作

卓爾堪《明末四百家遺民詩》卷五顧炎武詩目

勞山歌　大同西口雜詩　安平君祠　劉諫議祠　居庸關　謁周公廟　衡王府　舊滄州　圍城選一

亭林詩鈎沈上編

千官二首 荀校：卷一感事詩前。原鈔本（據中華書局《顧亭林詩文集》所載潘耒手鈔原本，以下稱原鈔本者同。壬寅春重規補校。）同。朱校：闕逢涒灘。大行後。孫校：卷一大行後。

武荀校作歌。从原鈔本朱校孫校。帝求仙一上天，茂陵遺事只虛傳。千官白服皆臣子，孰似蘇生北海邊。

一旦傳烽到法宮，罷朝辭廟亦匆匆。御衣即有丹書字，不是當年嵇侍中。

感事荀校題作清蹕。注云：第二首。朱校題作感事。注云：閼逢涒灘。此詩在已霑裳後。原鈔本同。孫校：刻本卷一。祇載六首。

傳聞阿骨打，今已入燕山。毳幕諸陵下，狼煙荀校朱校作烟。六郡間。邊軍嚴不發，驛使去空還。一上江樓望，黃河是玉關。

聞詔荀校：表哀詩後。原鈔本同。朱校：旃蒙作噩。在表哀後。孫校作聞嘯。注云：嘯作詔。

聞道今天子，中興自福州。二京皆望幸，四海願同仇。滅虜朱校滅虜作□□。孫校虜作虜。須名將，尊王朱校作主。仗列侯。殊方孫校作支方。傳尺一，不覺淚頻荀校作流頻。

上吳侍郎陽荀校：十二月十九日詩後。原鈔本同，惟陽作暘。朱校：以下柔兆閹茂。在延平使至前。孫校：已下柔兆閹茂。

烽火臨瓜步，鑾輿去石頭。蕃文來督府，降表送蘇州。殺戮神人哭。腥汚郡邑愁。依山成斗寨，保水得環州。國士推司馬，戎韜冠列侯。師從黃鉞陳，計用白衣舟。曹沫提刀日，田單伏（朱校同。孫校作伏。）鍤秋。春旗吳苑出，夜火越江浮。作氣須先鼓，爭雄必上遊。軍聲天外落，地勢（荀校脫勢字。）掌中收。征虜投壺暇，東山賭墅優。莫輕言一戰，上客有良謀。

元日（荀校元稿本第二卷首。朱校：以下屠維赤奮若，在射堋山前。）

一身不自拔，（朱校同。孫校作若。）竟爾（荀校作你。）墮胡（朱校作□。孫校作虜。）塵。旦起肅衣冠，如見天顏親。天顏不可見，臣意無由申。伏念五年來，王塗正崩淪。東夷（朱校東夷作□□。孫校夷作支。）擾天紀，反以晦爲元。我今一正之，乃見天王春。正朔雖未同，變夷（朱校作□。孫校作支。）有一人。歲盡積陰閉，玄雲（原鈔本朱校同。荀校作靈。）結重垠。是日始開朗，日出如車輪。天造不假夷，（朱校作□。孫校作支。）夷（朱校作□。孫校作支。）行亂（朱校作□。）三辰。人時不受夷，（朱校作□。孫校作支。原鈔本受作授。授字是。）夷（朱校作□。孫校作支。）德違（朱校作□。）兆民。留此三始朝，歸我中華。（朱校同。孫校作麻。）君，願言御六師，一掃開青旻。南郊答天意，九廟恭明禋。大雅歌文王，舊邦命已（朱校同。孫校作維。）新。小臣亦何思，思我皇祖仁。卜年尚未逾，眷言待曾孫。

歲九月虜（朱校作□。孫校作虜。）令伐我墓柏二株（荀校：八尺詩後。原鈔本同。朱校：屠維赤奮若。補卷一桃花溪歌上。）

老柏生崇岡，本是蒼虬種。何年徙靈根，幸託先臣壟。長持後彫節，久荷君王寵。歲月駸駸不相待，漢時秦宮一朝改。刳中流柫（朱校同。孫校作涕。）要名材，乍擬相將赴東海。發丘中郎來，符牒百道聲如雷。斫白書其處，須臾工匠來斤鋸。持鋸截此柏，柏（荀校柏不重。）樹東西摧。卻顧別丘壟，辛苦行不辭。君不見，泰山之廟柏如鐵，赤眉斫之嘗出血。我今此去去爲船，海風四面吹青天。秉性長端正，不敢作怪妖。東流到扶桑，日月相遊遨。去爲天上榆，留作丘中櫝（荀校作價）。傳與松楸莫歎傷，漢家雨露彌天下。

贈于副將元凱（荀注：金壇縣詩後。原鈔本同，凱作剴。朱注：上章攝提格。重至京口前。孫注：已下卷二。）

嘗笑蘇季子，未足稱英俊。雒陽二頃田，不佩六國印。當世多賢豪，斯言豈足信。于君太學髦，文才冠諸生。悵然感時危，遂被曼胡纓。乍領射聲兵，南都已淪傾。芒鞵（荀校孫校作鞋。此從原鈔本朱校。）走浙東，千山萬山裏。（朱校孫校萬山作萬水。）飢從猛虎食，暮向鳶巢止。召對越王宮，胡（朱校作□。孫校作虜。）沙四面起。聞道復西來，潛身入吳市，崎嶇赭山渡，迫阨三江壘。七月出雲閒，蒼茫東海灣。孤帆依北斗，幾日到舟山。海水鹹如汁，海濤觸舟急。日夜白浪翻，蛟龍爲君泣。溺死達閩（朱校同。孫校作關。）中，閩（朱校同。孫校作關。）中事不同。平虜（朱校作□。孫校作虜。）奉降表，胡（朱校作□。孫校作虜。）兵入行宮。途窮復下海，兩月愁艨艟。七閩盡左衽，一身安所容。攀崖更北走，滿地皆山戎。歸家二載餘，闊絕無音書。故人久相念，命駕問何如。君家本華胄，高門偏（朱校同。孫校作偏。）朱紫。囷倉禾百廛，趨走僮千指。侍妾裁羅紈，中廚膾魴（荀校作芳。）鯉。更有龍山園，池亭風景繁。水聲穿北戶，（荀校原鈔本朱校作固。）花色映南軒。有琴復有書，足以安丘壑。身有處士名，不失素封樂。何用輕此生，久試風波（風波孫校作波濤。）惡。不辭風波惡，不避干戈患。敝屣棄田園，孤游凌汗漫。乃知鴻鵠懷，燕雀（荀校作鶴。）安能伴。君看張子房，不愛萬金家。身爲王者師，名與天壤俱。所貴烈士心，曠然自超卓。是道何足臧，願君（荀校作言。）大其學。異日封侯貴，黃金爲帶時。知君心不異，（朱校同。孫校作疑。）無使魯連疑。

六言 荀校卷三。注云：賈倉部詩後。原鈔本同。題作出郭。朱校：柔兆涒灘。旅中詩前。孫校在江上詩後。

出郭初投飯店，入城復到茶庵。秦客王穉至此，待我三亭之南。

相逢問我名姓，資中故王大夫。此時不用便了，只須自出提酤。

陳生芳績兩尊人先後卽世適皆以三月十九日追痛之作詞旨哀惻依韻奉和 荀注：第三首。原鈔本同。朱校：柔兆涒灘。孫校：在六言詩後，失題。

昔年盟誓告三辰，欲爲生人植大倫。祭禰不從王氏臘，朝正猶用漢家春。阡原處處關心苦，几杖年年入夢親。一上蔣原鈔本作鍾。山東極目，南湖煙水自清淪。

江上 荀注：與江南諸子別詩後。原鈔本同。朱校：屠維大淵獻。在與江南諸子別後。孫校在六言詩前。注云：刻本祇載一首。

江上傳夕烽，直徹燕南垂。皆言王朱校同。孫校作陽。師來，行人久孫校作又。奔馳。一鼓下南徐，遂拔都門籬。黃旗既朱校同。孫校作□。隼張，戈船亦魚麗。幾原鈔本朱校孫校作幾。荀校作歲。令白鷺洲，化作昆明池。于湖擔壺漿，九江候旌麾。宋義但高會，不知兵用奇。頓甲堅荀校原鈔本朱校作守。城下，覆亡固其宜。何當整六師，勢如常山蛇。一舉定中原，焉用尺寸爲。天運何時開，干戈良可哀。願言隨飛龍，一上單朱校同。孫校作先。于臺。

張隱君元明於園中寘一小石龕曰仙隱祠徵詩紀之

朱校：著雍閹茂。重規案：以下四首荀校未載。原鈔本有，題云：「前詩意有未盡，再賦四章。」孫校在昔年盟誓告三辰詩後，失題。

淒落人寰七十年，年來三見海成田。生當虞夏神農後，夢在壺丘列子前。性定自能潛福地，機忘眞已入寥天。因思千古同昏旦，几席羹牆尙宛然。

順時諏日卜靈氛，寶炬名香手自焚。斟雉未能觴朱校作鬺。后帝，薧原鈔本孫校作薨。魚聊可事山君。尋常伏臘人間共，曠代宗祧上界分。遂有精誠通要眇，儼孫校作儷。如飛舄下青雲。

九尺身長鬢正蒼，兒孫森立已成行。才過冰泮烹魚餽，未到原鈔本作得。秋深摘果嘗。繞院竹光浮茗椀，透簾花氣入書牀。只應瘵疾猶難化，莫學當時費長房。

門前有客跨青牛，倒屣相迎入便留。不覺人間非甲子，已知天外是神洲原鈔本作州。。宣尼願在終浮海，屈子文成合遠遊。笑指八仙皆上座，從君今日老糟丘。

羌胡孫校作陽虜。引荀注：贈黃職方詩後。原鈔本在贈黃職方詩前。朱校：上章困敦。在贈黃職方後。孫注：卷三。

今年祖龍死，乃至明年亡。佛貍死卯年，卻待辰年戕。歷數推遷小贏縮，天行有餘或不足。東夷孫校作支。跳梁朱校：東夷跳梁作□□□□。歷三世，四十五年稱僞朱校作□。帝孫校作霽。牂牁越巂入輿圖，兩戒山河歸宰制。佳兵不祥，天道好還，爲賊朱校作□。自賊，朱校作□。爲殘朱校作□。自殘。朱校作□。我國金甌本無缺，亂之初生自夷孽朱校作□□。孫校作支孽。徵兵以建孫校作願。州，加餉以建孫校作願。州，土司一反西蜀憂，妖民一唱山東愁。以至神州半流賊，誰其嚆矢繇夷酋。朱校作□□。孫校作支尤。四入郊圻躪荀校作躪。齊魯，朱校同。原鈔本孫校作魯齊。破邑屠城朱校同。孫校作破屠邑城。不可數。刳腹絕腸，折頸摺頤，以澤量屍。幸而得囚，去乃爲夷。朱校作□。孫校作支。夷朱校作□。孫校作支。口呀呀，鑿齒鋸牙。建蚩旗，乘莽車。視千朱校同。孫校作干。城之流血，擁荀校作擬。艷女兮如花。嗚呼夷朱校作□。孫校作支。德荀校作法。之殘朱校作□。如此，而謂天欲與之國家。然則蒼蒼者其果無知也邪。或曰完顏氏荀校無氏字。之興，不亦然與。中國之弱，蓋自五代。宋與契丹，爲兄爲弟。上告之明神，朱校同。孫校作神明。下傳之子孫。一旦與其屬夷，朱校同。孫校作支。

攻其主人。是以禍成於道君，而天下遂以中分。然而天監無私，餘殃莫贖，汝(朱校同。孫校作海。)水雲昏，幽蘭景促。彼守緒之遺骸，至臨安而埋獄。子不見夫五星之麗天，或進或退，或留或疾。大運之來，固不終日。盈而罰之，動而蹶之，(孫校四字無。)天將棄蔡以壅楚，如欲取而固與。力盡敝五材(朱校作□。)火中退寒暑。湯降文生自不遲，吾將翹足而待之。

元日(荀注：贈黃職方詩後。原鈔本同。朱注：以下重光赤奮若。在杭州前。孫注：已下重光赤奮若。)

雰(朱校作□。)雪晦夷(朱校作□。孫校作支。)辰，麗景(原鈔本。孫校作日。)開華始。窮陰畢除(朱校同。孫校作餘。)節，復旦臨初紀。夷(朱校作□。孫校作支。)曆元日(荀校無元日二字。)先大統一日。行宮刊木間，肇(朱校同。孫校作華。)路山林裏。雲氣誰得窺，眞龍(朱校作□。)自今起。天王未還京，流離況臣子。奔走六七年，率野歌虎兕。行行適吳會，三徑荒不理。鵬翼候扶搖，鯤鬐望春水。頹齡尚未衰，長策無中(荀校作終。)止。

為丁貢士亡考衢州君生日作(著雍閹茂。朱校在自笑後。規案：荀校及原鈔本無此詩。孫校無注。)

記曰：君子有終身之喪，忌日之謂也。世俗乃又以父母之生日設祭，而謂之生忌，禮乎？

考之自梁以後，始有生日宴樂之事，而父母之存，固已嘗為之矣。則于其既亡而事之如生，禮雖先王未之有，可以義起也。丁君雄飛乃追數朱校作溯此從孫校。其考之年及其生日，而曰：「吾父存，今八十矣。」乃陳其酒脯，設其裳衣，如其存之事，孫校作時此從朱校。而求詩於友人。其亦孝思之所推與？為賦近體四韻。

傷今已抱終天恨，追往猶爲愛日歡。僾若戶前聞歎息，儼如堂上坐衣冠。馴烏止樹生多子，慈竹緣池長百竿。所居石城門內有池有竹。欲向舊京傳孝友，當時誰得似丁蘭。

樓觀荀注：長安詩後。原鈔本在乾陵詩後。朱校：昭陽單閼。補卷四長安後。規案：以下各詩孫校皆無。

頗得玄元意，西來欲化胡。青牛秋草沒，日暮獨踟躕。

偶題荀注：重過代州贈李處士詩後。原鈔本同。朱校：柔兆敦牂。在雁門關前。

六代詞人竟若何，風流似比建安多。湯休舊日空門侶，情至能爲白紵歌。

贈同繫閻君明鐸原鈔本作鐸。先出荀注：樓桑廟詩前，下同。朱校：著雍涒灘。在樓桑廟前。

鄱陽方入原鈔本作八。獄，未上大王書。一遇韓安國，同悲待溺餘。春風吹卉木，大海放禽魚。莫作臨歧歎，行藏總自如。

為黃氏作朱校：屠維作噩。在婁桑廟後。子高臨本亦在前。

齊虜重錢刀，恩情薄兄弟。蟲來嚙桃根，桃樹霜前死。

和若士兄賦孔昭元奉諸子游黃歇山大風雨之作《顧詩箋注》曰：吳譜云：墨蹟藏張浦朖簑菴。重規案：以下數詩錄自顧詩箋注集外詩補。

江上秋色高，欣理登山屐，八子攀危崖，將覽前古迹。滃然雲氣興，天地昏墨色。烈風排山巔，奔濤怒澥渃。急雨凌空來，深山四五尺。伏地但旁睨，突兀眞龍偪。得非楚葉公，見之喪其魄。黃帝至襄城，七聖皆迷惑。始皇上泰山，或云風雨厄。二者將何居，一笑江雲白。

古俠士歌《顧詩箋注》云：見王士禎《感舊集》。

曾作函關吏，雞鳴出孟嘗。只今猶未老，來往少年場。

廣柳車中人，異日河東守。空傳魯朱家，名字人知否。

哭張爾岐《顧詩箋注》云：此詩《亭林集》不載，附見《蒿庵集》末。

歷山東望正淒然，忽報先生赴九泉。寄去一書懸劍後，貽來什襲絕韋前。衡門月冷巢烏室，墓道風枯宿草田。從此山東問三禮，康成家法竟誰傳。

圍城選一。此詩《亭林集》不載，見卓爾堪輯《明末四百家遺民詩》卷五。重規案：《亭林詩集》卷一有不去七絕三首，第一首云：不去圍城擁短轅。疑此詩亦其一，而集遺之。集題曰不去，而卓輯則題曰圍城，皆取首句二字爲目也。

莫向山中問酒家，行人一去卽天涯。長安道上多男子，又得相逢廣柳車。

亭林詩鉤沈下編

卷一

大行皇帝刊本孫校無皇帝二字。哀詩

神器無中墜，英明乃嗣興。紫蜺迎劍氣，丹日御輪升。景命殷王及，靈符代邸膺。天威寅降監，（刋本作鑒。孫無校。）祖武肅丕承。采至昭王儉，盤杅象帝兢。澤能回夏暍，心似涉春冰。世值頽風運，人多比德朋。求官逢碩鼠，馭將失飢鷹。細柳年年急，萑苻歲歲增。闕門亡鐵牡，路寢泄金縢。霧起昭陽鏡，風搖甲觀燈。已占伊水竭，眞遘杞天崩。道否窮仁聖，時危恨股肱。哀同望帝化，神想白雲乘。秘讖歸新野，羣心望有仍。小臣王室淚，無路哭橋陵。

感事六首

清蹕郊宮寂，春遊苑籞荒。城中屠各虜，殿上左賢王。（孫校同。刋本作陵邊屯牧馬闕下駐賢王。）紫塞連玄菟，黃河界白羊。輿圖猶在眼，涕淚已霑裳。

京口卽事

大將臨江日，匈奴出塞時。（孫校同。刋本作中原望捷時。）兩河通詔旨，三輔急王師。轉戰收銅馬，還兵飮月支。從軍無限樂，早賦仲宣詩。

帝京（孫校同。刋本作京闕。）篇

王氣開洪武，孫校同。刊本作江甸。江山刊本作山河。孫無校。拱大明。孫校同。刊本作舊京。德過瀍水卜，運屬阪泉征。赤縣名三亳，孫校同。刊本作疏封闕。黃圖號二京。孫校同。刊本作映日明。秩猶分漢尹，烝尚薦周牲。闕道紆金輅，郊宮佇翠旌。山陵東掖近，府寺後湖清。國運方多難，天心會一更。神州疑逐鹿，率土駭犇鯨。虢略旗初仆，函關鼓不鳴。遂令纏大角，無復掃欃槍。合殿焚丹戶，金城落畫甍。銜哀遺梓椑，泣血貫宗祊。傾否時須聖，扶屯理必亨。望雲看五采，候緯得先贏。渡水收萍實，占龜兆大橫。舊邦回帝省，耆俊式王楨。曆是周正月，田踰夏一成。雅應歌吉日，民喜復盤庚。毓德生維嶽，分猷降昴精。朝稱元老壯，國有丈人貞。兵部尚書兼武英殿大學士史公可法。規案：刊本無此注，孫無校。密勿原鈔本作切。營三輔，恢張頓八紘。塘周淮口柵，山繞石頭城。未蕩封豨梗，仍遺穴鼠爭。師從甘野誓，人雜渭濱耕。四冢懸蚩戮，千刀待莽烹。柳青依玉勒，花發韻金鉦。黃石傳三略，條侯總七營。虎頭雙劍白，猿臂一弓騂。會見妖氛淨，旋聞阨塞平。載櫜歸武烈，伊淢築文聲。禮洽封山玉，音諧降鳳笙。配天歸舊物，復國紀鴻名。曉集僊庭鷺，春遷大谷鶯。尊師先太學，納誨必延英。側席推千鼎，回車載鈞璜。在陰來鶴和，刻石起魚鏗。念昔掄科日，三陪薦士行。帝鄉秋惝怳，天闕歲崢嶸。賦客餘枚叟，文才後賈生。飲泉隨渴鹿，攀徑落危鼪。再見東都禮，尤深上國情。百僚方勸進，父老盡來迎。宿衞皆勳舊，干掫並禁兵。乾坤恩澤大，雷雨氣機盈。草綠西州晚，雲彤北闕晴。法宮瞻斗柄，別館望金莖。玉帛塗山會，車書雒邑程。海槎天上隔，陽卉日邊榮。對策年猶少，尊王志獨誠。小臣搖彩筆，幾欲擬張衡。

金陵雜詩

春雨收山半，江天出翠層。重聞百五日，遙祭十三陵。祝版書孫子，祠官走令丞。西京遺廟在，天下想中興。（孫校同。刋本作灑掃及冬烝。）

秋山

秋山復秋山，秋雨連山殷。昨日戰江口，今日戰山邊。已聞右甄潰，復見左拒殘。旌旗埋地中，梯衝舞城端。一朝長平敗，伏尸徧岡巒。胡裝（孫校作虜裝。刋本作北去。）三百舸，舸舸好紅顏。吳口擁槖駝，嗚笳入燕關。昔時鄢郢人，猶在城南閒。

十二月十九日奉先妣藁葬

婁縣百里內，胡兵（孫校作虜兵。刋本作牧騎。）過如織。土人每夜行，冬深月初黑。扶柩已南來，幸至先人域。合葬亦其時，倉卒未可得。停車就道右，予原鈔本作丘。也聞日食。魂魄依祖考，卽此幽宮側。三年卜天道，墓檟茂以直。黽勉臣子心，有懷亦焉極。悲風下高原，父老爲哀惻。其旁可萬家，此意無人識。

李定自延平歸齎至御札孫校同。刋本作延平使至。

春風一夕動三山，使者持旌出漢關。萬里干戈傳御札，十行書字識天顏。身留絕塞援枹伍，夢在行朝執戟班。一聽綸言同感激，收京遙孫無校。荀作恭原刋本作遙。待翠華還。

海上

日入空山海氣侵，秋光千里自登臨。十年天地干戈老，四海蒼生痛哭深。水湧神山來白鳥，原抄本、孫校作鶴。荀無校。雲浮仙闕原抄本、孫校作眞。荀無校。見黃金。此中何處無人世，祇恐難酬烈士心。

滿地關河一望哀，徹天烽火照胥臺。名王白馬江東去，故國降旛海上來。秦望雲空陽鳥散，冶山天遠朔風迴。遙聞一下親征詔，孫校同。刋本作樓船見說軍容盛。夢想孫校同。刋本作左次。猶虛授鉞才。

南營乍浦北營刋本作南。孫無校。沙，終古提封屬漢家。萬里風煙通日本，一軍旗鼓向天涯。去夏誠國公劉孔昭自福山入海。規案：孫校同。刋本入海作□□。樓船已奉征蠻勑，博望空乘汎海查(原鈔本作槎。)愁絕王師看不到，寒濤東起日西斜。

贈顧推官咸正

上郡天北門，一垣接羌氐。當年關中陷，九野橫虹霓。日光不到地，哭帝蒼山蹊。君持蘇生節，冒死決蒺藜。揮刀斬賊徒，一炬着燃臍。東胡(孫無校。刋本作虜。)勢薄天，少梁色悲悽。遂從黃冠歸，閒關策青驪。豈知杲卿血，已化哀鵑啼。(弟錢塘知縣咸建。)未敢痛家讐，所念除鱷鯢。有懷託桑榆，焉得巖下棲。便蹴劉司空，夜舞愁荒鷄。春水濕樓船，湖上聞鉦鼙。句吳古下國，難與秦風齊。卻望殽潼閒，山高別馬嘶。天子哀忠臣，臨軒降紫泥。高景既分符，汾陰亦執珪。如君俊拔才，久宜侍金閨。會須洗(刋本作靖。荀無校。原鈔本孫校作洗。)中原，指顧安黔黎。

墟里

昔有周大夫，愀然過墟里。時序已三遷，沈憂念方始。乃知臣子心，無可別離此。自我陷絕域，(刋本作自經板蕩餘。孫無校。)一再見桃李。春秋相代嬗，激疾不可止。慨焉歲月去，人事亦轉徙。古制存練祥，變哀固其理。送終有時既，長恨無窮已。豈有西向身，未昧王裒旨。眷言託風人，言盡愁不弭。

塞下曲

一從都尉拜單于，刋本作生降去。夜夜魂隨塞雁蘆。陛下寬仁多不殺，可能生入玉門無。

哭楊主事廷樞刋本無廷樞二字。

吳下多經儒，楊君實宗匠。方其對策時，已負人倫望。未得侍承明，西京俄淪喪。五馬遂南來，汪黃位丞相。幾同陳東獄，幸遇明主放。佛貍刋本作牧馬孫無校。飲江南，眞龍起芒碭。首獻大橫占，並奏東胡刋本作北邊。孫校作多虜。狀。手詔曰：朕甚感楊廷樞之占卦。規案：此注荀無校，原鈔本孫校占上有之字，刋本無。是日天顏回，喜氣浮綵仗。御筆授二官，天墨春俱盎。擢兵部主事兼監察御史。魚麗笠澤兵，烏合松陵將。滅跡遂躬耕，猶爲義聲唱。松江再蹉跌，搜伏窮千嶂。竟入南冠囚，一死神慨忼。荀校作慷，孫無校，此從刋本。往秋夜中論，指事並吁悵。我慕凌御史，凌駧。規案：荀無校。孫校云：駧原作駟，此從原鈔本。倉卒當絕吭。齊蠋與楚龔，相期各風尚。君今果不食，天日情已諒。隕首蘆墟村，噴血胥門浪。唯有大節存，亦足酬帝貺。灑涕見羊曇，（君甥衞向。規案：荀無校。孫校云：向原作尚。此從刋本。）停毫默悽愴。他日大鳥來，同會華陰葬。

哭顧推官（刋本作哭顧推官咸正。孫無校。荀曰：題下元注云：推官名咸正，字端木。子二：長天遴，字大鴻；次天逵，字仲熊。弟咸建，字漢石，進士，錢塘令，子二。咸受，字幼疏，舉人，子一。）

推官吾父行，世遠亡譜系。及乎上郡還，始結同盟契。崎嶇鞭弭閒，周旋僅一歲。痛自京師淪，王綱亦陵替。人懷分土心，欲論縱橫勢。與君共三人，（其一歸高士祚明。）獨奉南陽帝，談笑東胡空，（孫校作談笑多虞空：刋本作誓麾白羽扇。）一掃天日翳。君才本恢宏，淵略人事細。一疏入人手，幾墮猾虜（刋本作旃裘。荀無校，此從原鈔本。孫校作虜。）睨。乃有漢將隙，因掉三寸說。主帥非其人，大事復不濟。君來就茅屋，問我駕所稅。幸有江上舟，請鼓鈴下枻。別去近一旬，君行尚留滯。二子各英姿，文才比蘭桂。身危更藏亡，並命一朝斃。巢卵理必連，事乃在眉皆。一身更前卻，欲聽華亭唳。（荀校云：元本下有注云：時猶未知二子之死。原鈔本同。孫無校。）我時亦出亡，聞此輒投袂。扁舟來勸君，行矣不再計。驚弦鳥不飛，困網魚難逝。旦日追吏來，君遂見囚繫。檻車赴白門，忠孝辭色厲。竟作戎首論，卒踐捐生誓。倉皇石頭骨，未從九原瘞。父子兄弟間，五人死相繼。嗚呼三吳中，巍然一門第。

尚有五歲孫，伏匿蒼山際。門人莫將燮，行客揮哀涕。（後漢書李固傳，王成將燮乘江東下。）門生乘輿。（刊本作群情。孫無校。）佇收京，恩卹延後世。歸喪瑯琊家，詔策中牢祭。後死媿子源，徘徊哭江裔。他日修史書，猶能著凡例。

哭陳太僕子龍（刊本無子龍二字。）

陳君鼂賈才，文采華王國。早讀兵家流，千古在胸臆。初仕越州理，一矢下山賊。南渡侍省垣，上疏亦切直。告歸松江上，欻見胡馬逼。（胡刊本作牧，荀無校；原鈔本作胡。孫校作虜。）拜表至福京，（刊本作行朝，荀無校，原鈔本作福京。孫校作屋京。）願請三吳敕。詔使護諸將，加以太僕職。遂與章邯書，資其反正力。幾事一不中，反覆天地黑。嗚呼君盛年，海內半相識。魏齊亡命時，信陵有難色。事急始見求，棲身各荆棘。君來別浦南，我去荒山北。柴門日夜扃，有婦當機織。未知客何人，倉卒具糲食。一宿遂登舟，徘徊玉山側。有翼不高飛，終爲罻羅得。恥汚東夷刀，（刊本作恥爲南冠囚。孫校作恥汚東支刀。）竟從彭咸則。尚媿虞卿心，負此一悽惻。復多季布柔，晦迹能自匿。（君出亡時，尚僕從三四人，服用如平日。）酹酒作哀辭，悲來氣哽塞。

十月二十日奉先妣葬於先曾祖侍郎公墓之左

先考葬祖墓左四十年，其左有池，形家或言兆有水。是歲，將合葬我母，三族皆為炎武（孫校作山傭。刊本作炎武。苟無校。原抄本作炎武。）難之。炎武（孫校作山傭。苟無校。此從原抄本。）念先妣之治命，不可以不合葬，而四十年之藏，又不可以遷。萬一有水，又不可以徑情而遂葬。遲回者久之。及啓壙，竟無水。訖事，無風雨。昔重光大荒落之歲，葬先王父。既祖奠，火作於門，里人救之遂熄。念先人積德累仁，固不當有水火之菑，陰陽之咎。而不孝一人所遇之不幸如此，天之不遂棄之而曲全之又如此，是可以忘先人之志哉。

王季之墓見水齧，宣尼封防遭甚雨。我今何幸獨不然，或者蒼天照愁苦。昔我先臣葬於此，神宗皇帝賜之墓一區。六十年閒事反覆，到今陵谷青模糊。止存松楸八百樹，夜夜宿（原抄本作啼。）鳥還相呼。行人指點侍郎冢，戍卒不敢來樵蘇。乃知天朝恩寵大，易世猶與凡人殊。天道回旋改寒燠，公侯子孫久必復。歲月日時共五行，（先公葬亦以歲丁亥，月辛亥，日丁亥，時辛亥。）前岡後舍分昭穆。皇天下監臣子心，環三百里無相侵。先皇弓劍橋山岑，山多虎豹江水深，欲去復止長哀吟。

吳興行贈歸高士祚明

北風十二月，遊子向吳興。榜人問何之，不言但沾膺。三年干戈暗鄉國，有兄不得歸塋域。高堂有母兒一人，負米百里傷哉貧。此來海虞兩月日，裁得白金可半鎰。歸來入門不暇餐，直走山下求兄棺。湖中雪滿七十峯，江山對君凝愁容。多盡月向晦，慈親倚門待。果見兄骨歸，心悲又以喜。如君節行眞古人，一門內外唯孤身。出營甘旨入奉母，崎嶇州里長苦辛。君向余太息，此事不足言。遙望天壽山，猶在浮雲閒。長歎未及往，胡（刊本作塵。孫無校。）沙沒中原。神州已陸沉，菽水難爲計。豈無季孫粟，義不當人惠。世無漢高帝，餓殺韓王孫。寧受少年侮，不感漂母恩。時人未識男兒面，如君安得長貧賤。讀書萬卷佐帝王，傳檄一紙定四方。拜掃十八陵，還歸奉高堂。窮多積陰天地閉，知君唯有袁安雪。

常熟縣耿侯橘水利書

神廟之中年，天下方全盛。其時多賢侯，精心在農政。耿侯天才高，尤辨水土性。縣北枕大江，東下滄溟勁。水利久不修，累歲煩雩禜。疏鑿賴侯勤，指顧川原定。百室（孫校作穀。集外遺札作室。荀無校。原鈔本作室。）滿倉箱，子女時昏聘。洋洋河渠議，欲垂來者聽。三季饒凶荒，庶徵頻隔幷。（遺札作每與師旅併。誰能念遺黎，百里嗟懸罄。況此胡寇深，孫校作況此虜寇深。遺札作況此戎寇深。刊本作況多鋒鏑驚。早夜常奔迸。上帝哀惸嫠，天行當反正。必有康食年，河雒待明聖。自非經界明，民業安得靜。願作勸農官，巡行比陳靖。畎澮徧中原，粒食詒百姓。

大唐中興頌歌重規案：刊本作浯溪碑歌。苟無校。此從孫校。有序

萬曆元年，先曾祖官廣西按察副使。道經祁陽，刊本作道浯溪。苟無校。此從孫校。得唐元次山中興頌石本以歸，為顏魯公筆，字大徑六七寸。歷世三四，家業已析，墓下之田且鬻之異姓，而家業以下十四字刊本無，此從孫校補。此碑獨傳之不肖山傭。刊本無山傭二字，此從孫校。歲旃蒙作噩，山傭之南京。刊本無山傭之南京五字。命工裝潢為册，信工人之能，遂以付之。乃信下十字，刊本刪存工人二字。此依孫校增。不知碑自左方起，而以年月先之，遂倒盭不可讀。歸而尤之，則曰，請歸下七字，刊本無。此從孫校。方謀重裝。已已字刊本無。從孫校增。而兵亂工死，不復問者三年。而而字刊本無，此從孫校增。碑固在舊識楊生所。一旦，楊刊本楊字無，此從孫校增。為刊本爲下有余字。孫校無。重裝以來，則文從字順，煥然一新。有感於先公之舊物，不在他人而特屬之其其字刊本無，此從孫校增。

嗣人之稍知大義者。又經兵火而不失，且待時而乃成。夫物固有不偶然者也。為之作歌。

昔在唐天寶，祿山反范陽。天子狩蜀都，胡（刋本作賊。孫無校。）兵入西京。肅宗起靈武，國勢重恢張。二載收長安，鑾輿迎上皇。小臣有元結，作詩頌大唐。欲令一代典，風烈追宣光。眞卿作大字，筆法名天下。磨厓勒斯文，神理遺來者。書過浯亭碑，文匹淮夷雅。留此繫人心，枝撑正中夏。先公循良吏，海外推名德。驅馬復悠悠，分符指南極。退眺道州祠，流覽浯溪側。如見古忠臣，精靈感行色。匪煩兼兩載，不用金玉裝。携此一紙書，存之貯青箱。以示後世人，高山與景行。天運有平陂，名蹟更存亡。寶弓得堤下，大貝歸西房。舊物猶生憐，何況土與疆。卻念蒸湘閒，胡騎（刋本作牧騎。孫校作虜騎。）已如林。西南天地窄，零桂山水深。峋嶁大禹迹，萬木生秋陰。一峯號迴雁，朔氣焉得侵。恐此浯厓文，苔蘚不可尋。藏之篋笥中，寶之過南金。此物何足貴，貴在臣子心。援筆爲長歌，以續中唐音。

寄薛開封寀君與楊主事同隱鄧尉山中（刋本無中字。孫無校。）併被獲或曰僧也免之遂歸常州

別君二載餘，無從問君處，蒼蒼大澤雲，漠漠西山路。神物定不辱，精英夜飛去。只有延陵

心，尚挂姑蘇樹。他日過吳門，爲招烈士魂。燕丹賓客盡，獨有漸離存。

將有遠行時猶全越（刋本作將遠行作。孫校遠行下無作字，有時猶全越四字。原鈔本作將有遠行作時猶全越。此從荀校。）

去秋闞大海，（孫校同。刋本作東溟。）今冬浮五湖。長歎天地閒，人區日榛蕪。出門多蛇虎，局促守一隅。夢想在中原，河山不崎嶇。朝馳瀍澗宅，夕宿殽函都。神明運四極，反以形骸拘。收身蓬艾中，所之若窮途。杖策當獨行，未敢憚羈孤。願登廣阿城，一覽輿地圖。回首八駿遙，悵然臨交衢。

京口（荀云：元本第一卷止此，以下爲卷二。）

異時京口國東門，地接留都左輔尊。囊括蘇松千里郡，（刋本作儲陸海。荀無校，此從孫校。）襟提浙福二名（刋本作閩浙壯屏。荀無校，此從孫校。）藩。漕穿水道秦隋跡，壘壓江干晉宋屯，一上金山覽形勝，南方亦是小中原。

東吳北翟戰爭還，天府神州百二關。末代棄江嗟（刋本作因。荀無校，此從孫校。）靖鹵，（靖鹵伯鄭鴻逵。）當年開土是中山。雲浮鸛鶴春空遠，水擁蛟龍夜月閒。相對新亭無限淚，幾時重得破愁顏。

卷二

石射堋山

寒日欲墮石射堋，環湖歷歷來漁燈。山下蘄王宋時墓，屹然穹碑鎮山路。太白天弧見角芒，金山京口又沙場。爾來兀朮（孫校同。刊本作牧騎。）方深入，帝在明州正待王。

懷人

秋風下南國，江上來飛鳶。江頭估客幾千輩，其中別有東吳船。吳兒解作吳中曲，扣舷一唱悲歌續。乍廻別鶴下重雲，一叫哀猿墜深木。曲中山水不分明，似是衡（荀無校。孫校作寒，此從原鈔本。）山與洞庭。日出長風送舟去，祇留江樹青冥冥。湘山削立天之角，五嶺盤紆同一握。嶔崟七十有二峯，紫蓋獨不朝衡嶽。萬里江天木葉稀，行人相見各沾衣。寄言此日南征雁，一到春來早北歸。

瞿公子玄錥將往桂京（刊本作林。孫無校。）。不得達而歸贈之以詩

不成南去又東還，行盡吳山與越山。萬里一身天地外，五年方寸虎豺間。匡門浪拍行人舸，桂嶺雲遮驛使關。我望長安猶不見，愁君何處訪慈顏。

金壇縣南五里顧龍山上有太祖高皇帝刋本作高皇帝。孫無校。御題詞一闋

突兀孤亭上碧空，高皇於此下江東。卽今御筆留題處，想見神州一望中。黃屋非心天下計，詞有他日偸閒花鳥娛情山水相關之句。青山如舊帝王宮。丹陽父老多遺恨，尙與兒童誦大風。

翦髮孫校同。刋本作流轉。

流轉吳會間，何地爲吾土。登高望九州，憑陵盡戎鹵，刋本作極目皆榛莽。孫無校。寒潮盪落日，雜遝魚蝦舞。飢鳥晚未棲，弦月陰猶吐。晨上北固樓，慨然涕如雨。稍稍去鬢毛，改容作商賈。卻念五年來，守此良辛苦。畏途窮水陸，仇讎在門戶。故鄉不可宿，飄然去其宇。往往歷山澤，孫校同。刋本作關梁。又不避城府。丈夫志四方，一節亦奚取。毋爲小人資，委肉投餓虎。浩然思中原，誓言向江滸。功名會有時，杖策追光武。

贈萬舉人壽祺徐州人

白龍化爲魚，一入豫且網。愕眙不敢殺，縱之遂長往。萬子當代才，深情特高爽。時危見縶維，忠義性無枉。翻然一辭去，割髮變容像。卜築清江西，賦詩有遐想。楚州南北中，日夜馳輪鞅。何人詷北方，處士才無兩。回首見彭城，古是霸王壤。更有雲氣無，山川但坱莽。一來登金陵，九州大如掌。還車息淮東，浩歌閉書幌。尚念吳市卒，空山（刊本作中。孫無校。）弔魑魎。南方不可託，吾亦久飄蕩。崎嶇千里閒，曠然得心賞。會待淮水平，清秋發吳榜。

淮東

淮東三連城，其北舊侯府。昔時王室壞，南京立新主。河上賊帥來，東南費撐拄。詔封四將軍，分割河淮土。侯時擁兵居，千里蹔安堵。促觴進竽瑟，堂上坎坎鼓。美人拜帳中，請作胡（刊本作便。孫無校。）旋舞。爲歡尚未畢，羽檄來旁午。揚舲出廟灣，欲去天威怒。舉族竟生降，一旦爲俘虜。傳車詣幽燕，猶佩通侯組。長安九門市，出入黃金塢。故侯多嫌猜，黃金爲禍胎。白日不爾待，長夜來相催。徬徨闕門前，一時下霆雷。法吏逢上意，羅織及嬰孩。具獄阿房宮，腰斬咸陽市。踟躕念黃犬，大息嘯（刊本作譸，孫校作嘯，荀無校。）諸子。父子一相哭，同日歸蒿里。有金高北邙，不得救身死。地下逢黃侯，舉手相揶揄。昔在天朝時，共剖河山符。何圖貳師貴，卒受匈奴屠。（孫校同，惟匈奴作多虞。刊本四句作我爲天朝將，爾作燕山俘，俱推凶門轂，各剖河山符。下有嗟公何不死死在淮東郛二句。荀校孫校皆無。）一死留芳名，一死骨已枯。寄語後世人，觀此兩丈夫。

贈路舍人澤溥

秋雁違朔風，來集三江裔。未得遂安棲，徘徊望雲際。嗚呼先大夫，早識天子氣。謁帝福州刋本作三山。孫無校。宮，柄荀校作秉。孫無校。原鈔本刋本作柄。用恩禮備。汀州刋本作江。孫無校。失警蹕，一死魂猶視。君從粤中來，千里方鼎沸。絕迹遠浮名，林皐託孤詣。東山峙大湖，昔日軍所次。奉母居其中，以待天下事。相逢金閶西，坐語一長喟。復叙國變初，山東竝賊吏。長淮限南北，支撑賴文帥。擒魁獻行朝，逆黨皆戰悸。江外甫晏然，卒墮權臣忌。鑠金口未白，胡刋本作牧。孫無校。馬彎弓至。天子呼恩官，干戈對王使。詔書曰：朕有守困恩官路振飛。感激千載逢，一下君臣淚。嶺表多炎風，孤棺託蕭寺。怒聲瀧水急，遺策空山閟。君才賈董流，矧乃忠孝嗣。恭惟上中興，孫校同。刋本作國步方艱危。簡在卿昆季。經營天造始，建立須大器。敢不竭微誠，用卒先臣志。明夷猶未融，善保艱貞利。

傳聞

廿載吳（孫校作吳。原鈔本刊本作河。）橋賊，於今伏斧碪。國威方一震，兵勢已遙臨。張楚三軍令，尊周四海心。書生籌往略，不覺淚痕深。

隆（孫校作東。）武二年八月上出狩未知所之其先桂王（孫校作靈陽。）卽位於肇慶府（孫校無府字。）改元永曆（孫校作梗錫。）時太子太師吏部尚書武英殿大學士臣路振飛（孫校作微。）在廈門（孫校作元。）造隆武（孫校作東武。）四年（孫校作四先。）大統曆（孫校作錫。）用文淵（孫校作光。）閣印頒行之九年正月臣顧炎武（孫校作蔣山傭。）從振飛（孫校作微。）子中書舍人臣路澤溥見此有作（此題刊本作路舍人家見東武四先曆。）

夏后昔中微，國絕四十載。但有少康生，卽是天心在。曆數歸君王，百揆領冢宰。路公（文貞公。）識古今，危難心不怠。屬車乍蒙塵，七閩盡戎壘。粵西已建元，（刊本作踰年。孫無校。）來（刊本作其。孫無校。）歲直丁亥。侵尋一年半，（刊本作各自擁。孫無校。）迫蹙限匡海。廈門絕島中，大澤一空壘。新曆尙未頒，國疑更誰待。遂命疇人流，三辰候光彩。印用文淵閣，丹泥勝珠琲。龍馭杳安之，台星隕衡鼐。猶看正朔存，未信江山改。在昔順水軍，光武戰幾殆。子顏獨奮然，終竟齊元凱。叔世乏純臣，公卿雜鄙猥。持此一册書，千秋戒僚寀。

恭謁太祖高皇帝（刊本高皇帝上無太祖二字。孫無校。）御容於（孫校作在。荀無校。此從原鈔本。）靈谷寺

肅步投禪寺，焚香展御容。人間垂法象，天宇出眞龍。隆準符高帝，虯鬚（原鈔本刊本作鬚，荀無校，孫校作髯。）軼太宗。掃除開八表，盪滌翦羣兇。大化乘陶冶，元功賴發蹤。本支書祚德，臣辟記勳庸。遺像荒山守，塵函古刹供。神靈千載後，運會百年重。痛迫西周戚，愁深朔虜（刊本作漠，孫無校。）烽。萬方多蹙蹙，薄海日喁喁。臣籍東吳產，皇恩累葉封。天顏仍左顧，國難一趨從。飄泊心情苦，來瞻拜跪恭。異時司隸在，可許下臣逢。

贈朱監紀四輔（寶應人）

十載江南事已非，與君辛苦各生歸。愁看京口三軍潰，痛說揚州七日圍。碧血未消新（原鈔本刊本作今，荀無校，此從孫校。）戰壘，白頭相見舊征衣。東京朱祜年猶少，莫向尊前歎式微。

楊明府永言（雲南人。）昔在崐山起（孫校同。刊本作倡。）義不克為僧於華亭及吳帥舉事去而之蘭谿今年（刊本無年字，荀無校，此從孫校。）復來吳下感舊悲歌不能已於言也（刊本感舊下有有贈二字，無悲歌以下八字。荀無校，此從原

鈔本孫校。

絕迹雲間日，分飛海上秋。超然危亂外，不與少年儔。閱歲空山久，尋禪古寺幽。干戈纏粵徼，妻子隔寧州。乍解桐江纜，仍回谷水舟。刀寒餘斗色，血碧帶江流。舊卒蒼頭散，新交白眼休。同年張翰在張行人翂之。，賓客顧榮留。海日初浮嶼，吳霜早覆洲。與君遵晦意，不負一匡原鈔本孫校作匡，荀無校，刋本作成。謀。

贈劉教諭永錫大名人

棲遲十載五湖湄，久識元城劉器之。百口凋零餘僕從，一身辛苦別妻兒。心悲漳水春犁日，目斷長洲夕雁時。獨我周旋同宿昔，看君臥起節頻持。原鈔本荀校：詩末元有注云：劉君時未薙髮。

孝陵圖有序

重光單閼荀無校，孫校作臣山傭於重光大荒落，此從原鈔本刋本。二月己巳，來謁孝陵。值大雨，稽首門外而去。又二載，昭陽大荒落二月辛丑，再謁。十月戊子，又謁。乃得趨入殿門，徘徊瞻視，鞠躬而登。殿上中官奉帝后神牌二。其後蓋小屋數楹，皆黃瓦，非昔制矣。升甬道，恭視明樓寶城。出門，周覽故齋宮祠署遺址。牧騎充斥，不便攜筆硯。同行者故陵衞百戶束帶玉，稍為指示，退而作圖。念山陵一代典故，以革除之事，實錄會典並無紀述。當先朝時，又為禁地，非陵官不得入焉。其官於陵者，非中貴則武弁，又不能通諳國制，以故其傳鮮矣。今既不盡知，知亦不能盡圖，而其錄於圖者且不盡有。恐天下之人同此心而不獲至者多也，故寫而傳之。臣顧炎武稽首頓首謹書。（刊本無臣下十字。孫校顧炎武作山傭。）

鍾山白草枯，冬月蒸宿霧。十里無立檣，岡阜但回互。寶城獨青青，日色上霜露。殿門達明樓，周遭尚完固。其外有穹碑，巍然當御路。文自成祖爲，千年繫明祚。侍衞八石（荀無校，孫校作百，此從刊本。）人，祇肅候靈輅。下列石獸六，森焉象鹵簿。自馬至獅子，兩兩相比附。中間特崒嵂，有二擎天柱。排立榛莽中，凡此皆尚具。又有神烈山，世宗所封樹。臥碑自崇禎，禁約煩聖諭。石大故不毀，文字猶可句。至於土木工，俱已亡其素。東陵在殿左，先時懿文祔。云有殿二層，去門可百步。正殿門有五，天子升自阼。門內廡三十，左右以次布。門外設兩廚，右殿上所駐。祠署並宮監，羊房暨酒庫。以至各廨宇，竝及諸宅務。東西二紅門，四十五巡鋪。一一費搜尋，涉日仍迷瞀。山後更蕭條，兵牧所屯聚。洞然見銘石，崩出常王墓。

何代無厄菑，神聖莫能度。幸玆寢園存，皇天永呵護。奄人宿其中，無乃至褻汙。陵衞多官軍，殘毀法不捕。伐木復撤亭，上觸天地怒。雷震樵夫死，梁壓陵賊仆。乃信高廟靈，卻立生畏怖。若夫本衞官，衣食久遺蠹。及今盡流亢，存兩千百戶。下國有蟣臣，一年再奔赴。徘徊持寸管，能作西京賦。尙慮耳目褊，流傳有錯誤。相逢虞子大，獨記陵木數。未得對東巡，空山論掌故。

十廟

雞鳴山下有帝王功臣十廟，後人但謂之十廟（原鈔本雞鳴上有南京二字）。

我來雞籠下，十廟何蒼涼。周垣半傾覆，棟宇皆頹荒。樹木已無有，寂寞餘山岡。功臣及卞劉，竝作瓦礫場。衞國有遺主，尙寓五顯堂。武惠僅一閒，廟貌猶未亡。蔣廟頗完具，敧側惟兩廊。帝王殿已撤，主在門中央。或聞道路言，欲改祀三皇。眞武竝祠山，香火仍相當。其南特煥然，漢末武安王。云是督府修，中絕以堵墻。金陵自入胡，刋本作陪京板蕩。孫無校。百司已更張。神人悉異名，不改都城隍。乃信夷奴心，亦知畏菑殃。乃信二句，刋本無。孫無校。朔望及雩祈，頓首誠恐惶。神奉太祖勅，得治諸東羌。孫校同。刋本作得以威遐荒。留此金字題，昭示同三光。上天厭夷德，神祇顧馨香。上追洪武中，遣祀明綸將。孫校同，惟夷作支。刋本無上天二句，上追洪武中作追惟定鼎初。二百七十年，吉蠲存太常。三靈俄乏主，一代淪彝章。圜丘尚無依，百神焉得康。騎士處高廟，陵闕來牛羊。何當洗妖氛，（孫校同。刋本作何當挽天河。）逐（孫校同。刋本作滌。）去諸不祥。無文秩新邑，人鬼咸廸嘗。復見十廟中，冠佩齊趨蹌。此詩神聽之，終古其毋忘。

金山

東風吹江水，一夕向西流。金山忽動搖，塔鈴語不休。海師（孫校作賄師，刋本作水軍。重規案：賄師即海師之代語。）一十萬，虎嘯臨皇州。巨艦作大營，飛艫爲前茅。黃旗亙長江，戰鼓出中洲。舉火蒜山旁，鳴角東龍湫。故侯張子房，（刋本作張車騎，荀無校，此從原鈔本孫校。）手運丈八矛。登高矚山陵，賦詩令人愁。（定西侯張名振。重規案：刋本無注，孫無校。）沈吟十年餘，不見旌旆浮。忽聞王旅來，先聲動燕幽。闔廬用子胥，鄢郢不足收。況玆蠢逆胡，已是天亡秋。（孫校同，惟胡作虜。刋本作祖生奮擊楫肯效南冠囚。）願言告同袍，乘時莫淹留。

眞州

擊楫來江外，揚帆上舊京。鼓聲殷地起，獵火照山明。楚尹頻奔命，宛渠尚守城。眞州非赤壁，風便一臨兵。（眞州牌外焚船數百艘。重規案：刋本無注，孫無校，原鈔本牌作[片+帝]。）

錢生肅潤之父出示所輯方書（孫校作錢翁口示所輯方書。小注：肅潤之父。荀無校。此從原鈔本刊本。）

和扁月以遙，治術多昏亂。方書浩無涯，其言比河漢。彭鏗有後賢，物理恣探玩。恥爲俗人學，特發仁者歎。五勞與七傷，大抵同所患。循方以治之，於事亦得半。條列三十餘，有目皆可看。略知病所起，可以方理斷。哀哉末世醫，誤人已無算。頗似郭舍人，射覆徒夸誕。信口道熱寒，師心作湯散。未達敢嘗之，不死乃如綫。豈如讀古方，猶得依畔岸。在漢有孝文，仁心周里閈。下詔問淳于，一篇著醫案。如君靜者流，嗣子況才彥。何時遇英明，大化同參贊。

卷三

元旦陵下作二首（荀云：元本三卷始此。）

是日稱三始，何時見國初。風雲終日有，兵火十年餘。甲子軒庭曆，春秋孔壁書。幸來京兆里，得近帝皇（刊本作王。孫無校。）居。

贈（荀無校，孫校作上，原鈔本刊本作贈。）路光祿太平己下（刊本已下下有數首二字，荀校原鈔本孫校皆無。）皆余蒙難之作。先是有僕陸恩，服事余家三世矣，見門祚日微，叛而投里豪。余持之急，乃欲告余通閩中事。（孫校同。刊本作乃欲陷余重案。）余聞，亟擒之。數其罪，沈諸水。其壻復投豪，訟之官。以二千金賂府推官，（孫校同。刊本作訟之郡行千金。）求殺余。余既待訊，法當囚繫，乃不之獄曹，而執諸豪奴之家。同人不平，為代愬之兵備使者。移獄松江府，以殺奴論。豪計不行。遂遣刺客伺余，（孫校同。刊本無遂遣六字。）而余乃浩然有山東之行矣。（孫校同。刊本而余下有有戒心三字。）

弱冠追三古，中年賦二京。一門更喪亂，七尺尚峥嶸。江海存微息，山陵鑒本誠。落其裁十畝，覆草只三楹。變故興奴隸，奸豪（孫校同。刊本作芉蜂。）出里閭。彌天成夏網，畫地類秦坑。獄卒逢田甲，刑官屬寧成。文深從鍛鍊，事急費經營。節俠多燕趙，交情卽弟兄。周旋如一日，慷慨見平生。疾苦頻存問，阽危得柱撐。不侵貞士諾，逾篤故人情。木向猿聲老，江隨虎迹清。更承身世畫，不覺涕霑纓。

松江別張處士慤王處士煒曁諸友人

十載違鄉縣，三年旅舊都。風期嘗磊落，節行特崎嶇。坐識人倫傑，行知國器殊。論兵卑左氏，刊本作起翦，荀無校，孫校作左氏。晝計小陰符。世事陵夷極，生涯閱歷枯。人情來躪藉，鬼語得揶揄。郭解多從客，田儋自縛奴。事危先與手，法定必行誅。義洩神人憤，歡騰里閈呼。匣餘專兕劍，橐解射狼狐。卦値明夷晦，時逢聽訟孚。邑豪方齮齕，獄吏實求須。裳帛經時裂，南冠累月拘。橐饘誰問遺，衣食但支吾。薄俗吳趨最，危轍蜀道俱。每煩疑載鬼，動是泣歧塗。畜是樊中雉，巢鄰幕上烏。霜因鄒衍下，日爲魯陽驅。抱直來東土，含愁到海隅。春生三泖壯，雪盡九峯紆。異郡情猶徹，同人道不孤。未窮憐舌在，垂死覺心蘇。大義摧牙角，深懷蹇尾胡。奸雄頻斂手，國士一張鬚。知己憐三釁，名流重八廚。欲將方寸報，惟有漢東珠。

贈潘節士檉章

北京一崩淪，國史遂中絕。二十有四年，記注亦殘缺。中更夷孫校作支。刊本作虜。與賊，出入互轇轕。亡城與破軍，紛錯難具說。三案多是非，反覆同一轍。始終爲門戶，竟與國俱滅。我欲問計吏，朝會非王都。我欲問蘭臺，祕書入東胡。刊本作虜，孫無校。文武道未亡，臣子不敢誣。竄身雲夢中，幸與國典俱。有志述三朝，並及海宇圖。一書未及成，觸此憂患途。同方有潘子，自小耽文史。犖然持巨筆，直溯明興始。謂惟司馬遷，作書有條理。自餘數十家，充棟徒爲爾。上下三百年，粲然得綱紀。索居患無朋，何意來金陵。家在鍾山旁，雲端接觚棱。

親見高帝時，日月東方升。山川發秀麗，人物流名稱。到今王氣存，疑與龍虎興。把酒爲君道，千秋事難討。一代多文章，相隨沒幽草。城無絃誦生，柱殞藏書老。同文化夷（刊本作支，孫無校。）字，劫火燒豐鎬。自非尼父生，六經亦焉保。夏亡傳禹貢，周衰垂六官。後王有所憑，蒼生蒙治安。皇祖昔賓天，天地千年寒。聞知有小臣，復見文物完。此人待聘珍，此書藏名山。顧我雖逢掖，猶然抱遺册。定哀三世間，所歷如旦夕。頗聞董生語，曾對西都客。期君共編摩，不墜文獻迹。便當挈殘書，過爾溪上宅。

閏五月十日恭謁（刊本作詣。）孝陵

忌日仍逢閏，星躔近一周。空山傳御幄。茀路想行騶。寢殿神衣出，祠官玉斝收。蒸嘗憑絕隝，（刊本作隖，荀無校，此從孫校。）鞉磬託荒陬。薄海哀思結，遺臣涕淚稠。禮應求草野，心可對玄幽。寥落存王事，依稀奉月游。尚餘歌頌在，長此侑春秋。

桃葉歌

桃葉歌，歌宛轉。舊日秦淮水清淺，此曲之興自早晚。青溪橋邊日欲斜，白土岡下驅胡（刊本作虜）

校。孫無車。越州女子顏如花，中官采取來天家，可憐馬上彈琵琶。三月桃花四月葉，已報北兵屯六合。兩宮孫校同，刊本作宮車。塞上行，日逐孫校同，刊本作塞馬。江東獵。桃葉復桃根，殘英委白門。相逢治城下，猶有六朝魂。

黃侍中祠在南京三山門外柵洪橋。

侍中，名觀。洪武二十四年，殿試第一。建文末，奉詔募兵安慶。聞南京不守，自沈於江。其妻翁氏及二女為官所簿錄，將給配象奴，亦赴水死。後人卽其葬地，為侍中立祠。

侍中祠下水奔渾，孫校作雲昏，荀無校，原鈔本刊本作奔渾。有客悲歌叩郭門。古木夜交貞女冢，光風春返大夫魂。先朝侍從多忠節，當代科名一狀元。莫道河山今便改，國於天地鎮長存。

王徵君潢具舟城西同楚二沙門小坐柵洪橋下

大江從西來，東抵長干岡。至今號柵洪，對城橫石梁。此橋蓋古時立柵處，本當名柵江，後訛爲洪耳。猶射江之爲射洪也。落日照金陵，火旻生秋涼。都城久塵坌。出門且相羊。客有五六人，鼓枻歌滄浪。盤中設瓜果，几案羅酒漿。上坐老沙門，舊日名省郎。（熊君開元。）曾折帝廷檻，幾死丹陛旁。天子自明聖，畢竟誅安昌。南走侍密勿，一身再奔亡。復有一少者，沈毅尤非常。（釋名髡殘。）不肯道姓名，世莫知行藏。其餘數君子，鬚眉各軒昂。爲我操南音，未言神已傷。流賊自中州，楚實當其吭。出入十五郡，南國無安疆。血成江漢流，骨與灊廬望。赫怒我先帝，親遣元臣行。北落開和門，三台動光芒。一旦霣大命，藩后殘荆襄。遂令三楚閒，哀哉久戰場。寧南佩侯印，忽焉竟披猖。（寧南侯左良玉。）稱兵據上流，以國資戎羌。（刊本作東陽。孫無校。）豈無材略士，忍死奔遐荒。落鴈衡北回，窮烏樹南翔。可憐洞庭水，遺烈存中湘。（何騰蛟追封中湘王。）連營十三鎭，恣肆無朝綱。夜半相誅屠，三宮離武岡。黔中亦楚地，君長皆印章。國家有驅除，往往用土狼。積雨閉摩泥，毒流漲昆明。蠻陬地斗絕，極目天茫茫。頃者西方兵，連歲爭辰陽。心悼黃屋遠，眼倦烽火忙。楚雖三戶存，其人故倔彊。崎嶇二君子，志意不可量。郥公抗忠貞，左徒吐潔芳。舉頭是青天，不見日月（刊本作二曜。孫無校。）光。何意多同心，合沓來諸方。僕本吳趨士，雅志陵秋霜。適來新亭宴，得共賓主觴。戮力復（刊本作事，孫無校。）神州，斯言固難忘。我寧爲楚囚，流涕空霑裳。

賁倉部必選說易

昔年清望動公車，此日耆英有幾家。古注已聞傳孟喜，遺文仍許授侯芭。竹牀排硯頻添墨，石屋支鐺旋煑茶。更說都城防虜刊本作寇，孫無校。事，至今流涕賈長沙。

陳生芳績兩尊人先後卽世適皆以三月十九日追痛之作詞旨哀惻依韻奉和

荀曰：元本尚有第三首，已錄入佚詩。

帝后登遐一忌辰，天讐國恥世無倫。那知考妣還同日，從此山河遂不春。宏演納肝猶報主，王裒泣血倍思親。人閒若不生之子，五嶽崩頹九鼎淪。孫校同。刊本作人寰尚有遺民在大節難隨九鼎淪。

勞山歌

勞山拔地九千丈，崔嵬勢壓齊之東。下視大海出日月，上接元氣包鴻濛。幽巖祕洞難具狀，煙霧合沓來千峯。華樓獨收衆卓輯衆作象。山景，一一環立生姿容。上有巨峯最崱屴，數載榛莽無人蹤。重厓複嶺行未極，澗壑窈窕來相通。天高日入不聞語，悄然萬木含悲風。原鈔本刊本作悄然衆籟如秋冬，荀無校，此从卓輯。奇花名藥絕凡境，世人不識疑天工。云是老子曾過卓輯作遇。此，後有濟北黃石公。至今號作神人宅，憑高結構留仙宮。吾聞東嶽（卓輯作岳。）泰山爲最大，虞帝柴望秦皇封。其東直走千餘里，山形不絕連虛空。自此一山負海石，截然世界稱域中。以外島嶼不可計，紛紜出沒多魚龍。八神祠宇在其內，往往棊（卓輯作棋。）置生金銅。古言齊國之富臨淄次卽墨，（卓輯作古言齊富次卽墨。）何以滿目皆蒿蓬。捕魚山之旁，伐木山之中，猶見山樵與村童，春日會鼓聲逢逢。此山之高過岱宗，或者其讓雲雨功。宣氣生物理則同，旁薄萬古無終窮。何時結屋依長松，嘯歌山椒一老翁。

濟南

水翳牆崩竹樹疏，廿年重說陷城初。（濟南以崇禎十二年元日陷。規案：刊本無注，孫無校。）荒涼王府餘山沼，寥落軍營識舊墟。百戰只今愁海岱，一麾猶足定青徐，經生老卻成何事，坐擁三冬萬卷書。

張隱君元明於園中寘一小石龕曰仙隱祠徵詩紀之

白日浮雲隔幾重，三山五嶽漫相逢。朅來未得從黃石，老至先思伴赤松。哲士有懷多泝酒，英流（孫校作學人。荀無校，此從刊本。）無事且（孫校作自。荀無校，刊本作且。）明農。猶憐末俗愚難瘖，故作幽龕小座供。

濰縣

我行適（孫校作遍，荀無校，刋本作適。）東方，將尋孔北海。此地有遺風。其人已千載。英名動劉備，一爲郤管亥。後此復何人，崎嶇但荒壘。

京師作

嗚呼（孫校同，刋本作煌煌。）古燕京，金元遞開剏。初興靖難師，遂駐時巡仗。制掩漢唐閎，德儷商周王。巍巍（刋本作巍峨，孫無校。）大明門，如翬峙南向。其陽肇圜丘，列聖凝靈貺。其內廓乾清，至尊儼旒纊。繚以皇城垣，靚深擬天上。其旁列兩街，省寺鬱相望。經營本睿裁，（荀校原鈔本作想，孫無校，刋本作裁。）斲削命般匠。鼎從郟鄏卜，宅是成周相。穹然對兩京，自古無與抗。酆宮遜顯敞，未央失宏壯。西來太行條。連天矚崖嶂。東盡巫閭支，界海看滉瀁。居中守在夷，（刋本作支。孫無校。）臨秋國爲防，人物並浩穰，風流餘慨慷。百貨集廣馗，九金歸府藏。通州船萬艘，便門車千兩。綿延祀四六，三靈哀板蕩。紫塞吹胡（刋本作吟悲，孫無校。）笳，黃圖布氈帳。獄囚圻父臣（王洽。）郊死囚門將。（滿桂。）悲號煤山縊，泣血思陵葬。（虜酋上我先皇帝陵號曰思陵。規案：孫校作麌蕭上我先皇帝陵號曰思梁。刋本作先皇帝陵今號思陵。）中華竟崩淪，燔瘗久虛曠。孫校同。刋本無中華二句。宗子洎羣臣，蔿岑與黔漲。丁年抱國恥，未獲居一障。垂老入都門，有願無繇償。足穿貧士履，首戴狂生盎。愁同箕子過，悴比湘纍放。縱橫數遺事，太息觀今曏。農甿苦追求，甲卒疲轉饟。且調入沅兵，更造浮海舫。索盜窮琅當，追亡敝箠杖。太陰掩心中，兩日相摩盪。大運有轉移，胡天亂無象。白水谿未然，綠林煙已煬。孫校同，惟胡天作虞天。刋本無農甿下十二句。空懷赤伏書，虛想雲臺仗。荀校原鈔本作狀，孫無校，刋本作仗。不覩二祖興，孫校同，刋本作舊官儀。悍念安傍。復思塞上游，汗漫誠何當。河西訪竇融，上谷尋耿況。聊爲舊京辭，投毫一吁悵。

山海關

芒芒碣石東，此關自天作。粵惟中山王，經營始開拓。東夷刋本作支，孫無校。限重門，幽州截垠崿。前海瀰浩漾，後嶺橫岝崿。紫塞爲周垣，蒼山爲鎖鑰。緬思皇祖時，刋本作開創初，孫無校。猶然刋本作設險，孫無校。制東索。中葉狃康娛，小有干王略。撫順矢初穿，廣寧旗已落。抱頭化貞逃，束手廷弼卻。駸駸河以西，千里屯氈幕。關外修八城，指麾煩內閣。孫承宗。楊公嗣昌。築二翼，東西立羅郭。時稱節鎮雄，頗折氛祲惡。神京既顚隕，國勢靡所託。辮頭。刋本作啓關。孫無校。元帥降，吳三桂。規案：刋本無注，孫無校。歃血夷刋本作名，孫無校。王諾。自此來域中，土崩無闞格。海燕春乳棲，胡刋本作塞，荀無校，此從孫校。鷹曉飛泊。七廟竟爲灰，六州難鑄錯。

居庸關

居庸突兀倚青天，一澗泉流鳥道懸。百二山河臨大漠，十三陵寢負雄邊。橫分燕代開戎索，遠鑒金元列史編。在昔守邦須設險，只今刁斗尚依然。刋本作終古戍兵煩下口，本朝陵寢託雄邊。車穿褊峽鳴禽裏，烽點重岡落鴈前。燕代經過多感慨，不關遊子思風煙。荀孫無校，此從卓輯。

極目危巒望八荒，浮雲夕日徧山黃。全收胡刋本作朔，孫無校。，地當年大，不斷秦城自古長。北狩千官隨土木，西來羣盜失金湯。空山向晚城先閉，寥落居人畏虎狼。

舊滄州

荀曰：元本天津滄州二詩在答徐甥乾學後。

落日空城內，停驂問路岐。曾經看百戰，惟有一狻猊。

卷四

再謁天壽山十三陵刊本無十三二字，孫無校。

諸陵何崔嵬，不改蒼然色。下蟠厚地深，上峻青天極。佳氣鬱葱葱，靈長詎可測。云何官闕旁，孫校同，刊本作月游路。坐見獯戎孫校作獯東。刊本作塞塵。偪。空勞牲醴陳，微眞神豈食。仁言人所欣，甘言人所惑。小修此陵園，大屑我社稷。揭來復仲春，再拜翦荆棘。臣子分則同，駿奔乃其孫校同，刊本作誰共。職。區區犬馬心，媿乏匡扶力。

贈黃職方師正建陽人

黃君濟川才，大器晚成就。一出事君王，虜刊本作牧，孫無校。馬踰嶺岫。元臣舉國降，天子刊本作羽葆。孫無校。蒙塵狩。崎嶇遂奔亡，空山侶猿狖。蕭然治城側，窮巷一廛僦。數口費經營，索飯兼穉幼。清操獨介然，片言便拂袖。常思扶日月，孫校同，刊本作驅五丁。摘卻旄頭宿。孫校作摘起旄頭宿，刊本作一起天柱仆。神州既陸沈，孫校同，刊本作微誠抱區區。時命乃大謬。南望建陽山，荒阡餘石獸。生違鹿柴居，死欠狐丘首。矢口爲詩文，吐言每奇秀。揚州九月中，煨芋試新酎。猛志雷破山，劇談河放溜。否終當自傾，佇待名賢救。落落公等存，一繩維宇宙。

杭州

浙西錢穀地，不以封宗室。南渡始僑藩，懿親藉丞弼。序非涿郡疏，德則琅琊匹。如何負扆謀。蒼黃止三日。那肱召周軍，匈奴（刊本作北庭，孫無校。）王衞律。（眞東蹝。荀曰：不可解。戴子高云：或是張秉貞，而韻亦不類。規案：原鈔本刊本無此注，孫無校。眞東蹝蓋陳洪範之代語，以韻目代字也。）所以敵國人，盡得我虛實。青絲江上來，朱邸城中出。一代都人士，盡屈穹廬（孫校同。刊本作旃裘。）厀。誰爲斬逆臣，一奮南史筆。

北嶽廟

曲陽古名邦，今日稱下縣。嶽祠在其中，巍峨奉神殿。體制匹岱宗，經營自雍汴。鶴駕下層霄，宸香閟深院。睒睗鬼目獰，盤蹙松根轉。白石睇穹文，丹楹仰流絢。肇典在有虞，望秩羣神徧。時巡歲卽暮，歸格牲斯薦。自此沿百王，彬彬著紀傳。恆山跨北極，自古無封禪。賴以鎭華戎，帝王得南面。河朔多彊梁，燕雲屢征戰。赫赫我皇明，（刊本作陽庚，孫無校。）區分入邦甸。告祈無闕事，降福蒙深眷。周封喬嶽柔，禹別高山奠。疆吏少干城，神州忞奔踐。祠同宋社亡，時嶽祀移渾州。祭卜伊川變。再拜出廟門，嗚呼淚如霰。

井陘

水折通燕海，山盤上趙陘。權謀存史册，險絕著圖經。瞰下如臨井，憑高似建瓴。壑冰當路白，窯火出林青。頗憶三分國，曾觀九地形。秦師踰上黨，齊卒戍熒庭。獨此艱方軌，於今尚固扃。井陘之道，春秋戰國用兵，未有由之者。自王翦韓信伐趙，始開此路，而魏道武伐燕，使公孫蘭於栗磾帥步騎二萬，自太原開井陘關路襲燕慕容寶於中山，於今遂爲通塗。連恆開晉索，指昴逼胡刊本作虜，孫無校。星。乞水投孤戍，炊藜舍短亭。卻愁時不會，天地一流萍。

堯廟

舊俗陶唐後，嚴祠古道邊。土階依玉座，松棟冠平田。霜露空林積，丹青彩筆鮮。垂裳追上理，曆象想遺篇。鳥火頻推革，山龍竟棄捐。汾方風動壑，姑射雪封顚。典册淪幽草，文章散暮煙。滔天非一族，猾夏刊本作馬，孫無校。已三傳。歲至澆邨酒，人貧闕社錢。相逢華髮老，猶記漢朝年。

十九年元旦（孫校同，刊本無十九年三字。）

平明遙指五雲看，十九年來一寸丹。合見文公還晉國，應隨蘇武入長安。驅除欲淬新硎劍，拜舞思彈舊賜冠。更憶堯封千萬里，普天今日望王官。

陸貢士來復（武進人。）述昔年代許舍人曦草疏攻鄭鄤事

雒蜀交爭黨禍深，胥人依附半（刊本作何意附，荀無校，孫校作依附半。）東林。然犀久荷先皇燭，射隼能忘俠士心。梅福佯狂名字改，子山流落鬢毛侵。愁來忽遇同方友，相對支牀共越吟。

聞湖州史獄（刊本作詠史，孫校作聞湖州。此爲莊氏史禍而作。(荀曰：案疑非先生自注。)）

永嘉一蒙塵，中原遂翻覆。名胡（孫校同，刊本作弧。）石勒誅，觸眇苻生戮。哀哉周漢人，離此干戈毒。去去王子年，獨向深巖宿。

李克用墓（在代州西八里）

唐綱既不振，國姓賜沙陀。遂據晉陽宮，表裏收山河。朱溫一篡弒，發憤橫琱戈。雖報上源

讎，大義良不磨。竟得掃京雒，九廟仍登歌。伶官隕莊宗，愛壻亡從珂。傳祚頗不長，功名誠足多。我來雁門郡，遺冢高嵯峨。寺中設王像，緋袍熊皮鞾。旁有黃衣人，年少神磊砢。想見三垂岡，百年淚滂沱。敵人亦太息，如此孺子何。千載賜姓人，流汗難重過。孫校：千載二句鈔本無，荀無校，此從原鈔本刋本。

酬李處士因篤

三晉阸河山，登覽苦不暢。我欲西之秦，潛身睨霸王。一朝得李生，詞壇出飛將。撝呵斗極迴，含吐黃河漲。上論周漢初，規模迭開創。以及文章家，流傳各宗匠。道術病分門，交游畏流宕。朋黨據國中，雌黃恣騰謗。吾道貴大公，片言折邪妄。論事如造車，欲決南轅向。觀人如列鼎，欲察神姦狀。稍存俞咈詞，不害于喁唱。君無曲學阿，我弗當仁讓。更讀詩百篇，陡覺神采壯。游五臺山諸作。先我入深巖，嶔崟剖重嶂。高披地絡文，下挈胡僧刋本作竺乾，荀無校。藏。大氣橐山川，雄風被邊障。泚筆作長歌，臨歧爲余貺。自哂同坎䵷，難佐北溟浪。惟此區區懷，頗亦師直諒。竊聞關西士，自昔多風尚。豁達貫古今，然諸堅足仗。如君復幾人，可愜平生望。東還再見君，牀頭倒春釀。

王官谷

士有負盛名，卒以虧大節。咎在見事遲，不能自引決。所以貴知幾，介石稱貞潔。唐至昭宗遺札作信昭。時，干戈滿天闕。賢人雖發憤，無計匡杌隉。邈矣司空君，保身類明哲。墜笏雒陽墀，遺札作放逐歸山阿。歸來遺札作閉門。臥積雪。視彼六臣流，恥與冠裳列。遺像在山厓，清風動巖穴。堂芇一畝深，壁樹千尋絕。不復見斯人，有懷徒鬱切。

長安

東京應天文，西京自炎漢。都城北斗崇，渭水銀河貫。千門舊宮掖，九市新廛閈。雲生百子池，風起飛廉觀。橋邊拜單于，闕下俘可汗。刋本作呼韓拜殿前頡利俘橋畔。荀無校，此從孫校。武將把雕戈，文人弄柔翰。遺跡俱煙蕪，名流亦星散。愁聞赤眉入，再聽漁陽亂。論都念杜篤，去國悲王粲。積雨乍開褰，淒其秋已半。惆悵遠行人，單衣裁至骭。

后土祠有序

漢孝武所立后土祠，在今滎河縣北十里，地名郄上，或曰脽上。史所云幸河東祠后土者，蓋屢書焉。其後宣元成三帝，及唐宋二宗，皆嘗親幸。以及本（刋本作國，荀無校。孫校作本。）朝，雖不親祀典，而歷代相傳宮殿之巍峨，像設之莊靚，（刋本作靜，荀無校。孫校作靚。）香火之駢闐，未嘗廢也。歲閼逢執徐王正五日，予至其下。廟祝云：「距此十五年，為黃河所齧，神宇圮焉。乃徙像於東南二里坡下，今所謂行宮者。而古柏千章，盡伐之以充改造之用，廟未成而木盡矣。」是日，大雪，令祝引導，策馬從之，逶迤而登，則坊門壖廡宛然。東有大甯宮，亦存遺址。惟正殿及秋風洗妝二樓，皆已蕩然為斷崖絕壑，而王文正旦之碑猶臥雪中，不能洗而讀也。愴然有感，乃作是詩。

靈格移郟上，洪流圮故宮。事同淪泗鼎，時接墮天弓。古木千章盡，層樓百尺空。地維疑遂絕，皇鑒豈終窮。髣髴神光下，昭回治象通。雄才應有作，灑翰續秋風。

自大同至西口四首（卓輯作大同西口雜詩，僅二首。）

駿骨來蕃種，（卓輯作西部。）名茶出富陽。年年天馬至，歲歲酪奴忙。蹴地秋雲白，臨壚（卓輯作爐。）早酣香。和戎眞利國，烽火罷邊防。

舊日豐州地，（刊本作舊說豐州好，荀孫無校，此從卓輯。）於今號板升。印鹽和菜滑，挏乳入茶凝。塞北思屑齒，河東問股肱。獨餘京雒叟，終日戍樓憑。

孟秋朔旦有事於先皇帝（孫校同。刊本無先皇帝三字。）欑宮

秋色上陵坰，新松夾殿青。草深留虎迹，（茂陵寶城內獲二虎。）山合繞龍形。放犢朝登壠，司香月掃庭。不辭行潦薦，髣髴近維馨。

卷五

寄劉處士大來（荀注：元本五卷始此。）

劉君東魯才，頗能究經傳。時方渾九流，發憤焚筆硯。久客梁宋間，落落無相見。棄家走關中，自結三秦彥。便居公瑾宅，直上高堂宴。（館李子德家。）憶昨出門初，朔風灑冰霰。獨身跨一驢，力比蒼鷹健。崎嶇上太行，彳亍甘重趼。一過信陵君，（陳君上年。）下士色無倦。贈別寶刀裝，賓僚陪祖餞。麾檝添蒲津，駿馬如奔電。上下五陵閒，秦郊與周甸。花殘御宿苑，麥秀

含元殿。常過韋杜家，早識嚴徐面。意氣何翩翩，交游良可羡，回首憶故人，久滯臨淄縣。黃塵汙人衣，數舉西風扇。山東不足居，苦爲相知勸。世路況悠悠，窮愁儻能遣。聊裁一幅書，去託雙飛燕。

重過代州贈李處士子德，刋本作因篤孫無校。在陳君上年署中

雁門春草碧，且復過滹沱。爲念離羣友，三年愁緒多。魯酒千鍾意不快，龜山蔽目齊都隘。卻來趙國訪廉頗，還到關中尋郭解。陳君心事望諸儔，吾友高才冠雍州。玉軸香浮鈴閣曉，彩毫光照射堂秋。人來楚客三閭後，賦似梁園枚馬遊。句注山邊餘舊壘，五原關下臨河水。青冢哀笳出漢宮，白登奇計還天子。窮愁那得一篇書，幸有心期託後車。又逐天風歸大海，好憑春水寄雙魚。

應州

灃南宮闕盡，一塔挂青天。法象三千界，華夷刋本作戎，孫無校。五百年。空簷搖夜月，孤磬落秋煙。頓覺諸緣減，臨風獨灑然。城內木塔，遼清寧二年建。

赴東六首有序

萊人姜元衡訐告其主黃培詩獄，誅連二三十人。又以吳郡陳濟生忠節錄二帙首官，指為余所輯。書中有名者三百餘人。余在燕京聞之，亟馳投到。訟（刊本作頌，孫無校。）繫半年。當事審鞫，卽上年奸徒沈天甫陷人之書，（刊本無當事下十六字，孫無校。）竟得開釋。因有此作。

行行過瀛莫，前途憩廣川。所遇多親知，搖手不敢言。爾本江海人，去矣足自全。（遺札作自足全，荀孫無校。）無為料（遺札作捋，荀孫無校。）虎鬚，危機竟不悛。下有清直水，上有蒼浪天。旦起策青騾，夕來至華泉。

苦霧凝平皐，浮雲擁原隰。峰愁不注高，地畏明湖濕。客子從何來，徬徨市邊立。未得訴中情，已就南冠縶。夜半鵂鶹鳴，勢挾風雨急。枯魚問河魴，（遺札作廷尉望山頭，荀孫無校。）嗟哉亦何及。

荏苒四五日，乃至攀髯時。夙興正衣冠，稽首向圜墀。（遺札作陵墀，荀孫無校。）詩人岸獄中，不忘恭敬辭。所秉獨周禮，顛沛猶在斯。北斗臨軒臺，三辰照九疑。可憐訪重華，未得從湘纍。

（三月十九日。規案：刊本無注，孫無校。）

三月十二日有事於先皇帝（刊本無先皇帝三字，孫無校。）欑宮同李處士因篤餘生猶拜謁，吾友復同來。筋力愁初減，天顏佇一迴。巖雲隨馭下，寢仗夾車開。未得長陪從，辭行涕泗哀。

哭歸高士 原鈔本荀注元本分四首刻本誤並爲一孫無校。

酈生雖酒狂，亦能下齊軍。發憤吐忠義，下筆驅風雲。平生慕魯連，一矢解世紛。碧雞竟長鳴，悲哉君不聞。君二十五年前，嘗作詩，以魯連一矢寓意。君沒十旬，而文覃擧庚。規案：荀注云：末四字未詳。刊本無注，孫無校，文覃擧庚，蓋雲南擧兵之代語，指吳三桂起兵雲南反清也。

王良 刊本作詠史，孫無校。

王良既策馬，天弧亦直狼。中夜視北辰，九野何茫茫。秦政滅六國，自謂過帝皇。豈知漁陽卒，狐鳴叢祠旁。誰爲刑名家，至今怨商鞅。

過矩亭拜李先生墓下

人生無賢愚，大節本所共。蹉跎一失身，豈不負弦誦。卓哉李先生，九流稱博綜。心鄙馬季長，不作西第頌。屏居向郊坰，食淡常屢空。清修比范丹，聰記如應奉。力學不求聞，終焉老家衖。同時程中丞，一疏亦驚衆。玉璽安足陳，亟進名臣用。中丞名紹，德州左衞人。巡撫河南時，漳河旁得玉璽。上疏言，秦璽不足珍，國家以賢爲寶，薦黨籍諸臣十餘人。不納，遂謝病歸。黨論正紛拏，中朝並嚚訟。世推山東豪，三李尤放縱。祠奄與哭典，後先相伯仲。名並見欽定逆案。初踰士類閑，竟折邦家棟。悲哉五十年，胡刊本作風，孫無校。塵尙澒洞。我來拜遺阡，增此儒林重。雖無謦欬接，猶有風流送。自非隨武賢，九原誰與從。

卷六

二月十日有事於先皇帝刊本無先皇帝三字，孫無校。欑宮荀注：元本第六卷始此。

青陽回軒邸，白日麗蒼野。封如禹穴平，木類湘山赭。不忍寢園荒，復來奠樽斝。彷彿見威神，雲旗導風馬。當年國步蹙，實歎謀臣寡。空勞宵旰心，拜戎常不暇。竟令左衽俗，一旦汚中夏。刊本作賊馬與邊烽相將潰中夏，孫無校。三綱乍淪胥，刊本作頹陽不東升，孫無校。節士長喑啞。及今擐甲兵，無復圖宗社。飛章奏天庭，謇謇焉能舍。華陰有王生，刊本有宏撰二字，孫無校。荀云：元無注。伏哭 神牀下 。亮矣 忠懇情，咨嗟傳宦者。呂太監言：昔年王生弘撰來祭先帝，伏哭御座前甚哀。規案：刊本無此注，孫無校。遺臣日以希，有願同誰寫。

贈獻陵司香貫太監宗

蕭瑟昌平路，行來十九年。胡刊本作清，孫無校。霜封殿瓦，野火逼山阡。鎬邑風流盡，邙陵歲月遷。空堂論往事，猶有舊中涓。

陵下人言上年七月九日虜主來獻酒至長陵刊本無七月以下十二字，有冬祭時三字。孫無校。有聲自寶城出至祾恩殿食頃止人皆異之

昌平木落高山出，仰視神宮何崒嵂。昭陵石馬向天嘶，誰同李令心如日。有聲隆隆來隧中，駿奔執爵皆改容。萇弘自信先君力，獨拜秋原御路東。

井中心史歌

崇禎十一年冬，蘇州府城中承天寺以久旱浚井，得一函，其外曰大宋鐵函經。錮之再重。中有書一卷，名曰心史，稱大宋孤臣鄭思肖百拜封。思肖，號所南，宋之遺民，有聞於志乘者。其藏書之日為德祐九年。宋已亡矣，而猶日夜望陳丞相張少保統海外之刊本無海外之三字，孫無校。兵刊本兵下有外來二字，孫無校。以復大宋三百年之刊本無大宋下六字，孫無校。土宇，而驅胡元於漠北，刊本無而驅下七字，孫無校。至

於痛哭流涕，而禱之天地，盟之大神。謂氣化轉移，必有一日變夷為夏者。刊本無變夷下六字，孫無校。於是郡中之人見者無不稽首驚詫，而巡撫都院張公國維刻之以傳。又為所南立祠堂，藏其函祠中。未幾，而遭國難，一如德祐末年之事。嗚呼，悲矣。其書傳至北方者少，而變故之後，又多諱而不出。不見此書者三十餘年，而今復睹之富平朱氏。昔此書初出，太倉守錢君肅樂賦詩二章，崐山歸生莊和之八章。及浙東之陷，張公走歸東陽，赴池中死。錢君遯之海外，卒於瑯琦山。歸生更名祚明，為人尤慷慨激烈，亦終窮餓以沒。獨余不才，浮沉於世，悲年運之日往，值禁網之逾密，而見賢思齊，獨立不懼，將發揮其事，以示為人臣處變之則焉，故作此歌。刊本不懼下作故作此歌以發揮其事云爾，孫無校。

有宋遺臣鄭思肖，痛哭胡元，刊本作元人，孫無校。移九廟。獨力難將漢鼎扶，孤忠欲向湘纍弔。著書一卷稱心史，萬古此心心此理。千尋幽井置鐵函，百拜丹心今未死。胡虜從來刊本作厄運應知，孫無校。無百年，得逢聖祖再開天。黃河已清人不待，沈沈水府留光彩。忽見奇書出世間，又驚胡刊本作牧，孫無校。騎滿江山。天知世道將反覆，故出此書示臣鵠。三十餘年再見之，同心同調復同時。陸公已向厓門死，信國捐軀赴燕市。昔日吟詩弔古人，幽篁落木愁山鬼。嗚呼，蒲黃之輩何其多，（宋末蒲壽庚黃萬石。）所南見此當如何。

關中雜詩

緬憶梁鴻隱，孤高閱歲華。門西吳會郭，橋下伯通家。異地情相似，前期道每賒。請從關尹住，不必向流沙。（無異新構小齋，將延予住。規案：刊本無異作山史，孫無校。）

寄次耕時被薦在燕中

昨接尺素書，言近在吳興。洗耳苕水濱，叩舷歌採菱。何圖志不遂，策蹇還就徵。辛苦路三千，裹糧復贏縢。夜驅燕市月，曉踏蘆溝冰。京雒多文人，一貫同淄澠。分題賦淫麗，角句爭飛騰。關西有二士，立志粗可稱。雖赴翹車招，猶知畏友朋。儻及雨露濡，相將上諸陵。定有南冠思，悲哉不可勝。轉盼（荀云：元作盼，刻本誤盻。孫無校。）復秋風，當隨張季鷹。歸詠白華詩，膳羞與晨增。嗟我性難馴，窮老彌剛稜。孤跡似鴻冥，心尚防弋繒。或有金馬客，間余可共登。爲言顧彥先，惟辨刀與繩。

少林寺

峨峨五乳峯，奕奕少林寺。海內昔橫流，立功自隋季。宏構類宸居，天衣照金織。清梵切雲霄，禪燈晃蒼翠。頗聞經律餘，多亦諳武藝。疆場荀云：元作場，刻本誤場。孫無校。有艱虞，遣之扞王事。今者何寂寥，闃矣成蕪穢。壞壁出游蜂，空庭雊荒雉。答言新令嚴，括田任汚吏。增科及寺莊，不問前朝賜。山僧闕餐粥，住守無一二。百物有盛衰，回旋儻天意。豈無才傑人，發憤起頹廢。寄語惠瑒流，勉待秦王至。唐武德四年，太宗以陝東道行臺雍州牧秦王率諸軍攻王世充，寺僧惠瑒曇宗等執世充姪仁則來歸。賜地四十頃，水碾一具。

寄次耕

入雒乘軒車，中宵心有慍。儻呼黃耳來，更得遼東問。兄子二人今在兀喇。規案：刊本無注。孫無校。

哭李侍御灌溪先生模

故國悲遺老，南邦憶羽儀。巡方先帝日，射策德陵時。落然辭烏府，秋風散赤墀。君以崇禎十四年，左遷南京國子監典籍。南渡復官，稱病不出。行年逾八十，當世歷興衰。廉里居龔勝，緜山隱介推。清操侔白璧，直道叶朱絲。函丈天涯遠，杓衡歲序移。無繇承問訊，祇益歎差池。水沒延州宅，山頹伍相祠。傳家唯疏草，累荀校原鈔本作誄，孫無校，刊本作累。德有銘碑。灑涕瞻鄉社，論心切舊知，空餘歲寒誼，不敢負交期。

亭林隱語詩覈論

《亭林詩集》，開卷第一篇是大行哀詩，這很顯明的寓有「國亡而後詩作」的深意。亭林少年時詩名甚著，十四歲入復社，《靜志居詩話》稱他與同邑歸莊齊名，可見他是有意盡刪早年之作，而自卅二歲崇禎殉國起按年編次。無異乎說這不是他吟風弄月的篇章，而是國亡後精神生命的寄託。所以亭林的詩和他個人志事民族命運是訢合無間、分割不開的。他的詩如遭遇禁錮竄亂，也就是他個人志事和民族命運受到損失摧殘。因此，三年前我旅居新加坡時，讀到孫毓修《蔣山傭詩》殘稿校補和荀羕傳鈔元稿的校文，看見三百年來亭林詩所遇的厄運，故先後寫了〈亭林詩發微〉和〈鈎沈〉二文。目的在恢復亭林詩的眞面目，發揚亭林詩的眞精神。當時曾許下一個心願，希望能搜羅所有亭林詩的元稿逸文，完成一部最完善的亭林詩集。匆匆地過了三年，偶於今年暑假，購得中華書局一九五九年八月新編印行的《顧亭林詩文集》。據編例說明，《亭林文集》係用康熙原刻本爲底本，遇有字句脫誤之處，除以蔣山傭殘稿相校外，並用清光緒張修府及董金鑑諸刻本參校補正。《亭林餘集》係用蒯光典重刻本爲底本，而以傅增湘手校鈔本略校異同。《亭林詩集》係用康熙原刻初印本爲底本，並用傳錄潘耒手鈔原本詩稿相校，把刊刻時竄改的作成校記附在詩後，刪去的依原次序補入。此外，又參考了朱記榮刻《亭林軼詩》，蘭陵荀羕的《亭林詩集校文》（見《古學彙刻》第九編），以及孫毓修依據鈔本《蔣山傭詩集》所作校補（見《四部叢刊》本末後），添補了幾條校記和一首佚詩，並把徐嘉《顧詩箋注》的集外詩補錄附最後。由於編者得見文集之外的蔣山傭殘稿和潘耒手鈔原本詩稿的傳錄本，獲得許多溢出通行本外的珍貴逸文，在今天說來，的確可稱爲現存亭林詩文集中較爲完備的一種。我細讀新亭林詩文集後，覺得增採的許多新材料，是十分值得重視的。尤其關於我往年對亭林詩中隱語的看法，可以得到更進一步的結論。我以前寫〈顧詩發微〉時，僅根據孫毓修所引殘缺的鈔本《蔣山傭詩集》。我知道亭林避仇，僞作商賈，曾變姓名爲蔣山傭。友人往還詩文，也常以蔣山傭稱之。如〈同志贈言〉中所載，有釋嘗明（故懷遠侯常延齡）〈讀蔣山傭元日謁陵詩感而有作〉，有張慤洮侯〈贈蔣山傭詩〉，有潘檉章〈和張洮侯贈蔣山傭之作〉，有施諲〈懷寧人詩〉云：吁嗟蔣山傭，竄跡殊慘傷。這些都是朋輩稱之爲蔣山傭。《國粹學報》第六年庚戌第七號，載蔣山傭〈都督吳公死事略〉，文中也自稱爲傭。因此我認爲鈔本《蔣山傭詩集》是出於亭林先生的原稿。而且當時手邊無《古學彙刻》，雖然弱冠時曾繙閱過荀羕校文，但當時印象不深，孫毓修校補又對荀羕校文隻字不提，於是滿以爲顧詩鈔本，除孫毓修所見外，以前定未發現，否則孫氏不應不知，也不應不提，因此，我認爲鈔本中用韻目代替忌諱字是出於亭林先生之手。待到〈發微〉寫成的次年，在南洋大學圖書館發現新運到的一堆舊書中，有荀羕校文。我雖知道校文所據元鈔稿本更勝於《蔣山傭詩集》鈔本，我當時只著重在恢復亭林詩的眞面目，發掘亭林詩的眞精神。我覺得由推測韻目字所含的隱語，其所發現的價値，並不因校文而減損，相反的更因校文而得證明，而得擴大。故當時雖曾考慮到修訂韻目代字出於亭林之說，但總希冀能得到更多的新材料，完成一個更確實更具體的結論。三年來我默默地蘊藏著這一問題，果然最近得到友人饒宗頤先生的啓示。饒先生是看到我〈亭林詩發微〉及〈鉤沈〉之後，不久又看見中華書局《新編亭林詩文集》。跟著在民國五十年六月出版的第五卷第二期《文學世界淸詩研究專號》裏發表了一篇顧亭林詩論，其中有提及鄙說之處，現在我節錄如下：

由於淸初文字獄的繁興，亭林詩中有很多的忌諱，後人刊刻，不免加以刪改。其弟子潘耒手鈔原本詩稿，有傳錄本，和康熙原刻本已有許多不同，《古學彙刻》（第九編）中有署名荀羕作「亭林集外詩」並附《亭林詩集》校文。跋語云：「《亭林詩集》六卷傳校元鈔稿本，（潘稼堂刻本並為五卷），以潘刻勘之，得佚詩十有八篇。潘刻所有而文字殊異者，又逾百事。」又注云：「潘刻亦有初印及重修之異，修版本缺字殊夥。初印本並與元鈔本同，今不備校。」是潘次耕初印本並未敢多所竄改，猶遵師訓，其後文網日深，乃重加刪併，成為五卷本。別有鈔本題作《蔣山傭詩集》的只有四卷，孫毓修曾據以寫成〈亭林詩集校補》，附於《四部叢刊》本《亭林詩集》之後。此外光緒年間，朱記榮曾據桐城蕭敬孚所得抄本，輯刻《亭林佚詩》一卷廿三首。諱忌處多仍作方圍。近年中華書局依據上列各本，重編為五卷，並注明原鈔本不同的字句，並把徐嘉《顧詩箋注》的集外詩補錄附於末，成為較完備的《亭林詩集》（一九五九年印行）。

原鈔本之可貴，舉例言之，如羌胡引一首，刻本所無，集外詩列在卷四，注云：「贈黃職方詩後」，詩中直斥建州云：「亂之初生自夷孽。徵兵以建州，加餉以建州。」當日如不刪去，是可以引起禍端的。

又《翦髮》一首，所以誌剃髮的慘痛。起句「流轉吳會間，何地為吾土？登高望九州，憑陵盡戎虜。」刻本題目改作「流轉」，第四句改為「極目皆榛莽。」不剃頭在當日是極嚴重的罪名。故「翦髮」二字，在形勢之下，亦不能不加竄改。

「路舍人家見東武四先曆」，原鈔本題作「隆武二年八月上出狩，未知所之。其先桂王卽位於肇慶府，改元永曆，時太子太師吏部尚書武英殿大學士路振飛，在厦門造隆武四年大統曆，用文淵閣印頒行之。九年正月，臣顧炎武從振飛子中書舍人路澤溥，見此有作」。原本逕作「隆武」，且用以紀年，稱監國為上，用春秋筆法，謂其「出狩」。孫毓修所見《蔣山傭詩集》鈔本「隆武」作「東武」，「桂王卽位」作「霽陽卽位」，「改元永曆」作「改元梗錫」，「在厦門」作「在厦元」，「造隆武四年大統曆」作「東武四先大統錫」，

「文淵閣」作「文光閣」，「臣顧炎武」作「臣蔣山傭」，於忌諱字多用韻目代替。友人潘重規教授曾寫〈亭林詩發微〉一篇，（載《新亞學報》第四卷第一期），謂孫氏校補所用的「鈔本《蔣山傭詩集》，確是出於亭林先生的原稿，其中有許多隱語，叫人乍看，茫然不知所謂，原來亭林先生運用許多韻目，代替他要隱諱的字眼。」這一說法，是很有問題的。因為荀氏所見的六卷原鈔稿本，實如上文所錄，並無隱避，荀氏又言潘次耕初印本與原鈔本同，那麼，這些用韻目來代替，不但不出於亭林自己，亦非出於潘耒；而是出於傳錄《蔣山傭詩集》的人，究不知誰氏。他連「顧炎武」三字都改稱「蔣山傭」，又如上舉的羌胡引，他改作「陽虞引」，「建州」則改作「願州」，這顯然是出於清代某一怕事的鈔書家的玩意，和亭林本人是沒有關係的。

讀了饒先生這段文章，恰好撥觸著我胸中蘊藏這正待解決的問題。據我看來，這些用韻目代替的隱諱文字，未必是出於潘耒以後的鈔書人，而且與亭林先生未必無關。我們只須細讀用康熙原刻初印本為底本的《新編亭林詩集》，便可得到很可靠的一部份答案。我們看原刻初印本《亭林詩集》，其中有許多隱諱字是用韻目代替的，現在表列如下：

卷數	詩題	刻本	原鈔本

卷	詩題	初刻本	原文
卷一	金陵雜詩	灑掃及冬烝	天下想中興
卷一	贈顧推官咸正	東虜勢薄天	東胡勢薄天
卷二	路舍人家見東武四先曆	路舍人家見東武四先曆	隆武二年八月……隆武四年大統曆
卷二	贈潘節士檉章	秘書入東虜	秘書入東胡
卷二		同文化支字	同文化夷字
卷二	桃葉歌	白土岡下驅虜車	白土岡下驅胡車
卷二	王徵君潢具舟城西同楚二沙門小坐柵洪橋下	以國資東陽	以國資戎羌
卷三	京師作	居中守在支	居中守在夷
卷三	山海關	東支限重門	東夷限重門
卷三	北嶽廟	赫赫我陽庚	赫赫我皇明
卷三	井陘	指昴逼虜星	指昴逼胡星
卷三	堯廟	猾馬已三傳	猾夏已三傳

我們看了上表，很明顯的是潘耒初刻本以「冬」代「中」，以「烝」代「興」（《爾雅》：冬祭

曰蒸，經典亦作烝。《廣韻》韻目作蒸。），以「虞」代「胡」，以「東」代「隆」，以「先」代「年」，以「支」代「夷」，以「東」代「戎」，以「陽」代「羌」，以「陽」代「皇」，以「庚」代「明」，以「馬」代「夏」，這顯然是潘耒刻書時根據的稿本是將忌諱字用韻目代替的。刻本中這些韻目字定是刪改付刻時偶然漏網的。由此得到證明，用韻目代替忌諱字，必是潘耒刻亭林詩之前，已經存在了。我們再看《新編亭林詩集》所根據的傳錄潘耒手鈔原本詩稿（省稱原鈔本），其中也有用韻目代替忌諱字之處，如初印本卷一〈哭顧推官〉：誓麾白羽扇，原鈔本作談笑東吳空，荀羕校文作談笑東胡空，可見是用「吳」代「胡」（吳大概是虞的誤字）。卷二十〈廟〉：得以威遐荒，原鈔本、荀校文、孫毓修校補皆作得治諸東羌，據卷二〈王徵君潢詩〉刻本以國資東陽，原鈔本作以國資戎羌，以「東」代「戎」，此「東羌」也當爲「戎羌」，「東」也是韻目代替字。卷四〈哭歸高士詩〉：悲哉君不聞，原鈔本下有注云：「君二十五年前作詩，以魯連一矢寓意，君沒十旬，而文覃舉庚。」荀校文與原鈔本同。「文覃舉庚」是「雲南舉兵」的代語，「文」、「覃」、「庚」都是韻目字。還有，卷三〈杭州詩〉：北庭王衞律句下，校文有注云：「眞東嗛」，荀曰：「不可解。戴子高云：或是張秉貞，而韻亦不類。」「眞」、「東」、「嗛」都是韻目字，我在〈鉤沈〉中推測爲「陳洪範」的隱語。據新編本無校語，不知道是原鈔本沒有這一注文，還是編者漏校。總之，無論是新編本所據的鈔本，或者是荀羕所據的鈔本，都確然有韻目代替字。尤其是「雲南舉兵」和「陳洪範」二條，簡直是公開反抗的口吻。所以必須用隱語遮蔽，最可能是出於亭林先生自己的手法。其他韻目字或是出於亭林先生，或是潘耒仿造亭林先生的辦法，雖然還無法確定，但總不會如饒先生所說：「這些用韻目來代替，不但不出於亭林先生自己，亦非出於潘耒，而是出於傳錄《蔣山傭詩集》的人，究不知誰氏。……這顯然是出於清代某一怕事的鈔書家的玩意，和亭林本人是沒有關係的。」荀羕所見的稿本，據他的識語說是「傳校元鈔稿本。」新編本所見的稿本，據編例說是「傳錄潘耒手鈔原本詩稿」。所謂「元鈔稿本」，「潘耒手鈔原本詩稿」，是否卽潘耒所鈔的亭林原稿，我們沒有機會看見底本，也未經校錄的人詳加說明，我們不敢懸斷。如果確是根據潘耒手鈔的亭林先生的原稿，那麼，用韻目代替忌諱字，顯然是出於亭林先生之手了。亭林先生的詩文著作鈔本很多。同是一種著作，也不止一個鈔本。亭林與潘次耕札云：「寄去文集一本，僅十之三耳，然與向日抄本不同也（《亭林餘集》）。」又云：「然近來實病，似亦不能久於人世，所縈念者，先妣大節未曾建坊，存此一段於集中，以待河清之日，自有人爲之表章。……至於著述詩文，天生與吾弟各留一本，不別與人以供其改竄也（《亭林餘集》）。」答兪右吉云：「至乃向日流傳友人處詩文，大半改削，不知先生於何見之？恐不足溷高明也（《蔣山傭殘稿》卷一）。」《音學五書》後序云：「余纂輯此書三十餘年，所過山川亭鄣，無日不以自隨，凡五易稾而手書者三矣（《亭林文集》卷二）。」〈與湯聖弘書〉云：「拙著《音統》已改名《音學五書》，以鬻產之資，付力臣兄刻之淮上，尙需改定，故未印出。……《日知錄》續已改定爲三十卷，前本復有增損，且可勿刻（《蔣山傭殘稿》卷三）。」

又彭紹升《亭林餘集・序》云：「予年十六時，應童子試至崐山，仲兄自家省余。一日，偕出遊於市，見抄本《亭林集》一帙，兄得而售之，以授予。予閱其文，中多點竄，意先生所手定。以旣刻本校之，其所佚者十餘篇，蓋編集時爲門人所削者也。」又何焯《菰中隨筆・序》云：「身歿後，遺書悉歸於東海相國，然不知愛惜，或爲人取去。此《菰中隨筆》一冊，余於友人案間得之，視如天球大圖，時一省覽，以警惰偸。南北奔走，未嘗不以自隨也。先生所著區言五十卷，皆述治天下之要。余曾在相國處見一帙，言治河事，亦如此細書者，不識能寶藏否？」依上所引，知亭林先生著述詩文，自己抄寫的稿本必然很多。同時他的朋友門人替他謄錄的自然亦不少。據李雲霑（亭林門人，又係顧衍生之師）〈與人論亭林遺書牋〉說：「先師當日著作甚富，卽以晚所見而言，尚有《岱嶽記》四卷，《熹宗諒陰記》一卷（三大案皆在內，係霑手錄（《昭夏遺聲》二卷（昭夏者，中夏也。選明季殉節諸公詩，每人有小序一篇，係霑手錄。）。今諸書不知在於何處，深爲可惜（《國粹學報》第一年第七期）。」由此，我們可以推斷亭林先生的詩文著作的傳鈔本必然很多，潘耒手鈔原本詩稿自極可能。至於孫毓修所見鈔本《蔣山傭詩集》，和大阪圖書館舊藏《蔣山傭文集殘稿》，同以蔣山傭署名，很可能是同出一源。《蔣山傭文集殘稿》有亭林嗣子衍生的按語，當然是接近亭林時代的鈔本。由此可推斷《蔣山傭詩集》也是出於亭林先生或其友好門人之手的。根據這些事實，我們可以斷定新編本所據傳錄潘耒手鈔原本詩稿和荀羕校文所據元鈔稿本（大概卽是戴子高家藏潘耒手鈔本），最可能是亭林的原稿。因爲〈哭歸高士詩〉注「雲南舉兵」，和〈杭州詩〉注「陳洪範」，都過於顯露，故用韻目字代替。其後推及全集，凡涉避諱字眼，一律用韻目代替，便成爲鈔本《蔣山傭詩集》的模樣。再後，到潘耒將詩集付刻時，覺得用韻目代替，仍嫌觸犯忌諱，容易被人發現，所以又加刪改。至於饒先生說：「潘次耕初印本未敢多所竄改，猶遵師訓，其後文網日深，乃重加刪併，成爲五卷本。」我的看法與饒先生略有不同，因爲潘次耕替亭林刻詩時，早已懷有文字獄的恐怖，所以他將六卷本的原稿，除刪改許多忌諱字外，全首詩被刪去的也不少，這樣在付刻時便被合併成爲五卷本。今天我們看見的和知道的亭林詩刻本，不論是潘刻的初印本或重修本，沒有不是作五卷的。我們看根據康熙原刻初印本爲底本的新編本卽是五卷，這便是眼前最好的證明。饒先生又引了《蔣山傭詩集》與原鈔本的異文後，接著說：「荀氏又言潘次耕初印本與原鈔相同，那麼，這些用韻目來代替，不但不出於亭林自己，亦非出於潘耒，……這顯然是出於淸代某一怕事的鈔書家的玩意。」這一層我也頗覺可商。因爲荀羕所謂初刻印本與原鈔本同者，乃承上文而言，意思只是說修版本缺而初印本不缺的文字，初印本並與元鈔本同，所以接著說「今不備校」。其實初刻本文字與原鈔本殊異者，多至百事以上。卽以饒先生自舉之例而言，羌胡引一首，刻本所無，姑置不論。翦髮一首的題目，原鈔本和《蔣山傭詩集》均作「翦髮」，而潘次耕初刻印本則作「流轉」。「隆武二年八月上出狩……」一個長題，《蔣山傭詩集》除顧炎武改爲蔣山傭（顧氏有時自署蔣山傭，友人也常以蔣山傭相稱，說已見前），又改了幾個韻目字外，均與原鈔本同，而潘刻初印本則作「路舍人家見東武四先曆」，這分明是初印本和原鈔本不同的明據確證，如何可以說「這些用韻目來代替，是出於清代某一怕事的鈔書家的玩意」呢？因此，我對於饒先生的意見，到底未敢苟同，我仍然認為從事刪改忌諱字句的工作的，是潘耒或潘耒以前的人，而決不是潘耒以後的人。我現在約略舉例，列表比較，便很容易看出它刪改蛻變的眞相。

元稿本	**《蔣山傭詩集》**	**潘耒初刻本**
卷一感事		
匈奴出塞時	匈奴出塞時	中原望捷時
帝京篇	帝京篇	京闕篇
王氣開洪武江山	王氣開洪武山河	王氣開江甸山河
拱大明	拱大明	拱舊京
金陵雜詩		
天下想中興	天下想中興	灑掃及冬烝
秋山		
胡裝三百舸	虜裝三百舸	北去三百舸
李定自延平歸齎	李定自延平歸齎	延平使至

至御札
贈顧推官咸正
東胡勢薄天
哭楊主事廷樞
並奏東胡狀
哭顧推官
談笑東吳空
幾墮猾虜睨
哭陳太僕
欻見胡馬逼
拜表至福京
恥汚東夷刀
常熟縣耿侯橘水利書
況此胡寇深
胡騎已如林

至御札
東虜勢薄天
並奏夕虜狀
談笑東虜空
幾墮猾虜睨
欻見虜馬逼
拜表至屋京
恥汚東支刀
況此虜寇深
大唐中興頌歌
虜騎已如林

東虜勢薄天
並奏北邊狀
誓揮白羽扇
幾墮旃裘睨
欻見牧馬逼
拜表至行朝
恥爲南冠囚
況多鋒鏑驚
浯溪碑歌
牧騎已如林

將有遠行作時猶全越	將有遠行作時猶全越	將遠行作
去秋闖大海	去秋闖大海	去秋闖東溟
卷二石射堋山		
爾來兀朮方深入	爾來兀朮方深入	爾來牧騎方深入
翦髮	翦髮	流轉
憑陵盡戎鹵		極目皆榛莽
贈路舍人澤溥		
胡馬彎弓至		牧馬彎弓至
恭惟上中興	恭惟上中興	國步方艱危
隆武二年八月上出狩…桂王…	東武二年八月上出狩…露陽…	路舍人家見東武四先曆
永曆…路振飛在廈門造隆武四	梗錫…路振微在廈元造東武四	
年大統曆用文淵閣…從振飛…	先大統錫用文光閣…從振微…	
十廟		
金陵自入胡		陪京板蕩餘
乃信夷奴心亦知畏菑殃		無
得治諸東羌	得治諸東羌	得以威遐荒

昭示同三光上天厭夷德神祇顧	昭示同三光上天厭支德神祇顧	昭示同三光追維定鼎初遣
馨香上追洪武中遣祀明綸將	馨香上追洪武中遣祀明綸將	祀明綸將
金山		
海師一十萬	賄師一十萬	水軍一十萬
況玆蠢逆胡已是天亡秋	況玆蠢逆虜已是天亡秋	祖生奮擊楫肯效南冠囚
贈路光祿太平有序		
乃欲告余通閩中事	乃欲告余通閩中事	乃欲陷余重案
贈潘節士檉章		
中更夷與賊	中更支與賊	中更支與賊
祕書入東胡	祕書入東虜	祕書入東虜
同文化夷字	同文化支字	同文化支字
王徵君潢具舟…		
以國資戎羌		以國資東陽
不見日月光		不見二曜光
卷三京師作		
居中守在夷		居中守在支

紫塞吹胡笳		紫塞吟悲笳
再謁天壽山陵		
云何宮闕旁坐見	云何宮闕旁坐見	云何月遊路坐見
玁戎逼	玁東逼	塞塵逼
贈黃職方師正		
虜馬踰嶺岫		牧馬踰嶺岫
天子蒙塵狩		羽葆蒙塵狩
常思扶日月摘卻	常思扶日月摘起	常思驅五丁一起
旄頭宿	旄頭宿	天柱仆
神州既陸沈	神州既陸沈	微誠抱區區
堯廟		
猾夏已三傳		猾馬已三傳
十九年元旦	十九年元旦	元旦
卷四詠史		
名胡石勒誅	名胡石勒誅	名弧石勒誅
酬李處士因篤		

下挈胡僧藏　　下挈竺乾藏

以上略舉原稿本，《蔣山傭詩集》，刻本刪改遞嬗之跡，很可以看出原稿本到刻本，當中顯然經過用韻目代替忌諱字眼一個歷程。因此，「東胡」改成「多虞」，「胡馬」改成「虞馬」，「東夷」改成「東支」，「隆武」改成「東武」，……但是到了付刻時，潘次耕感到不妥，因爲滿紙代替字，不成文理；而且這一秘密，只須稍一注意，便會被人揭穿，處在當時文網嚴密之中，自不得不加以刪改，故「虞裝三百舸」便改成「北去三百舸」，「並奏冬虞狀」便改成「並奏北邊狀」，「談笑冬虞空」便改成「誓揮白羽扇」，「恥汚東支刀」便改成「恥爲南冠囚」，「況此虞寇深」便改成「況多鋒鏑驚」，「得治諸東羌」便改成「得以威遐荒」，「況玆蠢逆虞，已是天亡秋」便改成「祖生奮擊楫，肯效南冠囚」。而「東武二年八月上出狩，未知所之，其先霽陽卽位於肇慶府，改元梗錫，時太子太師吏部尚書武英殿大學士臣路振微在廈元，造東武四先大統錫，用文先閣印頒行之，九年正月臣蔣山傭從振微子中書舍人臣路澤溥見此有作」一題，纔會縮寫成「路舍人家見東武四先曆」。也惟有先經過改用韻目代替一階段，纔會有「東虞勢薄天」、「中更支與賊」、「祕書入東虞」、「同文化支字」、「白土岡下驅虞車」、「以國資東陽」、「猾馬已三傳」……許多韻目字遺留在刻本中的痕迹。據新編本華忱之關於《蔣山傭殘稿》說：「日本大阪府立圖書館舊藏。版心上方標明《蔣山傭殘稿》，下方題『尚志堂』三字。書的首尾有『秦峯陸熙』，『文穆』及『大阪府立圖書館』諸印。陸熙係清初畫家，其生平經歷已不能詳考。文穆當是陸熙的字，尚志堂不知卽陸氏的室名否？原稿共有文九十九篇，題目下間或有小字注文，係出亭林嗣子顧衍生之手。文中遇有涉及明朝皇帝的如『輦下』、『奉旨』諸字，均跳格書寫，仍然保持原稿的面貌。」可見《蔣山傭殘稿》乃是出於亭林生存時的稿本。《蔣山傭詩集》和《殘稿》同署蔣山傭之名，也可能是和亭林原稿時代非常接近的。因此，我們根據新得的新材料，可以較肯定的說，亭林詩中的韻目隱語，是出自亭林先生或其弟子潘耒諸人之手的。

我們努力將亭林詩中韻目隱語問題解決，不但把掩飾亭林詩的眞情感眞精神眞事實的障礙剔開，而且也可以把對亭林詩種種錯亂迷離的誤解袪去。我在〈亭林詩發微〉中曾提到研求顧詩數十年的徐嘉，指出他箋注中不能解決或錯誤的解釋多處，都是由於他未曾發現韻目隱語的緣故。現在我又發現幾處：一，卷二桃葉歌，白土岡下驅虜車，徐嘉無注。其實「虜車」只是「胡車」。二，卷三井陘詩，指昴逼虜星，「虜」也是「胡」的代字。三，卷三堯廟詩，猾馬已三傳，「馬」是「夏」的代字。徐嘉引天皇會通「左更藪澤之虜官」，來注解虜星，虜官和虜星各不相涉，其實虜星只是胡星罷了。他又注猾馬云：「《呂氏春秋》明理篇：『其狀若衆馬以鬥，其名曰猾馬』，注：『五行傳爲馬祆也。』此指雲氣。」徐嘉先生博考羣書，好不容易在《呂氏春秋》尋着猾馬一個詞彙。得來雖屬辛苦，但到底還是錯了。因爲猾馬乃是猾夏，「蠻夷猾夏」一語見於〈舜典〉。猾夏已三傳，是說清朝侵陵上國，自皇太極攝政王經順治康熙，已經傳了三代之久，而中華尚在異族統治之下。此詩乃亭林先生五十歲於康熙元年謁堯廟時所作，遠想堯封，近瞻禹域，眞是不勝感慨係之。徐嘉解猾馬爲雲氣之狀，便與亭林原意相去萬里了。由此看來，我們對亭林詩中的隱語，摸索探求，居然可與古烈士的心靈息息相通，這番工夫，總算是並未白費啊！

我感謝《新編亭林詩文集》給我有機會解決問題，因此我也想對它貢獻些許意見。現在就分別列舉於後。

第一，所據稿本還有待說明之處。新編本所據傳錄潘耒的手鈔原本詩稿，來歷如何？與荀羕校本是一是二？均嫌缺少說明。荀羕校文，據我看來，乃是出自浙東大儒孫詒讓之手。蘭陵荀羕，只是孫詒讓的化名。這層我在〈亭林詩鉤沈〉序文中已經指出。現在我再舉出一個確證來。章太炎先生《檢論》卷九〈小過篇〉云：

> 戴名世全祖望之流，隱顯不常，皆以光復期之後嗣，其後風義少衰，而戴望孫詒讓發言常有隱痛。原注云：戴望過魯監國墓詩，儻遇陽秋筆，春王未敢删。孫詒讓校《亭林集》後系以詩云：亡國於今三百年。是時尚畏清法，自署荀羕，蓋以孫音通荀，詒讓切羕也。其與余書，或觸忌諱，亦皆署荀羕名。

據此可知仲容先生與章氏通信，有時也署名荀羕。亭林詩校文出於仲容先生之手，確實毫無疑義。至於稱「蘭陵荀羕」，乃因孫卿居蘭陵之故，並非眞實籍貫。校文中杭州詩曾引戴子高之說，而孫殿起《販書偶記》也記有《亭林詩稿》六卷，注云：「崑山顧炎武撰，無印書年月，約光緒間幽光閣以戴子高家藏潘次耕手抄鉛字排印本，較他本多不同。」大概仲容先生所見的抄本，即是戴望所藏的抄本。現在看新編本的校語，所據的原鈔本與孫仲容校文的稿本，似乎是略有異同。如卷一千官：原鈔本武帝求仙，荀校武作歌。感事：原鈔本殿上駐賢王，荀校駐作左。聞詔原鈔本不覺淚頻流，荀校頻作頗。上吳侍郎暘：原鈔本作暘，荀校作陽。延平使至：原鈔本收京遙待翠華還，荀校遙作恭。哭顧推官：原鈔本談笑東吳空，荀校吳作胡。卷二眞州：原鈔本詩末注云：眞州牐外焚船數百艘，荀校牐作牌。和陳生芳績：原鈔本一上鍾山東極目，荀校鍾作蔣。卷三京師作：原鈔本兩日相麾盪，荀校麾作摩。羌胡引：原鈔本四入郊圻躪魯齊，荀校作齊魯。元日：原校本麗日開華始，荀校日作景。注夷曆元日先大統一日，荀校無元日二字。杭州：匈奴王衞律下，荀校有注云：眞東[illegible]，原鈔本無。卷四，赴東六首序：原鈔本頌繫半年，荀校頌作訟。原鈔本贈閻君明鋒：鄒陽方八獄，荀校鋒作鐸，八作入。根據上面二本文字的出入，似乎可以說新編和荀羕所據是兩個不同的稿本。但《古學彙刻》和新編排印都難免有誤字，即仲容先生和新編的校者也都難免有疏漏的地方。究竟是原本的差異，還是校者的疏忽，或排印的錯誤，非親見原稿本，很難遽下斷語。不過我總覺得亭林詩稿本，流傳下來，決不止一本。我們看到朱記榮校刻的軼詩，爲黃氏作一首，題下注云：在樓桑廟後，子高臨本在前。是朱氏所據蕭敬孚所得抄本，與戴子高臨本不同。現在新編本爲黃氏作一首也在樓桑廟前，是與戴子高臨本相同，而與蕭敬孚所得抄本相異。照這些事實看來，亭林詩稿本在清光緒年間，至少還有朱記榮和幽光閣所依據的兩個稿本。又徐嘉《顧詩箋注》稱梁清標所藏舊本，凡潘氏初刊闕文，皆正朱書補完。據《蔣山傭殘稿》卷三〈亭林先生答李子德書〉有「梁公清標有心人，若不得見，可上書深切懇之」的話，亭林先生性情最耿介，在生死關頭，也不肯輕易懇求他鄙視的名公鉅卿。他居然稱梁清標爲有心人，可見梁顧之間，心神契合，梁清標定必得見亭林詩原稿本，故可據之補完闕字。這些稿本，我希望能盡力訪尋，從速影印，使亭林精神照耀天地間，永遠不減損它的光芒！

其次，《新編亭林詩文集》，頗有錯誤之處。簡單說來，排印有誤，標點有誤，校勘有誤，輯佚也有誤。我現在約略舉例證明。

(一) 排印之誤：卷四贈同繫閻君明鋒先出云：鄒陽方八獄，未上大王書。編者校記云：此詩刻本無，據原鈔本補。按荀羕校文，鋒作鐸，八作入。八字顯然訛謬，或是排版之誤。

(二) 標點之誤，如新編本卷一〈歲九月虜令伐我墓柏二株〉：「斫白書其處，須臾工匠來，斤鋸持鋸截此柏，柏樹東西摧。」按此處標點有誤，當作「斫白書其處，須臾工匠來斤鋸。持鋸截此柏，柏樹東西摧。」又卷三〈羌胡引〉：「幸而得囚，去乃爲夷。夷口呀呀鑿齒鋸，牙建崇旗乘莽車。」按當作「幸而得囚，去乃爲夷。夷口呀呀，鑿齒鋸牙，建崇旗，乘莽車。」他如卷三京師作，校記云：「白水未然，餤綠林烟已熸。」據荀校作「白水餤未然，綠林烟已熸。」或當係排印之誤。

(三)校勘之誤：如卷三〈杭州詩〉：「那肱召周軍，北庭王衞律」下，據荀校文有注云：「眞東蹥」，荀戴皆有解說。原刊本似亦當有此注語，恐係新編校者漏脫。又卷二〈閏五月十日恭詣孝陵〉云：「燕嘗憑絕隝，靺馨託荒陬。」馨係磬之誤字。隝字孫校作隝，隝字也應該是隝字之誤。按隝字見司馬相如子虛賦，阜陵別隝。注：隝，水中山也。《玉篇》云：隝，今作島。隝當係誤字。此語乃亭林先生謁陵時慨歎明室傾覆，只靠鄭延平延國祚於絕島之上。

(四)輯佚之誤：亭林佚文輯補，第一篇〈讀隋書〉，錄自董金鑑刻本《亭林文集》。其實此篇文字，見《文獻通考》卷二十三〈國用考一〉，並非亭林先生的文章。錢大昕《十駕齋養新錄》卷十六〈顧寧人條〉已經指出。其言曰：

> 顧寧人文集，初印本有〈讀隋書〉一篇，本馬貴與之說，載在《文獻通考》，寧人手鈔之，意欲采入《日知錄》。潘次耕誤仍為顧作，乃以〈讀隋書〉為題，收入集中。今本無此篇，以它文易之，則次耕已覺其謬矣。

張石洲《亭林年譜》也曾引用《養新錄》這段話，而輯補佚文的編者，竟把前人已刪去的，又重新收拾起來，實難免畫蛇添足之誚。至於輯補佚詩，也只附錄了《顧詩箋注》集外詩補的數首，我在〈鈎沈〉中據卓爾堪輯《明末四百家遺民詩》補錄的圍城一詩也未收入，對於亭林佚詩，實在還是採錄未周。理想的《亭林詩文集》似乎還須加倍努力，纔可實現。我冀望能先將現有的《亭林集》的鈔本影印出來，使得原始材料能夠保存流通，那就更能發揚亭林先生的精神氣節了。

亭林元日詩表微

亭林先生詩集，包括刻本稿本，共有元日詩五題六首。其中卷四的一首，牽涉的問題多，關係也特別大，現在先把它抄錄如次：

元旦　昭陽單閼

平明遙指五雲看，十九年來一寸丹。合見文公還晉國，應隨蘇武入長安。驅除欲淬新硎劍，拜舞思彈舊賜冠。更憶堯封千萬里，普天今日望王官。

這首詩作於康熙二年癸卯，故徐嘉《顧詩箋注》說：「案先生是年五十一歲，去崇禎甲申十九年矣。」徐氏此一說解，對於「十九年來一寸丹」這一句，似乎很適合；但是就「文公還晉國」、「思彈舊賜冠」諸語說來，事義都不愜切。崇禎已經殉國，並非出亡，有何「還晉」之可言？崇禎當朝，亭林並未受一官半職，有何「賜冠」之可彈？這是此詩一大問題。還有此詩題目，據傳錄潘耒手鈔原本詩稿，孫詒讓的《亭林詩集》校文，以及孫毓修《亭林詩集》校補，都作「十九年元旦」，可見亭林原稿確有「十九年」三字。這一紀年既與康熙二年不合。若謂亭林不肯書清帝年號，而繫年於崇禎，則崇禎以十七年殉國，至殉國十九年後，又稱爲「崇禎十九年」，這從任何方面說都不合事實，也不合情理。如果說指的是桂王的年號，則桂王頒號永曆，僅十五年而亡，到了康熙二年，永曆也已遇難兩年之久，怎麼可以稱爲永曆十九年呢？這是此詩又一大問題。這兩個大問題不得解決，不獨讀不通亭林這首詩，而且也不能了解亭林的心志情感和他的出處大節。我現在嘗試著找尋它的解答。

第一、我認爲亭林所用的紀年是南明唐王隆武的紀年。攷南京陷後，唐王聿鍵入閩，順治二年乙酉閏六月初四日到達福州，以閏六月二十七日卽皇帝位，改是年七月一日以後爲隆武元年，下數至康熙二年癸卯，恰好是隆武十九年。詩題旣確定是「十九年元旦」，只有用的是隆武年號，方可解決這一問題。亭林身處胡清統治之下，不奉當代正朔，而用明朝紀年，這是大逆不道，罪不容誅的，所以他的學生潘耒，在他死後替他刻詩集時，不得不刪去「十九年」三字。這三個字的關係太大了！它關係這首詩涵孕的整個情感事義，也表現了亭林一生的制行精神，我們斷不該輕易放過它。

我本來也很詫異，永曆享祚十五年，亡於順治十八年；而隆武享祚僅二年，更早亡於順治三年。爲甚麼亭林偏要用隆武來紀年呢？難道「十九年元旦」一題是抄寫有誤嗎？但是三個抄本偏偏完全相同。而且詩集卷二〈有路舍人家見東武四先曆〉一詩，這詩題也是經潘耒刪改的。據傳錄潘耒手抄本詩稿，孫詒讓的《亭林詩集》校文，原題作：

> 東武二年八月，上出狩，未知所之。其先桂王即位於肇慶府，改元永曆。時太子太師吏部尚書武英殿大學士路振飛在厦門，造隆武四年大統曆，用文淵閣印頒行之。九年正月。臣顧炎武從振飛子中書舍人路澤溥見此有作。

據此題，知福京雖亡，而路振飛仍造隆武四年大統曆頒行。亭林此詩作於順治十年癸巳，其時乃桂王永曆七年，仍稱爲隆武九年正月，這是亭林詩用隆武紀年的確證，決不能指爲抄寫的錯誤。還有《亭林餘集》中的文章，也有足資證明的。《亭林餘集》是乾隆中彭紹升所刻。他曾經得到抄本亭林集一帙，校以刻本，多了九篇被刪未刻的文章，其中有〈先妣王碩人行狀〉一篇，作於順治四年丁亥，末云：

> 先妣生於萬曆十四年六月二十六日，卒於□□元年七月三十日，享年六十歲。……今將以□□三年十月丁亥，合葬於先考之兆。

攺福王於乙酉五月爲清兵所俘，唐王於是年閏六月二十七日卽帝位於福州，改是年七月一日以後爲隆武元年。王碩人卒於乙酉年七月三十日，葬於丁亥年十月二十日，乙酉應該是隆武元年，丁亥應該是隆武三年。刻本兩個空白缺文，假定不是「隆武」，那就與清初南明一切紀元皆不相合。雖然乙酉或許可稱弘光元年，但是碩人卒於七月三十日，是在福王被俘隆武改元以後，當然應該稱爲隆武元年。亭林同調歸莊，當時有「歸奇顧怪」之目，歸莊的手寫詩稿殘本，近年被發現影印，其下册首行署云：「隆武集一。」自注：「起隆武元年乙酉秋七月盡是年。」是乙酉七月稱隆武元年的確證，因此推知《亭林餘集》的刻本，有作「卒於弘光元年」的，必是刻書人誤改，原稿應該作「隆武元年」，這也是亭林用隆武紀年的絕好證據。認清了亭林用隆武紀年的這一事實，然後「十九年元旦」一題的「十九年」，纔得到眞眞實實的著落。

第二、我認爲亭林心目中的唐王，是出亡，不是被害；是生存的，不是死去的。雖然官修的《明史》（卷一百十八〈諸王傳〉）說：

> 何騰蛟遣使迎聿鍵，將至韶州，唯時我兵已抵閩關，守浦城御史鄭為虹、給事中黃大鵬、延平知府王士和死焉。八月，聿鍵出走數日，方至汀州。大兵奄至，從官奔散，與妃曾氏俱被執，至九瀧，投於水，聿鍵死於福州。

但是這只是代表官方的意見。亭林則堅信唐王未死，所以他的詩題說：「隆武二年八月，上出狩，未知所之。」其詳細的經過，更見於《亭林餘集．文林郎貴州道監察御史王君墓誌銘》，它說：

> 君諱國翰，字翼之。自為諸生，即有四方之志。從其姊夫總漕都憲路公振飛至淮上，謁皇陵，閱高牆諸宗人，見唐王，心異之，因命君往來省視。及王即大位於福州，召路公自太湖赴行在，而君與其仲子涼武相從，間道度嶺至天興。召對，賜銀幣，授中書舍人。……君以諸生得侍密勿，荷主知，論事無所避，上益喜。頃之，除貴州道監察御史。是時大帥芝龍已蓄異志，而舉朝無敢言者。嘗以科斂民間銀米，君與之力爭於上前，不少假。上目君謂侍臣曰：「此吾之李勉也。」車駕親征，命兼掌軍政司印。以子涼武為金吾將軍，掌寶纛。……駕至汀州，君奏，人情恇迫，傳敵騎已至近郊，上宜速發。與其子涼武侍命行宮前。俄而追騎奄至門，中人與之相持，有張致遠者，自詭為上，被執。上乃決行宮後垣出，去。方追騎之來，宮前擾亂，君顧不見其子，獨行至陌。人言車駕已西幸矣。君棄其僕馬，徒走奔從，及於韶州之仁化縣，則韓王也，而乘輿竟不知所之。時君之甥路太平奉命徵兵至樂昌，乃往依之。自念棄家從主四千里外，卒遭大變，不得為羈紲之臣。其仲子又生離死別，每辟寤長歎，遂以得疾。間關逆旅，明年二月丙戌，卒於全州，妻張氏，封

孺人。子三人。君卒後二十五年，長子奮武迎櫬北歸，以九月辛卯葬於曲周之先塋，而涼武則死於軍中矣。

亭林和路氏父子兄弟親戚一班人都是志同道合的患難朋友，從他們親見親聞得來的消息，自然確信不疑。因此自唐王失踪以後，亭林無時無地不在希望唐王再度出現，來完成夢想渴望的中興事業。「十九年元旦」一詩，把亭林十多年來鬱聚在他心坎裏的悲哀、憂慮、希望、信念，一齊湧現出來。開頭「十九年來一寸丹」，申訴他對唐王的耿耿忠誠。又聯想到晉文公出亡十九年，終能復國中興，現在唐王隆武也到了十九年，也應該看見他復國的時候了，故云「合見文公還晉國」，「合」便是「該」的意思。蘇武陷胡十九年而歸，現在臨到隆武十九年，出亡的臣子，也應該光復漢室，還於舊都了，所以說：「應隨蘇武入長安。」這兩句詩抑壓著無限的悲傷，也寄託了無窮的希望。不過擺在眼前的是胡虜縱横，豺狼當道，所以說：「驅除欲淬新硎劍」，他是要磨礪劍鋒，驅除漢賊的。亭林曾經受唐王兵部職方之命，所以說：「拜舞思彈舊賜冠」。既已歸誠事君，自然要以身許國，只可惜海宇茫茫，靈修眇眇，時逢元旦，悵望故君故國，眞不能不熱血沸騰。這必須明白了唐王出狩的事實。纔能瞭解亭林的心境，纔看得見亭林的眞感情奔赴湧現在這首詩的字裏行間。而且必須明白了這一事實，纔知道辛丑年（順治十八年）元旦詩所說的「天王未還京，流離況臣子，」也正是指的唐王出亡。因此解決了這兩大問題，纔能把亭林詩中錮閉了三百年的眞精神眞事實重新顯露出來。金劍沈埋，神光上射，這眞是照耀兩間，不磨萬古的民族精神！

我以上提出兩個問題，予以解決後，似乎可把亭林元旦詩的微意表明。不過也許有人懷疑，亭林是忠於明室的遺民，只要從事反淸復明的工作，不管他是福王、桂王，或許是唐王，亭林應該同樣的翊戴，何以他獨始終秉承唐王的正朔呢？這一懷疑，不但有澄淸的必要，而且與亭林的立身大節很有關係。我們細讀《亭林年譜》，知道他一生曾受兩次任命。一次是福王弘光朝授以兵部司務，一次是唐王隆武朝授以兵部職方司主事。這二次的任命，就實際說來，亭林都未就職；但我們深入的觀察亭林的內心，則顯然有絕大的區別。弘光朝的任命，亭林是可以就職的，而且在乙酉年的四月，亭林曾偕同他叔父穆庵往南京，已經趨赴國門，本來是可登朝拜職的。但他看見福王昏弱荒淫，馬阮羣奸專門排除正人君子，知道中興事業，斷不能成就在這班人身上。他的同調陳臥子曾大聲疾呼說：「中興之主，莫不身先士卒，故能光復舊物。今入國門再旬矣，人情泄沓，無異昇平，淸歌漏舟之中，痛飲焚屋之內，臣不知所終。」這番話也正是亭林的心聲。不過他無言責無官守，就默默的和他叔父拜過在南京的兵部侍郞公的祖祠後，抱著絕望痛苦的心情，回去鄉里，全其未仕之身，以待報國的機會。所以亭林對於福王，是可仕，是欲仕，而毅然不仕。對於唐王，則亭林的心情就不同了。唐王忠義奮發，誓志復仇，愛民勤政，恭儉好學，卽位後種種措施，恰和福王成一強烈對照。他的詔書頒布後，志士仁人讀之莫不感激流涕，以亭林的性格，發現這樣一位領導復國的人物，那有不感奮興起，爲了國家，爲了民族，而願爲他效命呢？所以唐王卽位不久，亭林卽有「聞詔」一詩云：

聞道今天子，中興自福州。二京皆望幸，四海願同仇。滅虜須名將，尊王仗列侯。殊方傳尺一，不覺淚頻流。

這詩是從傳錄潘耒手鈔原本詩稿、孫詒讓的《亭林詩集》校文，孫毓修的《亭林詩集校補》看到的，編次在「十二月十九日奉先妣藁葬」詩之前，刻本已經被删去。亭林的朋友歸莊手寫詩稿《隆武集一》（自注：起隆武元年乙酉秋七月盡是年）有冬日感懷和淵公韻兼貽山中諸同志十首，其第五首云：「未敢墨衰事行伍，拜觀新論已欣然（自注：時閩中監國諭始傳至。）」，可以證明亭林聞詔詩也當作於乙酉之冬。玩味詩意，知亭林在聞詔之始，對唐王卽寄予無限的期望。到了次年春，亭林又有「李定自延平歸齎至御札」（此題刻本作「延平使至」，此據鈔本。）詩云：

春風一夕動三山，使者持旌出漢關。萬里干戈傳御札，十行書字識天顏。身留絶塞援枹伍，夢在行朝執戟班。一聽綸言同感激，收京遥待翠華還。

李定是亭林的家僕，大概亭林受唐王任命聞詔之後，因母喪未葬，就命家人李定趨朝陳情。其時唐王知鄭芝龍不可恃，欲從何騰蛟建議，棄閩就楚。乙酉十二月，發福州，駐建寧。明年二月，駐延平。所以李定歸自延平。所齎御札，應該是隆武答亭林的手筆。《清史・南明紹宗本紀》：

> 帝性素儉，既卽大位，慨然以復仇雪恥為務。布衣蔬食，不御酒肉。勤於聽政，批閱章奏，丙夜不休。日與大臣講求政治於便殿。上書陳君國大事者，輒手詔答之。

可見詩中所稱「萬里干戈傳御札，」必是指隆武親筆的御札，纔會接著有「十行書字識天顏」的詩句。由此可知亭林雖未趨朝，而君臣之間早已精誠膠結。亭林受命爲兵部主事，當居執戟之班，只因母喪羈身故里，不能墨衰趨朝，但是他已經委身許國，夢往神馳了，所以詩稱：「身留絕塞」，「夢往行朝」，故里已陷胡清，故稱爲「絕塞」。由「詩言志」的觀點看來，可以說亭林之於隆武，是身雖未仕，而心實已仕，與弘光朝之可仕而不肯仕的情況，是顯然不可同年而語的。故在明季諸王爭立之時，人懷異心，而亭林的意志是表現得極其鮮明。他在丁亥年（順治四年，卽隆武三年）哭顧推官詩說：

> 痛自京師淪，王綱亦陵替。人懷分土心，欲論縱橫勢。與君共三人（自注：其一歸高士祚

明。），獨奉南陽帝。談笑東胡空，一掃天日翳。

據此詩，明說時尚縱橫，人懷異志，而他獨與歸莊顧咸正三人奉唐王隆武爲正統。光武是南陽人，而明史說唐王就藩南陽，詩中稱南陽帝，即是以漢光武比唐王。這是亭林堅決的意志的公開表示。還有亭林贈他朋友路舍人澤溥的詩說：

嗚呼先大夫，早識天子氣。謁帝福州宮，柄用恩禮備。……天子呼恩官，干戈對王使（自注：詔書曰：朕有守困恩官路振飛。）。感激千載逢，一下君臣淚。……恭惟上中興，簡在卿昆季。經營天造始，建立須大器。敢不竭微誠，用卒先臣志。

這詩中所稱的先大夫是路振飛。南京陷後，振飛流寓蘇州的洞庭山，與亭林居處很接近，當時爲著救國事業，必然有多少接觸，故亭林晚年「曲周拜路文貞公祠」詩云：「淩煙當日記形容，閩海風飆未得從，」即是追敍當日振飛經唐王派使訪求敦請入朝，而他自己因母喪不得追隨入閩之事。詩中所謂「感激千載逢，一下君臣淚」的事實，都是亭林當時所親見親聞，也就無異是亭林所身受。他及身能遭逢到這樣一位精誠貫日的領袖，爲了國家，爲了民族，自然會竭誠擁戴，生死不渝。何況唐王雖不幸出亡，卻有人證明唐王確未遇難，他如何肯貿然承認唐王的死亡！他如何能不抱著唐王再起的希望！他這一片不忍「死其君」的赤誠，卽是他用隆武紀年的眞實原因與證據。明白了這椿眞相和這番道理，對亭林詩稱「隆武十九年」，就不致再有所疑惑與驚異了。

我們明白亭林這段心情，看他臨到「一元復始」的元日，所抒寫的詩歌，就格外顯露出慷慨激烈復仇雪恥的意志。因此他五題六首元日詩，除了「十九年元旦」一詩外，刻本只保留了語氣較含蓄的兩題三首，尚有措辭激烈的兩首，無異是討淸復明的宣言，因此就被刻集的人刪去。虧得傳鈔稿本流傳下來，我們纔有機會看到。現在我也把它抄錄如次：

元日　屠維赤奮若

一身不自拔，竟爾墮胡塵。旦起肅衣冠，如見天顏親。天顏不可見，臣意無由申。伏念五
年來，王塗正崩淪。東夷擾天紀，反以晦為元。我今一正之，乃見天王春。正朔雖未同，
變夷有一人。歲盡積陰閉，玄雲結重垠。是日始開朗，日出如車輪。天造不假夷，夷行亂
三辰。人時不授夷，夷德違兆民。留此三始朝，歸我中華君。願言御六師，一掃開青冥。
南郊答天意，九廟恭明禋。大雅歌文王，舊邦命已新。小臣亦何思，思我皇祖仁，卜年尚
未逾，眷言待曾孫。

元日　重光赤奮若

雰雪晦夷辰，麗日開華始。窮陰畢除節，復旦臨初紀（自注：夷曆先大統一日。）。行宮刊木間，華路山林裏。雲氣誰得窺，真龍自今起。天王未還京，流離況臣子。奔走六七年，率野歌虎兕。行行適吳會，三徑荒不理。鵬翼俟扶搖，鯤鬐望春水。頹齡尚未衰，長策無中止。

這兩首詩，第一首作於順治六年己丑，即是隆武五年。第二首作於順治十八年辛丑，即是隆武十七年。第一首是隆武五年的元日，所以說「伏念五年來，王塗正崩淪。」第二首「奔走六七年，率野歌虎兕，行行適吳會，三徑荒不理，」是說自丙申年殺僕之獄解決後，離家北遊，又歸謁孝陵，將適吳越，奔走了六七年，此所謂「六七年」，並未與隆武十七年有所牴觸。又據辛丑元日詩的自注：「夷曆先大統一日，」知道明曆與清曆相差一日，故明朝的除日是清朝的元旦，而明朝的元旦，乃是清朝的年初二日。凡亭林詩中的元日，當然是明朝大統曆的元日。所以己丑元日詩說：「東夷擾天紀，反以晦爲元，我今一正之，乃見天王春。」他堅決地遵守明朝的正朔，一方面表明了他反清復明的意志。一方面也延續了中華民族緜連不斷的生機。當清朝的元日，天候是雰雪積陰；接著明朝的元日，就轉變爲麗日開朗。這分明是天意人事厭清佑明的象徵，不由他不引吭高歌歡欣鼓舞了。我們觸及這段無可奈何的亡國心情，眞不禁爲之愴然下涕。但我們朗誦「正朔雖未同，變夷有一人」的詩句時，眼前又立刻湧現一位頂天立地的烈士，肝膽向人，目光如炬，凝射着我們滄海橫流中飄盪無依的心靈，頓時感覺得到了復國還鄉的先導。

壬寅年人日初稿

亭林詩文用南明唐王隆武紀年考

《亭林詩集》，乃亭林先生手訂，故特託始於大行哀詩，按年編次，而於題下繫以歲陽歲名，蓋與陶淵明所著文章，「義熙以前，則書晉氏年號，自永初以來，唯云甲子」同義。惟不用甲子而用歲陽歲名者，其意可窺見於《日知錄》古人不以甲子名歲條下：

《爾雅》疏曰：甲至癸為十日，日為陽，寅至丑為十二辰，辰為陰。此二十二名，古人用以紀日，不以紀歲。歲則自有閼逢至昭陽十名為歲陽，攝提格至赤奮若十二名為歲名。後人謂甲子歲、癸亥歲，非古也。

故詩集第一首大行哀詩下，不書甲申，而繫以「已下閼逢涒灘」一語，雖不書甲子，而與書甲子實同。其特言甲子紀歲非古者，蓋欲與人以好古之印象，而忘其革命之實迹，此亭林自編詩集隱晦避禍之微旨也。至於詩中間有涉及明亡以後年曆，究當爲何帝正朔，解亭林詩者從未道及，此亦求亭林志事者所亟宜究心者也。今詩集卷四有元旦一詩云：

> 平明遙指五雲看，十九年來一寸丹。合見文公還晉國，應隨蘇武入長安。驅除欲淬新硎劍，拜舞思彈舊賜冠。更憶堯封千萬里，普天今日望王官。

此詩作於康熙二年癸卯，故徐嘉《顧詩箋注》云：「案先生是年五十一歲，去崇禎甲申十九年矣。」徐氏此解，於「十九年來一寸丹」句，至爲密合。惟於「文公還晉國」、「思彈舊賜冠」諸語事義，皆不愜切。且此篇詩題，據原鈔本、荀羕校文、孫毓修校記，皆作「十九年元旦」，可見亭林元稿實有「十九年」三字。亭林爲詩，斷不肯用清代紀年，而所謂「十九年」者，亦明明與康熙二年不合。如謂繫年於崇禎，則崇禎止於十七年，至此亦不應稱爲十九年。若指爲桂王年號，則永曆僅十五年，祚至順治十八年而斬，亦難強合。是此十九年者，果爲何代之年號耶？余考南都既陷，唐王聿鍵入閩，乙酉閏六月廿七日，卽皇帝位於福州，改是年七月一日以後爲隆武元年。下數至康熙二年癸卯，適爲隆武十九年，此必亭林用唐王隆武紀年，故題爲「十九年元旦」也，亭林身居清代，不用當朝年曆，觸犯時忌，斯爲大逆，故潘次耕刻本不得不删去「十九年」三字，於是亭林用隆武正朔之志晦，而此詩涵蘊之情感事義，亦遂掩抑湮沒而弗彰矣！或謂永曆亡於順治十八年，而隆武更早亡於順治三年，豈有歷載十餘，而仍用隆武紀年者，得不令人大惑不解乎？余應之曰，此世之所疑詫者，正亭林隱衷志事流注於楮墨間者也。試取詩集卷二路舍人家見東武四先曆詩觀之。此詩題據原鈔本、荀羨校文均作「隆武二年八月，上出狩，未知所之。其先桂王卽位於肇慶府，改元永曆，時太子太師吏部尙書武英殿大學士路振飛在廈門，造隆武四年大統曆，用文淵閣印頒行之。九年正月，臣顧炎武從振飛子中書舍人路澤溥見此有作。」是刻本詩題，乃經潘次耕所改，原稿則實以隆武紀年，故福京雖亡，而路振飛仍造隆武四年大統曆。亭林於順治十年癸巳，其時乃桂王永曆七年，仍稱隆武九年正月。是亭林用隆武紀年之確證，不容委爲抄寫之誤者也。或疑唐王桂王皆明室後裔，亭林何以不遵尙存之永曆，而奉已故之唐王。此則明史與亭林所書，事實有異，必加剖析，乃可得其眞相。按《明史（卷一百十八）・諸王傳》云：

> 何騰蛟遣使迎聿鍵，將至韶州，唯時我兵已抵閩關，守浦城御史鄭爲虹、給事中黃大鵬、延平知府王士和死焉。八月，聿鍵出走數日，方至汀州。大兵奄至，從官奔散，與妃曾氏俱被執。至九瀧，投於水。聿鍵死於福州。

是當時官史明謂唐王被害，然詩題稱「隆武二年八月，上出狩，未知所之」，則亭林固篤信唐王未死也。卽據黃黎洲〈錢忠介公傳〉所云：「王次閩安鎭，公請立史官，言近者主上遣使訪求隆武。」（《南雷文定後集》卷四）是魯王君臣亦不信隆武爲清兵所擒也。其隆武脫險之曲折，更詳見於《亭林餘集・文林郎貴州道監察御史王君墓誌銘》，其言曰：

君諱國翰，字翼之。自為諸生，即有四方之志。從其姊夫總漕都憲路公振飛至淮上，謁皇陵，閱高牆諸宗人，見唐王，心異之，因命君往來省視。及王即大位於福州，召路公自太湖赴行在，而君與其仲子涼武相從，間道度嶺至天興。召對，賜銀幣，授中書舍人。……君以諸生得侍密勿，荷主知，論事無所避，上益喜。頃之，除貴州道監察御史。是時大帥芝龍已蓄異志，而舉朝無敢言者，嘗以科斂民間銀米，君與之力爭於上前，不少假，上目君謂侍臣曰：「此吾之李勉也。」車駕親征，命兼掌軍政司印。以子涼武為金吾將軍，掌寶纛。……駕至汀州，君奏，人情恇迫，傳敵騎已至近郊，上宜速發。與其子涼武待命行宮前，俄而追騎奄至門，中人與之相持，有張致遠者，自詭為上，被執。上乃決行宮後垣出，去。方追騎之來，宮前擾亂，君顧不見其子，獨行至陌。人言車駕已西幸矣，君棄其僕馬，徒走奔從，及於韶州之仁化縣，則韓王也。而乘輿竟不知所之。時君之甥路太平奉命徵兵至樂昌，乃往依之。自念棄家從主四千里外，卒遭大變，不得為羈紲之臣。其仲子又生離死別，每辟寤長歎，遂以得疾。間關逆旅，明年二月丙戌，卒於全州。妻張氏，封孺人。子三人。君卒後二十五年，長子奮武迎櫬北歸，以九月辛卯葬於曲周之先塋，而涼武則死於軍中矣。

亭林與路氏兄弟交誼至篤，其所聞見，親得之於當時起義近臣，故篤信唐王之得脫，猶紀信之代漢高，終有復興之日。其意見於詩歌中者，有將遠行（卷一）：

去秋闖東溟，今冬浮五湖。長歎天地間，人區日榛蕪。出門多蛇虎，局促守一隅。夢想在中原，河山不崎嶇。朝馳瀍澗宅，夕宿崤函都。神明運四極，反以形骸拘。收身蓬艾中，所之若窮途。杖策當獨行，未敢憚羈孤。願登廣阿城，一覽輿地圖（自注：《後漢書・鄧禹傳》：從至廣阿，光武舍城樓上，披輿地圖指示禹，曰：天下郡國如是，今始乃得其一。）。回首八駿遙，悵然臨交衢。（徐嘉注：《周禮・地官保氏》：五馭曰舞交衢。）。

黃節《顧詩講義》曰：「願登廣阿，乃回念北都，歎懷宗殉國之期，日去日遠。」蓋此詩作於順治五年戊子之冬，亭林年三十六歲，詩題曰將遠行，其實未嘗遠行也。余按，順治五年戊子，實即亭林心目中之隆武四年，爲此詩時，彼但知唐主之出亡，而不信其已歿。詩云「回首八駿遙」者，以穆王之遠巡，喩唐主之出狩。「悵然臨交衢」者，乃追尋佇望之意。臨交衢一語，實本工部哀王孫詩「豺狼在邑龍在野，王孫善保千金軀，不敢長語臨交衢。」徐注以《周禮》五馭釋之，失其義矣。蓋亭林此時意欲遠行，冀遇唐王，如鄧禹從光武於廣阿，規畫恢復大計。故願登廣阿二句，乃望英主之得逢，而非歎故君之已逝。下接回首八駿二句，卽申其延佇悵望之情，黃氏未達亭林心曲，誤以懷宗殉國當之，非作者之意也。蓋必細覈事實，乃知亭林未嘗以其君爲已死，必明亭林不忍死其君之心，而後十九年元旦一詩之義可得。其云合見文公還晉國者，以晉侯出亡十九年，終得復國；今唐王亦及十九年矣，故曰合見，合見猶言當見也。蘇武陷胡十九年而歸；以時考之，則出亡之臣，亦當相隨返國矣，故曰「應隨蘇武入長安」也。唐王復國，則己亦必跋涉以從，亭林嘗受唐王職方之命，故曰「拜舞思彈舊賜冠」也。凡此皆必知亭林以唐王隆武紀元，而後情事辭義乃可渙然冰釋也。

或又難曰：亭林誠受唐王之命矣，然其受福王兵部司務之命，不更先於隆武乎？且亭林於唐福二王之命，皆未就職，則未仕等耳，又何有軒輊於其間乎？余應之曰，是不然。亭林之於弘光，可仕而不仕者也。於隆武，雖以母喪不能趨朝，然急難赴義，固已心許之矣。此亭林之心志，不能於他人之文字求之，而亭林之詩篇具在，固歷歷可見！考亭林以崑山令楊永言應南都詔，列薦於行朝，詔用爲兵部司務。次年乙酉四月，偕從叔父穆庵赴南京，寓朝天宮，拜兵部侍郎公祠。拜祠畢，卽歸語濂涇。夫膺薦入京，不拜命而遽歸者，蓋見福王闇弱，溺於聲色，羣奸當道，朝政不綱。馬阮輩日以鋤正人引凶黨爲務。大僚降賊者，賄入輒復其官，諸白丁隸役，輸重賂，立躋大帥。都人爲之語曰：「職方賤如狗，都督滿街走」，其刑賞倒亂如此。亭林行己有恥，安得不深恥之，若謂姑隱忍以共圖恢復，則安能寄望於宴安之昏主宵人。陳臥子有言：「中興之主，莫不身先士卒，故能光復舊物。今入國門再旬矣，人情泄沓，無異昇平，淸歌漏舟之中，痛飲焚屋之內，臣不知所終。」臥子，亭林之同調也，亭林又焉得不爲之寒心！故弘光登位匝歲，亭林痛傷時政，形之歌詠者，有感事、金陵雜詩諸作。感事之「千秋懸國恥，一旦表軍功，蹋鞠追名將，乘軒比上公」，所以刺祿賞之濫施；「聽律音非吉，焚旗火乍紅，恐聞劉展亂，父老泣江東」，所以疾將卒之驕暴；雜詩之「天居宜壯麗，考室自宣王，水衡存物力，司隸識朝章」，所以譏朝儀之不肅；「正殿虛椒寢，蒼生望母儀，中使頻傳敕，臺臣早進規」，所以諷暗主之漁色。亭林瞻觀新朝，痛光復之無望，斯所以翻然歸去，全其未仕之身以有待也。至於唐王，則忠義慷慨，恭儉好學，親賢尊士，勤政愛民。雖即位於危亡之際，受制於驕將權臣，然其精誠奮發，實足以動天地而泣鬼神。觀《南明野史》（涵芬樓藏稿本，乾隆四年，南沙三餘氏撰。）紹安紀所載，丁酉六月二十六日，次建安。卽諭鄭鴻逵出示安民于八府一州曰：「寡人布素十年，毫無煩擾。今除下程小飯，該縣官備辦外，一切供億並氈綵無益等事，俱各免行。當百姓剝膚見骸之日，寡人誓約己以安天下。違己者治以不忠擾民之罪。隨侍官校，不過十人。敢擅取民間根薪粒米，卽時察啓請究，定然綑打八十，割耳游示。寡人生平眞性實心，字字眞誠，爾各官一體遵行，毋負寡人惓惓至意！」其約己愛民如此。肅虜伯黃斌卿出征，授以印劍，敕書有云：「一統不全，卽朕不孝；三吳不復，卽卿不忠。盼望我孝陵，羹牆如見；可憐我百姓，湯火曷歸。」其志切復仇如此。親政之初，起學士蔣德璟於泉州，德璟辭以足疾。復敕云：「卿宏才偉度，海內具瞻，孤昔奉藩，聞之尤悉。先帝簡任既至。孤實眷倚非輕。南京之召未起，是卿進退節全。孤雖莫當明主，堅志自信，淸我陵廟。焦勞徬徨，盼卿如渴。昨虛傳卿奉召至，孤喜而不寐，隨諭侍臣，不必拘套，卽著速至便殿召對。旣而寂杳，孤心惘然。孤望卿之切如此，乃復往還，動淹旬月。辭奏一到，大悲孤心。足恙未痊，自有體裁之法。經濟名臣，堅不我顧，孤誠德薄，還念先帝念高皇，定不准辭，十日之內，斷望卽到，慰孤至懷。」其求賢懇誠如此。芝龍之子成功，初名森，隆武見其風姿颯爽，意氣豪邁，特加賞識，賜國姓及今名，任爲宗人府宗正，統禁旅，儀同駙馬都尉，撫其背曰：「惜無一女配卿，當盡忠吾家，毋相忘也。」其後成功竟不隨父降淸，誓忠明室。其知人善任如此。及其命駕親征，備受權帥牽制，敕諭御營內閣傳示臣民曰：「臣民擁立朕躬，朕誓志救民雪祖。總之自古創業中興，誰不危而後濟。朕惟以寧進死不退生六字自誓，幷以六字察驗臣工。此後除戰守駐蹕，一聽條陳外，若有敢請駕回天興，幷請退避廣東者，諸臣必從重議罷，餘必立斬以徇。朕心通于上帝，臣民仰體欽承。」其勵志不移如此。帝性好書籍，披覽至勤。翰林院檢討何九雲進家藏書四百八十四種，計三千五百本，令弟九祿齎投。帝曰：「朕性喜圖書，所進者縑緗殊富，頓快素願，著卽收進。內有重的，仍發與九祿領回。九祿著任國子監學正，以示酬勞。」及淸師破延平，帝出狩，猶載書十車以從。其好學不厭如此。帝命御史林蘭友巡按江西，敕書關防諭之曰：「爾此行著顯破情面，明豎擔當，大展忠猷。令人指之曰：『如此行事，方是中興之驄馬；如此激揚，方是天子之法臣』。爾是朕親簡之臣，爾之不善，即朕不明；爾之有爲，亦朕善用。江民憔悴於貪政久矣，切切以朕先教後刑先情後法八字行之。又八字曰：『小貪必杖，大貪必殺』。眞能代朕行此十六字，始不負人君耳目之寄。根心而行，休說謊話，至諭切諭，想著記著。」其實心愛民又如此。凡此言行彰彰，異世之下，猶爲興感，況在當時忠孝激烈如亭林者，其有不感奮願爲之死乎？故唐王初立，亭林卽有聞詔之作云：

聞道今天子，中興自福州。二京皆望幸，四海願同仇。滅虜須名將，尊王仗列侯。殊方傳尺一，不覺淚頻流。

此詩爲刻本所刪，原鈔本在十二月十九日奉先妣藁葬詩之前。考歸莊手寫詩稿《隆武集一》（原注：起隆武元年乙酉秋七月盡是年）有冬日感懷和淵公韻兼貽山中諸同志十首，其第五首云：「未敢墨衰事行伍，拜觀新諭已欣然（自注：時閩中監國諭始傳至。）」，足證亭林聞詔詩亦當作於乙酉之冬。觀詩意知聞詔之始，卽於唐王寄以深望。次年春，又有李定自延平歸齎至御札（刻本作延平使至。此據原鈔本、荀羕校文。）詩云：

春風一夕動三山，使者持旌出漢關，萬里干戈傳御札，十行書字識天顏。身留絶塞援枹伍，夢在行朝執戟班。一聽綸言同感激，收京遙待翠華還。

案《亭林年譜》：「弘光元年乙酉，唐王即位福州，遙授先生兵部職方司主事。」亭林福王之命，出於崑山令楊永言之薦。隆武之命，不知薦自何人。然據亭林自撰〈顧氏譜系考〉，於本身炎武下自注云：「元名絳，同應仲子，出嗣，以貢生薦授兵部司務，再薦職方司主事，未仕。」可爲唐王遙授亦出於薦舉之證。其時福京禮部尚書曹學佺，即爲亭林序《音學五書》之人。《音學五書》卷首有崇禎癸未曹學佺序，雖後人或疑此序出於亭林追託，要足以證明亭林與曹氏素有淵源。其遙授殆即出於曹氏諸人之薦，未可知也。蓋亭林膺薦聞詔之後，即命其家僕李定詣朝，其時唐王知鄭芝龍不可恃，欲從何騰蛟請，棄閩就楚。乙酉十二月，發福州，駐建寧。明年二月，駐延平，故李定自延平歸也。今《亭林餘集》有〈廟號議〉、〈廟諱御名議〉二篇。〈廟號議〉有云：「臣聞當日南京新立，邦禮繁多，禮部尚書顧錫疇素不考古，一切謚號悉聽其門人謝復元撰定，以不學之宗伯，任委巷之小夫，逞其胸臆，目無旁人，以至謚册一頒，天下用爲議笑。今當聖明御極之日，可不亟爲更定乎？」〈廟諱御名議〉云：「臣伏覩皇上中興，命儒臣纂修國史之日，竊謂宜申祖宗之典，頒畫一之規，以垂之萬世。又恐後之人守婦寺之忠，而不達敬君之義，是以據典詳陳。」余疑此二議乃唐王即位福京時亭林所上。考甲申五月十九日，福王命顧錫疇爲禮部尚書，錫疇亦崑山人，亭林能詳其行事，殆非無故。議稱「當日南京新立」，繼稱「今當聖明御極之日」，其所指為隆武無疑。據《南明野史》〈紹宗紀〉：「隆武元年十一月二十七日，以太常卿曹學佺署翰林院事國史總裁，專設蘭臺館以處之。」與〈廟諱御名議〉所云：「臣伏覩皇上中興，命儒臣纂修國史之日」，時事正合。當時福京禮部尚書曹學佺既為亭林故交，疑亭林草此二議，命家人李定詣福京通款誠時，必併獻之於朝。至丙戌春李定返自延平，所齎御札，殆隆武答亭林之手筆，詩所謂「萬里干戈傳御札，十行書字識天顏」者，非泛語，乃紀實也。《清史》〈南明紹宗本紀〉曰：「帝性素儉，既卽大位，慨然以復仇雪恥為務，布衣蔬食，不御酒肉，勤於聽政，批閱章奏，丙夜不休。日與大臣講求政治於便殿。上書陳軍國大事者，輒手詔答之。重風節之士，不次用人。諭兵部尚書郭必昌：『朕自登極以來，諸臣未有催發事件者，今始于卿見之，具見慎重關切，朕心嘉悅。每日文書甚多，俱經朕之手眼方行，此後卿部凡有要緊本章，卽于封上搭一紅簽，上書六字曰：『要本乞速批行』，庶卽先批發，以後卿切記著。」據此可見隆武勵精圖治，每親筆裁答諸臣，故雖輔弼乏人，而其精誠形於手翰者，亦足以固人心而作士氣。以此推知亭林雖未趨朝，而於新廷已有獻納，君臣早通悃誠，相感之深，固有甚於膠漆者。是以「身留絕塞」，而「夢在行朝」，此亭林之血心流注，形之於歌詠者也。亭林以母喪身羈故里，而故里已陷胡清，因稱之為絕塞也。受命為兵部主事，當居執戟之班，雖以墨絰難從，而已神馳夢往，故余謂亭林於弘光，可仕而不肯仕；於隆武，則身未仕而心已仕也。且觀李定齎御札之詩，可推知後十年殺世僕陸恩之實況。亭林四十三歲時（順治十二年乙未），有贈路光祿詩，其序云：「先是有僕陸恩，服事余家三世矣，見門祚日微，叛而投里豪，余持之急，乃欲陷余重案。余聞，亟擒之，數其罪，沈諸水。其壻復投豪，訟之官，以二千金賂府推官，求殺余。余既待訊，法當囚繫，乃不之獄曹，而執諸豪奴之家，同人不平，爲代愬之兵備使者，移獄松江府，以殺奴論。豪計不行，遂遣刺客伺余，而余乃浩然有山東之行矣。」此題「欲陷余重案」，原鈔本、荀羕校文皆作「告余通閩中事」，此語至要，斯爲亭林殺世僕陸恩之眞正原因。蓋世僕或趨赴權豪，或謀奪田產，亭林未必竟置之死地。而唐王遙授職方，亭林確曾與閩中通款，觀李定歸齎御札詩，知亭林必有文札與福京往還。李定亦亭林之僕，則世僕陸恩當能洞悉其隱事，乃欲以此脅亭林，故亭林不得不殺之以絕口杜禍。獄之得解，實賴路氏兄弟諸人，而諸人又皆與閩中往還同志，是其贈詩光祿，亦非僅尋常酬謝之作已也。

吾人苟知亭林歸心唐王，則縱觀詩集，觸處皆可發現翊戴唐王渴望中興之作。當明季諸王爭立之頃，有大漢行云：

大漢傳世十二葉，祚移王莽緜居攝。黎元愁苦盜賊生，次第諸劉與宛葉，一時併起實倉皇，國計人心多未協。新市將軍憚伯升，遂令三輔重焚刼。指揮百二歸蕭王，一統山河成帝業。吁嗟帝王不可圖，長安天子今東都。隗王白帝何為乎，扶風馬生真丈夫。

此詩致慨於諸王爭立，末云「吁嗟帝王不可圖，長安天子今東都」，則謂唐王已立，天命有歸，亦猶聞詔詩「聞道今天子，中興自福州」之意也。又哭顧推官詩云：

> 痛自京師淪，王綱亦陵替。人懷分土心，欲論縱橫勢。與君共三人（原注：其一歸高士祚明。），獨奉南陽帝。談笑東胡空，一掃天日翳。

據此詩，明謂時尚縱橫，人懷異志，亭林獨與歸莊顧咸正三人奉唐王爲正統。光武爲南陽人，《明史》謂唐王就藩南陽，故詩集中屢以唐王比光武也。又贈路舍人澤溥云：

> 嗚呼先大夫，早識天子氣。謁帝福州官，柄用恩禮備。……天子呼恩官，干戈對王使（原注：詔書曰：朕有守困恩官路振飛。）。感激千載逢，一下君臣淚。……恭惟上中興，簡在卿昆季。經營天造始，建立須大器。敢不竭微誠，用卒先臣志。

案《明史》〈南明安帝紀〉：「崇禎五年，聿鍵年三十有一，端王薨，襲王位於南陽。九年八月，京師戒嚴，王率護軍勤王。祖制，親藩不得擅自起兵，廢爲庶人，安置鳳陽高牆，中官虐之。淮撫路振飛上疏概寬罪宗，得釋。唐王即位，特諭曰：『守困恩官路振飛，非僅一時豆粥麥飯之恩，察訪莫遇，晝夜爲思。訪致者賞千金，與五品官。』於是吳江縣諸生曾可久上言，『昔曾聞其寓于洞庭，蹤跡可據，願往訪之。』是冬訪而得之，立授可久都督府經歷。振飛至，則大喜，與宴，抵夜，撤燭送歸，解玉帶賜之。」考振飛於南都既陷，流寓蘇州洞庭山，與亭林里閈相近，必已早通聲問，故亭林晚年曲周拜路文貞公祠云：「凌煙當日記形容，閩海風飆未得從」，卽敍當日振飛趨朝，而亭林以母喪未葬不得追隨入閩之事。然則贈詩所謂「感激千載逢，一下君臣淚」者，不獨路公，卽在亭林亦必爲之興感矣。由於亭林繫心唐王，故詩集中涉及隆武舊人者亦最多。如哭陳太僕子龍云：

> 告歸松江上，欻見胡馬逼。拜表至福京，願請三吳敕。詔使護諸將，加以太僕職。遂與章邯書，資其反正力。幾事一不中，反覆天地黑。……事急始見求，棲身各荆棘。君來別南浦，我去荒山北。柴門日夜扃，有婦當機織。未知客何人，倉卒具糲食。一宿遂登舟，徘徊玉山側。有翼不高飛，終為罻羅得。恥汚東夷刀，竟從彭咸則。

據此詩知臥子嘗拜表唐王，受命爲太僕，以策動吳勝兆起兵被擒。其逃竄之際，曾投止食宿於亭林之家，可見亭林參加兵事，與臥子諸人往還之密。此詩作於順治四年丁亥（卽隆武三年），謂子龍拜表福京，則《明史·陳子龍傳》謂：「尋以受魯王部院職銜，結太湖兵，欲舉事，事露被獲。」當不如亭林之言爲得其實，以亭林與臥子諸人關係之密切，所述事狀，當更可信賴也。又吳興行贈歸高士祚明（此詩亦作於丁亥）云：

讀書萬卷佐帝王，傳檄一紙定四方。

又哭歸高士云：

弱冠始同遊，文章相砥礪。中年共墨衰，出入三江汭。悲深宗社墟，勇畫澄清計。不獲騁良圖，斯人竟云逝。

酈生雖酒狂，亦能下齊軍。發憤吐忠義，下筆驅風雲。平生慕魯連，一矢解世紛。碧雞竟長鳴，悲哉君不聞（自注：君二十五年前作詩，以魯連一矢寓意。君沒十旬而文覃擧庚。）。

案歸玄恭爲亭林共戴隆武同志。此詩作於康熙十二年癸丑，追述與玄恭同居親喪出入義兵之事。自注爲刻本所刪，原鈔本及荀羕校文皆有之。荀校云：「末四字未詳。」余以爲「文覃擧庚」即「雲南擧兵」之代語。蓋吳三桂擧兵雲南，在玄恭歿後十旬。玄恭二十五年前嘗賦詩寓意，欲如魯連一矢遺書，說降將反正以報國仇。及三桂反清，正玄恭亭林所渴望，故悲玄恭之不及見也。

注云「二十五年前」，正與丁亥年吳興行贈歸高士時合，所謂「傳檄一紙定四方」，「勇畫澄清計」者，必皆有實事可指，如欲招吳三桂反正，卽其規謀之一端矣。又贈于副將元凱云：

瀕死達閩中，閩中事不同。平虜奉降表，胡兵入行宮。途窮復下海，兩月愁艨艟。七閩盡左衽，一身安所容。攀崖更北走，滿地皆山戎。歸家二載餘，闊絕無音書。故人久相念，命駕問何如。

此詩刻本被删去。據詩意知于副將亦亭林故人，曾往閩中赴義者也。又贈黃職方師正（自注：建陽人。）云：

黃君濟川才，大器晚成就。一出事君王，虜馬踰嶺岫。元臣舉國降，天子蒙塵狩。崎嶇遂奔亡，空山侶猿狖。蕭然冶城側，窮巷一廛僦。數口費經營，索飯兼稚幼。清操獨介然，片言便拂袖。常思扶日月，摘却旄頭宿。神州旣陸沉，時命乃大謬。南望建陽山，荒阡餘石獸。生違鹿柴居，死欠狐丘首。矢口為詩文，吐言每奇秀。揚州九月中，煨芋試新酎。猛志雷破山，劇談河放溜。否終當自傾，佇待名賢救。落落我等存，一繩維宇宙。

據張石洲《亭林年譜》云：「職方生平無考。繹詩意，當亦受唐王職，既敗而遁於金陵者。」又送王文學麗正歸新安云：

> 兩年相遇都門道，只有王生是故人。原廟松楸頻眺望，夾城花萼屢經巡。悲歌絕塞將歸客，學劍空山未老身（自注：生舊在金侍郎聲幕府。）。貰得一杯燕市酒，傾來和淚濕車輪。

案《明史·金聲傳》：「聲字正希，休甯人，福王立於南京，超擢聲左僉都御史，聲堅不起。大清兵破南京，列郡望風迎降。聲糾集士民，保績溪黃山，分兵扼六嶺。乃遣使通表唐王，授聲右都御史，兼兵部右侍郎，總督諸道軍，拔旌德甯國諸縣。九月下旬，徽故御史黃澍降於大清，王師間道襲破之，聲被執死。」是王文學乃隆武舊臣之僚屬也。至於擁戴唐王同志如顧咸正之子天逵天遴，路振飛之子澤溥澤濃諸人，酬贈追懷之作，見於集中者，更不勝僂舉，足見亭林於唐王慕義之深，及與唐王舊臣周旋之篤。其形之詩篇者，明言暗示，皆足表露其心志。今集中擬唐人五言八韻詩六首，張石洲謂六詩皆非泛擬。乞師，悲往事也。擊筑、投筆，明素志也。渡瀘、聞雞，以不忘恢復望諸公也。歸里，則知時之不可爲，而倦飛思還也。云擬唐人者，曾膺唐王之詔，受其冠帶也。」石洲之言，可謂能探亭林心志。推之，集中大唐中興頌歌（刻本作浯溪碑歌，此據鈔本《蔣山傭詩集》。），當亦與擬唐人詩同旨。此序特詳碑文傳授之經歷，詩末復云：

「此物何足貴，貴在臣子心，援筆爲長歌，以續中唐音。」反覆致意於續興唐室，亦足明亭林之微旨矣。

吾人居三百年後，讀亭林詩，賴按年編次之力，猶可窺測當日時事。又獲人神呵護，手稿傳抄，保存原詩面目，於是亭林用隆武紀年之義，乃得炳然大明。至於文集，則以依體分列，復未注明撰年，刊㓗之餘，益難診其脈絡。今觀集中所爲文，凡涉及淸代年曆，皆絕而不書。其必須紀時者，則但稱歲陽歲名。如《音學五書．後序》作於康熙十九年庚申，末稱上章涒灘痾月之望。《日知錄》初刻於康熙九年庚戌，自序中則稱：「遂於上章閹茂之歲刻此八卷。」其方月斯詩序云：「與方子定交自單閼之歲，今且六年。」則以序作於順治十三年丙申，定交之年在八年辛卯也。他若誌墓之文，尤非明書年月不可者，亦委婉曲折以達之。如〈歙王君墓誌銘〉云：

王君以崇禎十四年卒，後三年國變，王君之子璣流寓於吳，又一年而不孝始識王生，因以知王生之人與其世德之概。與王生交一年，而王生以狀請銘，不孝以母未葬，弗敢作也。又一年，卜葬，葬有日，而王生復來請銘，不孝不獲辭而銘之。

又〈富平李君墓誌銘〉云：

崇禎七年四月壬午，以疾卒，年二十七。……君沒越十有三年，十月癸酉，因篤始葬君於韓家村東南之新阡。

又〈中憲大夫山西按察司副使寇公墓誌銘〉曰：

天啓六年，寇公為蘇州知府，炎武年十四，以童子試見公，被一言之奬，於今五十有四年矣，而始得至同官拜公於墓下。其年二月某日，公之次子泰徵遷公之兆，改葬於縣東南之義與原，而屬余為之銘。

又〈常熟陳君墓誌銘〉曰：

崇禎十七年，余在吳門，聞京師之報，人心兇懼。余乃奉母避之常熟之語濂涇，依水為固，與陳君鼎和隔垣而居。……五年而君以疾捐館。二子相繼不祿，貧不克葬，余亦流轉外邦。又二十五年而其孫芳績以書來曰：將以十二月庚申，舉其兩世六喪葬於所居之西雙鳳鄉吳塘里，而乞一言以銘諸幽。

凡類此屬辭之方，皆亭林苦心隱痛，百折千迴，務屏夷清之僭曆，使不得干華夏之正統者也。至於文中用隆武紀元，今亦有可探索證明者。按乾隆中彭紹升得抄本《亭林文集》一帙，校以刻本，溢文九篇，蓋編集時爲門人所削，彭氏編爲餘集刊行。其中〈先妣王碩人行狀〉一篇，作於順治四年丁亥，末云：

先妣生於萬曆十四年六月二十六日，卒於□□元年七月三十日，享年六十歲。……今將以□□三年十月丁亥，合葬於先考之兆。

考福王於乙酉五月爲清兵所俘，唐王於是年閏六月二十七日卽帝位於福州，改是年七月一日以後爲隆武元年。王碩人卒於乙酉年七月三十日，以丁亥年十月二十日葬，是乙酉當爲隆武元年，丁亥當爲隆武三年。刻本兩空圍，若不作隆武，則與南明淸初一切紀元皆不相合，此又亭林爲文亦用隆武紀年之明證。刊本或有於第一空圍句作弘光元年者，必出於俗人之誤改。亭林同調歸莊，其手寫詩稿殘本，近年影印流布，其下册首行署云：「隆武集一。」自注云：「起隆武元年乙酉秋七月盡是年。」次行題云：「明崑山歸祚明天輿父著。」觀其紀年，正可與亭林文稱隆武元年者互證，而其題署詩集，隱寓春秋書法，亦與亭林編詩之志，若合符節。「同心同調復同時，」誠可爲二先生詠矣。蓋亭林當猾夏三傳之後，必不使正朔斬絕，以待中華復興之運，此其所以茹苦含荼，謹守隆武紀年而弗肯失也。「猶看正朔存，未信江山改」，亭林之志，亭林固自言之。讀亭林之書者，明亭林存正朔之志，而後知我華夏所以能歷萬刼而永存者，其精神昭灼，固長共亭林辭翰照耀於天地間也。

朝鮮李朝著述中反清復明之思想

朝鮮李朝，奉明爲宗國，鄙清爲夷狄。明亡後，在宮中設立大報壇，每年皆致祭明太祖、神宗、毅宗三帝，對崇禎殉國，尤爲哀悼。故自明亡後，朝鮮著述碑刻多仍奉明正朔，厥意最著明於朴趾源之《熱河日記》。其〈渡江錄〉首題「後三庚子，我聖上四年（清乾隆四十五年）六月二十四日辛未。」前綴序云：

曷為後三庚子？計行程陰晴，將年以係月日也。曷稱後？崇禎紀元後也。曷三庚子？崇禎紀元後三周庚子也。曷不稱崇禎？將渡江，故諱之也。曷諱之？江以外，清人也。天下皆奉清正朔，故不敢稱崇禎也。曷私稱崇禎？　皇明，中華也，吾初受命之上國也。崇禎十七年，毅宗烈皇帝殉社稷，明室亡，於今百四十餘年，曷至今稱之？清人入主中國，而先王之制度變而為胡。環東土數千里，畫江而為國，獨守先王之制度，是明室猶存於鴨水以東也。雖力不足以攘除戎狄，肅清中原，以光復先王之舊，然皆能尊崇禎以存中國也。崇禎百五十六年癸卯洌上外史題。

又〈行在雜錄〉序云：

嗚呼！　皇明，吾上國也。上國之於屬邦，其錫賚之物雖微如絲毫，若隕自天，榮動一域，慶流萬世。而其奉溫諭，雖數行之札，高若雲漢，驚若雷霆，感若時雨，何也？上國也。何為上國？曰：中華也，吾　先王列朝之所受命也。故其所都燕京曰京師，其巡行之所曰行在，我效土物之儀曰職貢，其語當宁曰天子，其朝廷曰天朝，陪臣之在庭者曰朝天，行人之出我疆埸曰天使，屬邦之婦人孺子語上國莫不稱天而尊之者四百年猶一日，蓋吾　明室之恩不可忘也。昔倭奴覆我疆埸，我　神宗皇帝提天下之師東援，而竭帑銀以供師旅，復我三都，還我八路，我　祖宗無國而有國，我百姓得免雕題卉服之俗，恩在骨髓，萬世永賴，皆吾上國之恩也。今清按　明之舊臣，一四海，所以加惠我國者亦累葉矣。……然而我以惠而不以恩，以憂而不以榮者，何也？非上國也。我今稱天子所在之處曰行在，而錄其事，然而不謂之上國者何也？非中華也。我力屈而服，彼則大國也。大國能力征而屈之，非吾所初受命之天子也。

觀朴氏之言，足覘朝鮮士大夫對明室眷念之深，對滿清敵愾之切。故朝鮮使臣往還中國，與之周旋者，每流露反清復明之思想；而中土士大夫雖處異族統治之下，其故國之思，亦不禁感激流露。如洪德保《湛軒燕記》中，有〈吳彭問答〉（吳湘、彭冠皆翰林檢討）、〈蔣周問答〉（蔣本、周應文）、〈乾淨筆談〉（與嚴誠字力闇、潘庭筠字蘭公諸人筆談），皆記與中國人士酬對之語。作者時時顯示其反清復明之思想，而談者亦流露其不忘故國之眞情。特處於異族淫威之下，掩抑幽憤，無可奈何耳。吳彭問答有云：「余問呂晚村文集有無？彭搖手，言：沒有。又曰：文集有板，近來皆不存矣。余曰：婦人衣服不變明制乎？彭曰：然。」

又〈乾淨筆談〉云：

> 蘭公曰：「場戲有何好處？」余曰：「不經之戲，然竊有取焉。」蘭公曰：「取何事？」余笑而不答。蘭公曰：「復見漢官威儀。」卽塗抹之。余笑而頷之。又曰：「余入中國，地方之大，風物之盛，事事可喜，件件精好；獨剃頭之法，看來抑塞，吾輩居在海外小邦，坐井觀天，其事可哀，惟保存頭髮，為大快樂事。」兩生相顧無語。
>
> 蘭公曰：「江外有一友，嘗戲著優人帽帶，為拜跪狀，一坐為之鬨堂。」余曰：「其人之情感矣，想來令人傷心。」又曰：「十年前，關東一知縣，遇東使，引入內堂，借著帽帶，與其妻相對而泣。東國至今傳而悲之。」力闇垂首默然。蘭公歎曰：「好個知縣！」

又曰：「苟有此心，何不棄官去。」又曰：「此亦甚不易，吾輩所不能，何敢責人。」皆愀然良久。

余曰：「中國之剃頭變服，淪陷之慘，甚於金元時，為中國不勝哀涕。」兩生皆相顧無言，余曰：「我國於前明有再造之恩，兄輩曾聞之否？」皆曰：「何故？」余曰：「萬曆年間，倭賊大入東國，八道糜爛。神宗皇帝動天下之兵，費天下之財，七年然後定。到今二百年，生民之樂利，皆神宗之賜也。且末年流賊之變，未必不由於此。故我國以為由我而亡，沒世哀慕，至於今不已。」兩生亦無答。

蘭公曰：「清陰先生集有幾卷？」余曰：「二十卷。清陰文章學術為東方大儒，而革鼎後，避世不仕，十年拘於瀋陽，終不屈而歸。」又曰：「清陰歸隱於嶺南鶴駕山中，與清陰同歸者亦多。又有世族四家隱於太白山中，時人號為四皓。其一，鄙宗人也，有詩曰：『大明天地無家客，太白山中有髮僧』云。」力闇看畢，轉身而坐，再三諷誦，頗有愴感之色。

觀此數則，宗國之恫，溢於言表。故雖萍水之交，而離別之頃，有過骨肉之痛。〈乾淨筆談〉云：

余曰：「行將別矣！請彼此極言無諱可乎？」皆曰：「善。」余曰：「中國非四方之宗國乎？君輩非我輩之宗人乎？見君輩之鞭絲，安得不使我腐心而煩冤乎？」兩生相顧錯愕無語。

觀此披肝瀝膽之言，非有連氣同枝之誼者必不肯出。而處異族強權之下，各有鬱結不敢盡言之苦，故偶得機緣，不覺盡吐肝膈。遂使行路之人，傾蓋班荊，頓如兄弟流離，喪亂之際，復得一面，一面之後，又當遠離，其沉痛之極，眞天地間至情，亦天地間奇情也。〈乾淨筆談〉記二生將別之語曰：

蘭公書曰：「竟永別耶！竟不得再晤耶！此生已休，況他生耶！肝腸何以欲斷未斷耶！豈我輩之交猶未深，而永別之苦猶未慘耶！」

又記二生將別之狀云：

僕人言篠飲强言笑若常，力闇、蘭公作書畢，坐椅上，相對傷感，渠亦看來不覺淚下云。

由於當時遺民對明室悼念之深，故睠睠之思，時流露於隱事隱語之中，如《熱河日記》卷十中

〈鷗汀筆談〉有云：

> 亨山曰：「癡欲煎膠粘日月。」是時，日已暮，炕內沈沈，故已喚燭矣。余曰：「不須人間費膏燭，雙懸日月炤乾坤。」鷗汀搖手，又墨抹「雙懸日月」，蓋日月雙書則為「明」字。余曰：偶對粘膠句而『雙懸日月』，頗諱之也。

蓋「雙懸日月」，即復明之意。又卷四〈關內程史〉有云：

> 余居白門時，為崇禎紀元後一百三十七年三周甲申也。三月十九日，乃懷宗烈皇帝殉社之日。鄉先生與同閈冠童數十人詣城西宋氏之僦屋，拜尤菴宋先生之遺像，出貂裘撫之，慷慨有流涕者。還至城下，搤腕西向而呼曰：「胡！」鄉先生為旅酬，設薇蕨之菜。時禁酒，以蜜水代酒，盛畫磁盆，盆之款識曰：「大明成化年製」。旅酬者必俯首視盆中，為不忘春秋之義也。

此與《一柱樓詩集》「大明天子重相見，且把壺兒擱一邊」之文字獄，情境儼同。又卷三〈駉訊隨筆〉序云：

我東人士初逢自燕還者，必問曰：「君行第一壯觀何物也？」……上士則愀然易容而言曰：「都無可觀。」「何謂都無可觀？」曰：「皇帝也薙髮、將相大臣百官也薙髮、士庶人也薙髮，雖功德侔殷周，富强邁秦漢，自生民以來，未有薙髮之天子也。雖有陸隴其李光地之學問，魏禧汪琬王士澂之文章，顧炎武朱彝尊之博識，一薙髮，則胡虜也。胡虜則犬羊也，吾於犬羊也何觀焉！」此第一等義理也，談者嘿然，四座肅穆。

觀朝鮮人著述對滿清及薙髮之深惡痛絕，可知漢人引爲深仇大恨，徐述夔訓徒之語，爲諸生改名之舉，決非無故。而《紅樓夢》對男子之憎惡，斥爲濁臭逼人者，正以此故。其所以歌頌女子者，正以其服制未淪爲夷狄也。又朝鮮崇奉明室，故於朱氏亦特致敬。朝鮮新安《朱氏世譜》，爲文公曾孫朱潛移居朝鮮後之家譜，首卷有朱錫冕疏本云：

臣之三十世祖，卽晦庵文公也。……而臣之二十七世祖清溪公潛，卽文公之第二子安陽侯埜之孫也。……至嘉定十七年甲申，見權臣與蒙古構和……浮海而東，舟泊於全羅道錦城。……自此以來，簪纓不絕。英廟朝判下有曰：「東土以朱為姓，皆紫陽之裔。」正廟朝綸敎曰：「貴哉朱之為姓，雲谷武夷以其地名之近而尊尚。況朱字姓窮天地，亘萬古，凡有血氣者，孰不愛之尊之。」

乃至朝鮮人亦有訪求明裔恢復明室之念，《熱河日記》載許生員傳記許生定計驅除滿清之後云：

若求朱氏而不得，率天下諸侯，薦人於天，進可為大國師，退不失伯舅之國矣。

凡此云云，存於朝鮮著述者，皆漢族人在滿清威力下隱藏之心畫心聲，欲吐而不敢吐者，賴朝鮮人爲我言之，不亦痛哉！不亦幸哉！

顧亭林詩自注發微

《亭林詩集》出自亭林生前手訂，筆削編次，都具有深意。開卷第一篇是大行哀詩，這很顯明的寓有「國亡而後詩作」的深意。他把亡國前早年之作全部刪去，自崇禎殉國起按年編次。無異乎說這不是他吟風弄月的篇章，而是國亡後精神生命的寄託。前人稱杜工部詩爲詩史，其實亭林詩纔是眞正的詩史，是國亡不容眞史存在時用詩文來代替的眞史。黃黎洲《南雷文集．萬履安詩序》曾有一段話極爲沈痛：

> 天地之所以不毀，名教之所以僅存者，多在亡國之人物，血心流注，朝露同晞，史於是而亡矣！猶幸野制遙傳，苦語難銷，此耿耿者明滅於爛紙昏墨之餘，九原可作，地起泥香，庸詎知史亡而後詩作乎？

這說明了亡國之人沒有吐露心聲的機會。無可奈何，只有用隱微的詩語來傳達國亡的史事。史亡詩作，正是以詩代史，以詩存史，亭林以亡國之人，寫亡國之詩，存亡國之史。他的詩是民族精神的象徵，是國家命脈的延續，是保國復國的號角和火種。其詩集以大行哀詩爲首之意義在此。亭林素好吟詠，亡國時年已三十有二。十四歲即參加復社文會，不僅篇什甚多，而且詩名早著。《亭林餘集・三朝紀事闕文序》，述幼年治學之經過云：

於是令習科舉文字，已，遂得為諸生。讀詩、尚書、春秋，而先帝即位。……而臣少年好游，往往從諸文士賦詩飲酒。

又《文集・卷六顧與治詩序》云：

當崇禎之世，天下多故，陪京獨完，得以餘日，賦詩飲酒。極意江山，流連卉木，騁筆墨之長，寫風騷之致。

又《餘集・從叔父穆庵府君行狀》云：

自崇禎之中年，先王考壽七十餘無恙，而叔父旣免喪，天下嗷嗷方用兵，而江東晏然無事。以是余與叔父洎同縣歸生，入則讀書作文，出則登山臨水，閒以觴詠，彌日竟夕。……叔父不多作詩而好吟詩，歸生與余無時不作詩，其往來又益密。如是者又十年。

又《餘集・先碩人行狀》云：

蓋其時炎武已齒文會，知名且十年矣（規案：其時崇禎九年，亭林年廿四歲。）。

又《文集・卷三答原一公肅兩甥書》云：

老年多暇，追憶曩遊，未登弱冠之年，卽與斯文之會。隨厨俊之後塵，步揚班之逸躅，人推月旦，家擅雕龍，此一時也。

由上引亭林自述，足明亭林三十以前，詩篇必富，詩名已藉甚當時，而詩集竟不載一篇隻句，此必亭林立志以詩爲史，故毅然自删其少作。如編次出自子弟門人，卽亡國以前之作品，豈有不加收錄而一概删削之理。蓋亭林立志以詩爲史，用意在喚起民衆，反抗敵人。潘檉章和張洮侯贈蔣山傭之作❶云：「寄我新詩如看檄，紛紛逆黨見應羞」，新詩如同討伐敵人的檄文，敵人還會任他流通，還能免於焚禁的命運嗎?亭林自知他的著述如果不將觸犯禁忌的文字加以隱諱，必難通過敵人的耳目。所以他在《日知錄》卷十九上寫了「古文未正之隱」一條文字，昭告他的後世讀者，他說：

文信國《指南錄・序》中北字皆虜字也，後人不知其意，不能改之。謝臯羽〈西臺慟哭記〉本當云文信公，而謬云顏魯公；本當云季宋，而云季漢。凡此皆有待於後人之改正也。……鄭所南《心史》書文丞相事，言公自序本末，未有稱賊曰大國、曰丞相，又自稱天祥，皆非公本語。舊本皆直斥虜酋名，然則今之集本，或皆傳書者所改。

這是他提醒後世讀他文章的讀者必須警覺的地方。亭林親遭文字之禍。康熙二年癸卯，亭林年五十一歲。幾乎身罹湖州莊廷鑨《明書》之難。他的好友吳炎、潘檉章都慘遭誅戮。《亭林詩集》卷四有詠史詩，刊本題目已遭刪改，原鈔本作聞湖州史獄，詩云：

❶ 見《亭林遺書・彙集同志贈言》。

永嘉一蒙塵，中原遽翻覆。名胡石勒誅，觸眇符生戮。哀哉周漢人，離此干戈毒。去去王子年，獨向深巖宿。（徐嘉箋注云：後趙錄：勒宮殿及諸門始就，制法令甚嚴，諱胡尤峻。胡物皆改名，如胡餅曰麻餅，胡荽曰香荽，胡豆曰國豆。前秦錄：符生乘醉多所殺戮，自以眇目，諱殘、缺、偏、隻、少、無、不具之類，誤犯而死者，不可勝數。）

亭林親覩清室文字獄誅戮之酷烈，自然感到他以詩爲史，著筆的困難。並且亭林身遭黃培詩獄之禍，繫獄半年，賴友朋營救，纔得幸免，康熙七年，有赴東六首，序云：

萊人姜元衡訐告其主黃培詩獄，株連二三十人。又以吳郡陳濟生《忠節錄》二帙首官，指為余所輯，書中有名者三百餘人。余在燕京聞之，亟馳投到，頌繫半年，竟得開釋。因有此作。

此次詩獄，首官之《忠節錄》，作者陳濟生乃亭林姊壻。且亭林門人李雲霑曾有〈與人論亭林遺書牋〉（載《國粹學報》第一年第七期）云：

先師當日著作甚富，卽以晚所見而言，尚有《岱嶽記》四卷、《熹宗諒闇記》一卷、《昭夏遺聲》二卷（原注：昭夏者，中夏也。選明季殉節諸公詩，每人有小序一篇，係霑手錄）。

可見亭林確曾寫《忠節錄》一類的文字。亭林身遭二次文字之禍，僅免於難。對其著述流傳之不易，必已知之至深。故《蔣山傭殘稿》有〈又與公肅甥〉云：「陳鼎和誌銘久成，有一二□時語，且不出也。」〈與弟大雲〉云：「吾雖飄零異地，而文章一道，頗爲當世所推。念叔父生平，吾集中不可無一篇文字。情至之言，又不在臚列也。作狀一通，曾於都門一示白公，爲之出涕。時方擾攘，未便錄寄。今思吾年六十有八矣，餘日無多，豈可不一示吾弟，使焚之於叔父神主之前乎？故特送上。」（規案：亭林餘集有從叔父穆庵府君行狀，有違礙語，幸賴餘集保存於刋削之餘。）亭林親歷文字之獄，對於以詩爲史的著作，自然會深思熟慮如何能通過禁網的方法。他想到和他遭遇類似的古人，如謝皐羽〈西臺慟哭記〉本當云文信公，而謬云顏魯公；本當云季宋，而云季漢。又想到李太白的「狂風吹古月，竊弄章華臺」，「海動山傾古月摧」。他認爲古月明明是胡字。他還說明太白也有所本，《晉書・苻堅載記》：「古月之末亂中州，洪水大起健西流，此其本也。」或曰：「析字之體，止當着之讖文，豈可以入詩乎？藁砧今何在？山上復有山，古詩固有之矣。」《晉書・郭璞傳》：「有姓崇者構璞於敦，」而史臣論曰：「竟斃山宗之謀❷」。亭

❷ 見《日知錄》卷二十七李太白詩注條。

林審視古人屬辭的情況，他自作也有相類的詩句，如「親見高帝時，日月東方升」（見詩集卷二〈贈潘節士檉章〉），「舉頭是青天，不見日月光」（見詩集卷二〈王徵君潢具舟城西〉），「常思扶日月，摘卻旄頭宿」（見詩集卷三〈贈黃職方師正〉，此據原鈔本，刻本改作常思驅五丁，一起天柱仆。），皆以日月隱明字。由此可以推測他很早便在詩文中運用隱語來作爲表達心意的方法。亭林佚文輯補收錄了與歸莊手札七首，第一首云：

緝、合、葉、洽，不知可通叶否？兄試為考之。

第六首附一文云：

帝顓頊都石十一其日癸卯皐比丈夫出旦之日雰雰其迎胡以寧三鼂好其聲閦者之扃招厥鼪君乎牧乎代乎熟與之攖展也思兄廥乎形文一更先民是程戛戛乎其泓博而密覃而精可以察明可以永貞惜哉 子之天才有瘳乎闔事于文姚姚乎晤歌鐢兮害其有平 慕容王之銘 樊宗師作之。

又亭林《菰中隨筆》云：「慕容紹宗被髮向北斗爲誓先人云。必其俗有此。某按南斗注生，北斗注死，故向北斗而誓之耳。」兩處提到的慕容，可能暗指外族的君酋。後世的讀者雖然無法瞭解，當年他的朋友必然明白，想來他常用這種方式通訊，與歸莊手札，大概只是偶然倖存的一紙罷了。亭林一方面設計種種隱語的方法，一方面儘量多抄稿本流傳，《亭林餘集·與潘次耕札》云：「寄去文集一本，僅十之三耳，然與向日抄本不同也。」又云：「然近來實病，似亦不能久於人世。所縈念者。先妣大節未曾建坊，存此一段於其集中以待河清之日，自有人爲之表章，……至於著述詩文，天生與吾弟各留一本，不別與人以供其改竄也。」又《蔣山傭殘稿·卷一與俞右吉》云：「至乃向日流傳友人處詩文，大半改削，不知先生於何見之，恐不足溷高明也。」亭林深知他的文字已在禁網之中，在生前已多方設法掩蔽閃躲，以求流傳後世。其有必須保留不肯被人刪改的文字，如隆武頒曆（東武四先錫）、虜伐墓柏（虞伐墓柏），與明代正朔，敵國稱號有關，他就以韻目字代替（如虞代虜、東錫代隆曆）。孫毓修《亭林詩集校補》所據的《蔣山傭詩集》鈔本，凡觸犯忌諱的文字，幾乎全用韻目字代替，可能出於亭林生前手訂。關於亭林詩用韻目字代替的問題，我曾撰寫〈亭林詩發微〉、〈亭林詩鉤沈〉、〈亭林隱語詩覈論〉數篇文字❸，闡明亭林運用韻目代字以達到衝過禁網的事實。近來重讀亭林詩，發現它附帶的注語頗多，其中也間雜有用注釋爲隱語的迹象。因此，詩集注語是否出自亭林手筆，便成爲重要問題，據興化李審言先生徐嘉《顧詩箋注》序云：「崑山顧亭林先生揖讓百代，卓立儒軌。其詩沈鬱澹雅，副貳

❸ 見《亭林詩考索》，民國五十一年五月，香港新亞研究所出版。

史乘。近世流傳之本，間附注語，據錢塘袁氏所言，卽亭林自注。」是則清初袁隨園卽確認詩集注語爲亭林自注。不過，細加考慮，古今詩文，或注明典故出處，或解釋文字音義，此乃後世注釋家的任務。亭林博攬古今，豈肯爲自己詩文汲汲作注，因此，對亭林自注說仍頗懷疑。後讀大行哀詩：「采堊昭王儉，盤杅象帝兢」，附有注語云：「墨子：堯舜禹湯文武之事，書於竹帛，鏤之金石，琢之盤盂。後漢書崔駰傳作杅。」此一注語，表面看來，是說明亭林詩中盤杅二字是出自墨子琢之盤盂，但盂字用的是異體。怕人不知道，因此特別注明崔駰傳作杅。其實，注語用意並不如此簡單，他有意指引人細看《後漢書·崔駰傳》誡竇憲書和章懷注，書曰：「故君子福大而愈懼，爵隆而益恭，遠察近覽，俯仰有則。」注云：「太公金匱曰：武王曰：吾欲造起居之誡，隨之以身。几之書曰：安無忘危，存無忘亡。孰惟二者，必後無凶。杖之書曰：輔人無苟，扶人無容。墨子曰：堯舜禹湯書其事於竹帛，琢之盤盂。杅亦盂也。」亭林此注，不獨說明了盂作杅的所本，且說明了盤杅象帝兢全句的意義，也是本於《後漢書·崔瑗傳》。這樣的點明方法，顯然是出於作者自注，不可能是後人這樣着筆。《國粹學報》六十九期載〈顧亭林集外遺札〉(乃錄自曲阜顏運生集其先世諸名人手札)，札尾有赴京六首、王官谷、先妣忌日、常熟縣耿侯水利書、瓠，詩凡十首。先妣忌日詩「一經猶得備人師」，附有注語：「《顏氏家訓》，荒亂以來，雖寒畯之子，能讀《孝經》、《論語》者，尚爲人師；雖奕葉冠冕，不曉書記者，莫不耕田養馬。」亭林生前與友人手札，錄寄近作，卽附自注，並與刊本注語全同，更可以證明詩集中附語是出自亭林自注。由此看來，錢塘袁氏之說蓋可徵信。惟黃晦聞先生《顧詩講義》❹對此持不同之意見。其《海上詩四首注》云：「節案：詩集中原注，有爲亭林自注者，有爲潘次耕及撫子衍生等注者。若上篇名王白馬原注，引《隋書・五行志》，梁大同中童謠青絲白馬壽陽來，以應侯景破丹陽乘白馬，如此解釋，則是比喻清豫王下金陵如侯景之破丹陽也。亭林於清兵稱之曰胡虜，見之各篇中，豈有以名王稱清酋者！以是決定上篇之原注非亭林自注也。惟此篇原注云：去夏誠國公劉孔昭自福山入海口云云，非注釋典故，而爲注記事實，則可決爲亭林自注，此注釋一軍旗鼓向天涯意也。」規案：名王本爲稱異族有名號之酋長，有名號者則爲名王。如《漢書・卷八宣帝記》：神爵二年，匈奴單于遣名王奉獻。師古注：名王者，謂有大名以別諸小王也。又匈奴單于遣弟呼留若王勝之來朝。師古曰：「呼留若者，王之號也。勝之，其人名。」又名王伊秩訾，且渠當戶以下。師古曰：「伊秩訾，且渠當戶，皆匈奴官號也。」是所謂名王，不過與無名號之小王相區別，初無名臣賢相之美意。黃氏以名王爲美名，調亭林決不以稱清酋，實爲誤解。王蘧常《顧亭林詩集彙注》❺云：「前人稱名王，多指異民族之王。徐注引《漢書・終軍傳》外，又如《漢書・宣帝紀》單于遣名王奉獻，又名王、右伊秩訾，《三國志・魏太祖紀》北征烏桓，斬蹋頓名王已下，杜甫前出塞詩虜其名王歸皆是。則此名王，自當指清之王公。《清史稿・

---

❹ 北京大學鉛印講義。
❺ 民國七十二年十一月初版，上海古籍出版社出版。

世祖本紀》：順治三年二月丙午，命貝勒博洛爲征南大將軍，率師征福建、浙江。五月乙丑，擊敗故明魯王將方國安於錢塘。八月丁亥，克金華、衢州，浙江平，殆其人也。故詩以侯景白馬入丹陽擬之。江東謂浙江之東，徐注謂魯王入海固誤，黃以仍屬諸魯王，且引《晉書》以釋白馬亦非，蓋晉書僅言馬，而不及白也。黃又謂原注以青絲白馬比喻清豫王下金陵之非，然原注出潘耒所記，大多得諸緒論，故能在在與詩意密合，全集可覆按。以侯景喻清領軍，實爲切合。卷四杭州詩第二首青絲江上來，亦謂清領軍，可證。惟所喻爲貝勒博洛，而非豫王多鐸；所下爲浙東，而非金陵耳。且名王實非尊稱。《禮記・禮器篇》，因名山升中於天，鄭玄注：名猶大也。《國語魯語》：取名魚。韋昭注：名魚，大魚也。則名王卽大王，如梅賾書胤征所謂渠魁，《漢書・司馬相如傳》所謂渠率之類，渠魁皆大意，與上感事詩以左賢王喻多爾袞一例。《漢書・宣帝紀》顏師古注云：名王者，謂有大名，蓋望文生義，不足據。黃蓋偶失考耳。」規案：黃氏誤解名王之義，遂以爲注語非亭林自注，王氏正其失，甚是；惟譏師古注望文生義則非。王氏又以注語出潘耒所記，證以亭林生前自書詩所附注語與刊本同，則刊本附注出於自注甚明。黃王二家之說，似皆未諦。

細讀亭林詩自注以後，我發現亭林先生是利用注釋作爲掩護，他暗中糝和了許多不便或不能明說的隱事隱衷，實在是一種很巧妙的表達技術。揭發此意的，似始於近人吳雨僧（宓）先生，他的《空軒詩話》說：

黄師箋注顧亭林詩，於史事考證極確，於詩意亦發明甚詳，未半而殂，至堪痛惜。宓於顧亭林詩，最愛誦其卷五歲暮二首。……第二首「典謨化刀筆，衣冠等猿狙」。典謨句，謂不以德治而以刑治。衣冠句，卽滿族入主中國，用夷變夏之意。讀原注自明。（規案：亭林自注云：莊子：今取猿狙而衣以周公之服，彼必齕齧挽裂盡去而後慊。）故注不可缺（原注：因註出典故而意自見。不但文學貴以古典代今事。且當時甚多忌諱，故非注不能明本意。）其次，宓則愛誦亭林詩集卷四赴東（原注：此詩作於康熙七年戊申，由燕京赴山東濟南）六首。第一首「人生中古餘，誰能免尤悔」，知世非純善，過錯不免，誣罔尤多。則在己固當自勉，對人更當矜恕也。窫窳（原注：卽貗狐，指滿洲東胡。亭林集中此類隱避之字極多。）起東嵎，長鯨翻渤澥。斯人（原注：斯人似謂此土之民，卽漢族全體。）且魚爛，士類同禽駭。」此四句謂清興明亡，亡國滅種之禍，天下國家，滄桑浩刼，非僅個人之遭也。讀第一首注，知亭林先生之赴東，乃為同志之得釋，非為一己。……按經史之學，要就平日養成。積之既多，到時自然奔赴。於是經義史事，遂與我今時今地之事實感情，融合為一。然後入之辭藻，見於詩章。是故典故之來，由於情志之自然，非待掇拾尋撦。故典不累詩，而有裨補於詩。亭林先生詩恆喜自注。非注，則讀者經史不熟，必不解詩意。須知注乃為詩而作，非詩為注而作也。

規案：亭林詩用典極富，恐人不能明其詩意，此固亭林自加注語之原因。而亭林則於普通注釋之形式中，更藉注釋以表達其隱衷隱事。卽以普通注釋之面貌，掩護其特殊寫作之目的，冀得脫敵人之禁網，以伸其志於天下後世。由今觀之，亭林自注其詩，不獨達到了注釋家的最高水準，也獲得了運用隱語技術的成功，請分別說明之。

首先，就自注中普通注釋的用意加以分析，其原因大約可分爲三項：一爲音義方面，二爲詞句方面，三爲用典方面。關於音義方面者，如詩集卷四，〈訓史庶常可程〉：

> 願君無受惠，受惠難負荷。願君無倦游，倦游意蹉跎。自注：《黃氏日鈔》：柳子厚〈平淮夷雅〉：威命是荷，音何。注引《左傳》昭七年，弗克負荷，平聲。按《後漢書・班超傳贊》、魏嵇康答二郭詩、晉潘岳河陽縣作、劉琨答盧諶詩，並作平聲。規案：負荷讀仄聲，亭林自注說明他用作平聲，並非錯誤，乃有所本。

又詩集卷五，〈薊門送子德歸關中〉：

> 彈箏叩缶坐太息，豈可日月無弦望。自注：李陵與蘇武詩：安知非日月，弦望自有時。又云：望字作平聲用，阮籍詩「是時鶉火中，日月正相望。」規案：注說明弦望有時出李陵與蘇武詩。用望字作平聲，則本於阮籍詩。

又詩集卷一，〈大漢行〉：

大漢傳世十二葉，祚移王莽綠居攝。黎元愁苦盜賊生，次第諸劉興宛葉。一時併起實倉皇，國計人心多未協。自注：《漢書．賈誼傳》：高皇帝與諸公併起。師古曰：併音步鼎反。　規案：此言明末諸王爭立，其形勢正如漢祖與群雄比肩並起不肯相下之情況相似。亭林致歎明季起義者能識眞主者之難。故特注明併起一詞之所本，又特詮釋併字讀音，明其爲比肩竝起之意。

關於詞句方面，有自鑄新詞，特明所本者，如詩集卷二，〈閏五月十日恭謁孝陵〉：

忌日仍逢閏，星躔近一周，空山傳御幄，茀路想行騶　自注：《國語》：道茀不可行也。　規案：茀路一詞新創，故注明所本。

又詩集卷三，〈薊洲〉：

北上漁陽道，陰風倍慘悽。窮魚浮淀白，孽鳥向林低。自注：《戰國策》：雁從東方來，更嬴以虛發而下之，曰：此孽也。注：孽者，謂隱痛於身如孽子也。　規案：孽鳥詞新，故注明所本。

關於用典方面，如詩集卷四，〈汾州祭吳炎潘檉章二節士〉：

一代文章亡左馬，千秋仁義在吳潘。自注：《宋書・孝義傳》：王韶之贈潘綜吳逵詩：仁義伊在，惟吳惟潘，心積純孝，事著艱難。投死如歸，淑問若蘭。規案：此注明仁義在吳潘的出處。用古如今，已臻隸事之化境。

又詩集卷二，〈拜先曾王考木主於朝天宮後祠中〉：

晉室丹陽尹，猶看古柳存。自注：先公嘗爲應天府尹。山河今異域，瞻拜獨曾孫。雨靜鍾山閉，雲深建業昏。自憐襤褸客，拭淚到都門。自注：《南史・劉瓛傳》：瓛六世祖惔，晉時爲丹陽尹。袁粲曾於後堂請瓛，指聽事前古柳樹，謂瓛曰：人言此是劉尹時樹，每想高風，今復見卿，清德可謂不衰矣。瓛與張融王思遠書，自謂貧困襤褸，衣裳容髮有足駭者。規案：此詩以古典代今事，古時事卽眼前事，經史事實與詩人當時當地之事實感情鎔合爲一，已造摛詞隸事之絕詣。若不注明，則讀者經史不熟，必不解詩意，更不能了解詩人屬辭匠心之妙。

從以上舉例，可見亭林自注，已經達到了注釋家的最高水準。

其次，就自注含有隱事隱衷的注語加以分析，有加注以保存史事的，有加注以表達隱意的。也請分別說明之。《亭林詩集》保存史事的自注，卽晦聞先生海上詩注所謂「非注釋典故」，而爲注記事實之自注。蓋注記事實，卽爲存一代之信史，闡忠節之幽光。李雲霑與人論亭林遺書牋，謂其師遺著有昭夏遺聲二卷，並說昭夏是中夏的意思。選的是明季殉節諸公詩，每人有小序一篇，是他親手抄錄的。其實昭夏卽是明夏，卽是明朝。選詩每人有小序，卽保存每人忠義的事實。亭林詩附記事實的自注，其用意正復相同。今檢詩中自注事實，不下百數十事。刊本刪去頗多，荀羕《亭林先生集外詩校記》❻云：「《亭林詩集》六卷，傳校元鈔稿本，潘稼堂刻本幷爲五卷。以潘刻勘之，得佚詩十有八篇。潘刻所有而文字殊異者又逾百事。謹校寫爲一卷。……集外詩注中間有佚事，張氏顧先生《年譜》咸失載，疑石洲亦未覩元鈔本也。」荀校中的遺詩佚事，如卷一，哭顧推官詩，題下有注云：「推官名咸正，字端木。二子：長天遴，字大鴻；次天逵，字仲熊。弟咸建，字漢石，進士，錢塘令，子二。咸受，字幼疏，舉人，子二。」卷二，金山詩云：「故侯張車騎，手運丈八矛，登高矚山陵，賦詩令人愁。」注云：「定西侯張名振。」贈劉敎諭永錫云：「獨我周旋同宿昔，看君臥起節頻持。」注云：「劉君時未薙髮。」卷三，濟南詩：「廿年重說陷城初。」注云：「濟南以崇禎十二年元日陷。」山海關詩：「辮頭元帥降。」注云：「吳三桂。」

❻ 見民國二年神州國光社排印本《古學彙函》第一函第十五册。

卷五，二月十日有事於欑宮詩：亮矣忠懇情，咨嗟傳宦者。注云：「呂太監言，昔年王生弘撰來祭先帝，伏哭御座前甚哀。」寄次耕詩：「更得遼東問。」注云：「兄子二人，今在兀喇。」其中有極犯忌諱的字句，並改以韻目字代替，恐怕是出自亭林生前的手筆。如卷四，杭州詩：「那肱召周軍，匈奴王衞律。」注云：「眞東蒸。」荀校云：「不可解。戴子高云：或是張秉貞，而韻亦不類。」規案：眞東蒸皆廣韻韻目，乃陳洪範之代語。陳，眞韻字；洪，東韻字；範在范韻，與蒸韻鄰近。夏完淳《續幸存錄》云：「迨清已有南下之志，始遣陳洪範左懋第北行，洪範與敵合謀，夤夜逃歸，遂成秦檜之奸計。又潞邸監國杭州，復遣陳洪範請割江南四郡以和。洪範陰與敵疾趨武林，潞邸手足無措，爲敵所縛。」洪範賣國召讎，故亭林指名誅戮之。又卷五哭歸高士詩：「平生慕魯連，一矢解世紛。碧雞竟長鳴，悲哉君不聞。」注云：「君二十五年前，嘗作詩，以魯連一矢寓意，君沒十旬，而文覃舉庚。」荀校云：「末四字未詳。」規案：文覃舉庚，卽雲南舉兵之韻目代語。蓋歸莊二十五年前嘗賦詩寓意，欲如魯仲連之招降將，以反清復國。《亭林詩集》卷一吳興行贈歸高士祚明云：「讀書萬卷佐帝王，傳檄一紙定四方，拜掃十八陵，還歸奉高堂。」吳興行正作於二十五年前順治四年，所云「傳檄一紙」，必有招降將反清復明之計劃。及二十五年後，康熙十二年，吳三桂果舉兵雲南，反攻清室，正歸顧之所渴望，故悲玄恭之不及見。凡此皆於詩辭不敢顯言，有犯時諱，故則於注釋之隙，冀能通過禁網，以告後世。其他刊本如卷一，哭楊主事廷樞云：「首獻大横占，竝奏冬虞狀，」注云：「手詔曰：朕甚感楊廷樞之占卦。」「御筆授二官，天墨春俱盎，」注云：「擢兵部主事，兼監察御史。」「我慕淩御史，倉卒當絕吭，」注云：「淩駉。」「灑涕見羊曇，停毫默悽愴，」注云：「君甥衞向。」哭陳太僕云：「復多季布柔，晦迹能自匿，」注云：「君出亡時，尙僕從三四人，服用如平日。」京口詩云：「末代棄江嗟靖鹵，」注云：「靖鹵伯鄭鴻逵。」卷三，金壇縣南五里顧龍山上有高皇帝御題詞一闋：「黃屋非心天下計，」注云：「詞有他日偸閒，花鳥娛情，山水相關之句。」恭謁孝陵云：「因山皆土石，用器不金銀，」注云：「時有倡開煤之說。」贈萬舉人壽祺，題下注云：「徐州人。」贈路舍人澤溥：「天子呼恩官，干戈對王使，」注云：「詔書曰：朕有守困恩官路振飛。」清江浦云：「牐下三春盡，湖存數尺瀦，」注云：「淮安城西有五牐，每歲糧船以春月北上，夏初閉牐，以防黃水灌入裏河。俟秋水退，九月開牐，回空牐內所瀦，皆高郵寶應諸湖南來之水。」楊明府永言（注云：雲南人。）昔在崑山起義不克，爲僧於華亭。及吳帥舉事，去而之蘭谿，今復來吳下，感舊有贈：「同年張翰在，」注云：「張行人玢之。」贈劉教諭永錫，題下注云：「大名人。」十廟，題下注云：「雞鳴山下有帝王功臣十廟，後人但謂之十廟。」蟂磯：「高皇事業山河在，留得奎章墨未枯，」注云：「廟中有高皇帝御製詩，金字牌一扇。」贈錢行人邦寅，題下注云：「丹徒人。」王徵君潢具舟城西同楚二沙門小坐柵洪橋下：「至今號柵洪，對城橫石梁，」注云：此橋蓋古時立柵處，本當名柵江，後訛爲洪耳，猶射江之爲射洪也。」「寧南佩侯印，忽焉竟披猖，」注云：「寧南侯左良玉。」「可憐洞庭水，遺烈存中湘，」注云：「何騰蛟追封中湘王。」以上略舉《亭林詩集》前二卷注語，類皆有關忠節之人，有關忠節之事，正與輯陳濟生《忠節錄》同其用心。忠節錄禁燬於生前，詩集注語則冀流傳於身後，亭林苦心，令人感歎。

其次，詩集中有加注以表達隱意的。如卷一，感事七首，斥弘光不恤國恥，宴安國危，虛封濫賞，恢復無望，苦難明言，而於「尚錄文侯命，深虞雒邑東」自注云：

《蘇軾書傳》曰：予讀文侯之命篇，知東周之不復興也。宗國傾覆，禍敗極矣，平王宜若衞文公、越句踐然。今其書乃旋旋焉與平康之世無異。春秋傳曰：厲王之禍，諸侯釋位以間王政，宣王有志，而後效官，讀文侯之命，知平王之無志也。

亭林痛弘光昏闇，恢復無望，而又不便明言，故於詩注引《蘇軾書傳》譏平王之無志，喻福王之必亡，以微見其意。又卷四，將去關中別中尉存杠（字伯常）於慈恩寺塔下：沈埋隨劍璽，變化待鯤鵬。自注云：

謝靈運和伏武昌登孫權故城：炎靈遺劍璽。

規案：自注引文選詩乃謝玄暉作，亭林誤記爲康樂。李善注云：「炎靈謂漢也。《典引》曰：蓄炎上之烈精。《漢·儀禮志》曰：皇太子卽位，中黃門以斬蛇寶劍授。《異苑》曰：晉惠帝元康三年，武庫火燒漢高斬白蛇劍。《吳書》曰：初，黃門張讓等作亂，刼天子出奔。尙璽投井中。」觀玄暉詩及善注辭意乃顯，詩蓋謂劍璽沈埋，漢祚殞滅，以喻明室傾覆之意。鯤鵬變化，有待復興，則寄望於宗室存杠父子。此詩「謬忝師資敬」自注云：「中尉子及甥皆執經于余。」詩集卷四有得伯常中尉書卻寄并示朱烈王太和二門人詩，朱烈卽伯常之子，王太和卽伯常之甥，皆受業於亭林。觀亭林詩文往還，與存杠一家交誼之厚，宜其屬望之深切。此種微意，不得明言，惟賴詩注曲折表達。又貌似注釋典故，而實則暗示隱衷。筆墨之巧，眞可謂慘淡經營，滅盡痕迹。若其引詩作者記憶之誤，更足明出於亭林手筆。如出於後來注釋之儒，則必審愼核對，反不致有此類錯誤。至於詩集注語，隨意着筆，旣無定例，也不完備，蓋因亭林本未有意自作注釋，不過藉注釋作掩護，將微意隱事滲入於注釋之中，以傾訴於後世讀者。我們讀亭林詩時，眞應該深刻地體會他的苦心，玩索他的微意啊！

亭林先生獨奉唐王詩表徵

明遺民亭林顧先生身遭陽九，心在舊邦，奔走流離，欲圖恢復而不可得。數十年靡訴之衷，幽隱之情，無可發泄，血心流注，一於詩見之。惟以身陷異族網羅，言多忌諱，故尤賴讀者善窺其心志，然後乃能解作者之沉哀。孟子論讀詩，謂「以意逆志，是爲得之」，斯誠讀顧詩者之南針也。竊嘗論亭林亡國後志事，惟在效忠唐王，恢復明室。其意確見於哭顧推官詩：「與君共三人（自注：其一歸高士祚明），獨奉南陽帝」，此亭林歸心唐王之旦旦誓言也。推原其故，蓋由明季諸王，唐王最爲英傑。張岱《石匱書・後集》云：「唐王聿鍵，崇禎間，賊四訌，王憂之。丁丑，上書請特奉敕收諸砦義勇以靖亂。廷議以爲非所當言，從謀叛例，發南京高牆。王在禁，益讀書，博極今古，走筆數千言，如是八年，所著書盈尺。性剴摯推誠，人樂爲用。」觀張氏所紀，知唐王賢名之夙著。又亭林與路振飛父子交誼素篤，而路氏則早識唐王於禁獄之中者也。《亭林餘集》有〈文林郎貴州道監察御史王君墓誌銘〉云：「君諱國翰，字翼之，自爲諸生即有四方之志。從其姊夫總漕都憲路公振飛至淮上，謁皇陵，閱高牆諸宗人，見唐王，心異之，因命君往來省視。及王即大位於福州，召路公自太湖赴行在。」又贈路澤溥詩云：「天子呼恩官，干戈對王使（自注云：詔書曰：朕有守困恩官路振飛）」，知亭林歸心唐王，蓄念有自，蓋已辨之至精，慮之至熟矣。故亭林甫得唐王遙授兵部職方司主事之命，即遣僕李定齎疏輸誠，對新朝已有所獻納。徒以母喪，未能就任，故晚年曲周拜路文貞公祠，有「凌煙當日記形容，閩海風颸未得從」之語，即以衰絰未能從政也。又李定自延平歸所齎御札，殆隆武手筆，故詩云「萬里干戈傳御札，十行書字識天顏」也。是知亭林雖以母喪未往，而其心已在行朝。至於弘光雖先賜職，然亭林覩其君臣泄沓，荒肆無志，清歌漏舟之中，痛飲焚屋之下，故雖一入國門，旋即離去。綜是觀之，亭林一生出處大節，於弘光，則聞命而不肯出仕；於隆武，則身未仕而心已仕也。由於亭林歸心唐王，故詩集紀年，皆繫隆武；由於以隆武紀年，故確知亭林心志，專奉唐王也。惟惜遺集流傳，多遭刪改，遂使亭林心志，湮沒不彰，遺民遺恨，益可哀矣！

今考亭林手訂詩集，以歲陽歲名紀年，此即不奉僞朝正朔，爲反清之第一義。《宋書》謂「陶淵明所著文章，義熙以前，則書晉氏年號；自永初以來，唯云甲子。」亭林用歲陽歲名紀年，實與淵明唯書甲子同義。惟用意更爲深隱。亭林《日知錄》有「古人不以甲子名歲」條，其意若曰，紀年不用甲子而用歲陽歲名者，蓋好古之意云爾。既以明志，亦以避禍，用心可謂良苦。至於集中以隆武紀年，則微露其迹於詩題中，然遭刊刻者所刪削，遂使亭林心志，鬱而不宣。如潘次耕刻本亭林詩集卷二，「路舍人家見東武四先歷」詩，原鈔本作「隆武二年八月，上出狩，未知所之。其先（規案：據《顧詩彙注》引李佩秋說，「先」當爲代「年」之韻目隱語），桂王卽位於肇慶府，改元永曆。時太子太師吏部尚書武英殿大學士臣路振飛在厦門，造隆武四年大統曆，用文淵閣印頒行之。九年正月臣顧炎武從振飛子中書舍人臣路澤溥見此有作。」是年爲清順治十年，永曆七年，而亭林直書隆武九年，是不獨斥去清朔，亦不用永曆紀年，此亭林專以隆武紀年之實證也。準此推之，潘次耕刻本卷四「元旦」詩，原鈔本作「十九年元旦」，此詩作於康熙二年癸卯，以時考之，當爲隆武十九年，諸家解爲崇禎、弘光、永曆之十九年，與情事皆乖戾不合。潘次耕雖知亭林隱衷，然迫於時勢，不得不從刊落，而孤臣烈士之心志，遂湮沒而不可見矣。讀者咸疑唐王於順治三年已爲清兵擒戮，國祚已斬，焉有用爲紀年之理。卽偶徵逸史，疑唐王未死者，亦多爲區蓋之詞。余則以爲據《亭林餘集．文林郎貴州道監察御史王君墓誌銘》所記，亭林確堅信唐王必未被俘，終有眞龍再起之日。其言曰：

君諱國翰，字翼之，自為諸生卽有四方之志。從其姊夫總漕都憲路公振飛至淮上，謁皇陵，閱高牆諸宗人。見唐王，心異之，因命君往來省視。及王卽大位於福州，召路公自太湖赴行在，而君與其仲子涼武相從，間道度嶺至天興。召對，賜銀幣，授中書舍人。君雖處閒職，而時在上前陳中外大計，其詳不得聞。大抵以去橫賦，戢悍卒，固民心為急。君以諸生得侍密勿，荷主知，論事無所避，上益喜。頃之，除貴州道監察御史。是時大帥芝龍已蓄異志，而舉朝無敢言者。嘗以科歛民間銀米，君與之力爭於上前，不少假。上目君謂侍臣曰：「此吾之李勉也。」車駕親征，命兼掌軍政司印，以子涼武為金吾將軍，掌寶纛。贈父憲祖金吾將軍貴州道監察御史，母范氏為一品夫人。駕至汀州，君奏：人情恇迫，傳敵騎已至近郊，上宜速發。與其子涼武待命行宮前。俄而追騎奄至門，中人與之相持。有張致遠者，自詭為上，被執。上乃決行宮後垣出，去。方追騎之來，宮前擾亂，君顧不見其子，獨行至陌，人言車駕已西幸矣。君棄其僕馬，徒步奔從，及於韶州之仁化縣，則韓王也。而乘輿竟不知所之。時君之甥路太平奉命徵兵至樂昌，乃往依之。自念棄家從主四千里外，卒遭大變，不得為羈紲之臣。其仲子又生離死別，每辟寤長歎，遂以得疾。間關逆旅，明年二月丙戌，卒於全州。

由於亭林自路氏兄弟得唐王出亡眞相，堅信唐王未死，故詩題云：「隆武二年八月，上出狩，未知所之。」與墓誌銘紀事完全符合。亭林之意，蓋以爲眞主一日尚存，則國祚一日不墜，故堅奉唐王正朔，以貫徹復興明室之素志。此亭林獨奉南陽帝之微意也。吾人於歷刼之餘，幸得於詩集詩題中，考明以隆武紀年之事實，則亭林獨奉唐王之意志獲得證明；亭林獨奉唐王之意志，既獲得證明，吾人卽可發現全集三百餘首詩作，有關專奉唐王者不啻數十首。此亭林心曲，有如萇弘碧血，隱藏於詩什之中，遭逢禁網，幾至湮滅。今幸於刊削之餘，冥搜力索，使烈士孤懷，復出幽壞，何其幸歟！請略舉詩篇，用明管見。

試觀詩集卷一聞詔詩，此聞唐王登極之作也。亭林一讀詔書，即歡欣鼓舞，致其擁戴之誠，寄以中興之望。聞詔未幾，即遣僕李定齎疏拜表福京，故有「李定自延平歸齎至御札」之作，今考《亭林餘集》有〈廟號議〉、〈廟諱御名議〉二篇。〈廟號議〉有云：「臣聞當日南京新立，邦禮繁多，禮部尚書顧錫疇素不考古，一切謚號悉其門人謝復元撰定，以不學之宗伯，任委巷之小夫，逞其胸臆，目無旁人。以至謚册一頒，天下用爲譏笑。今當聖明御極之日，可不亟爲更定乎？」〈廟諱御名議〉云：「臣伏覩皇上中興，命儒臣纂修國史之日，竊謂宜申祖宗之典，頒畫一之規，以垂之萬世。又恐後之人守婦寺之忠，而不達敬君之義，是以具典詳陳。」此當爲唐王即位福京時亭林草此二議，而命家僕李定詣福京通款誠時，必併獻二議於朝。至丙戌春李定返自延平，所齎御札，殆隆武頒亭林之手筆，詩所謂「萬里干戈傳御札，十行書字識天顏」者，非泛語，乃紀實也。至此，則亭林與隆武形神契合，殆同一體。故一聽隆武之綸言，有如昭烈之三顧，由是感激，許以驅馳，亭林此時，固與武侯隆中同其心境，詩所以終之以「一聽綸言同感激，收京遙待翠華還」也。是時又已聞親征之詔，故有海上詩，渴望王師之情，溢於言表。又爲大漢行，表明獨奉唐王之意。詩以唐王比光武，亦以光武期唐王。光武之時，衆劉爭立。唐王即位稱帝，亦有魯王監國於紹興，朱亨嘉起兵於桂林，朱統錝稱兵於重慶，韓王本鉝稱帝於巴東，其他尚不可勝數。而亭林獨與顧咸正、歸莊尊奉唐王者，以爲帝王自有眞也。考亭林摯友歸莊手寫詩稿，自聞隆武卽位之後，其詩卽名爲《隆武集》，其集首注云：「起隆武元年乙酉秋七月盡是年。」集中有冬日感懷和淵公韻兼貽山中諸同志十首，其第五首有云：「未敢墨衰事行伍，拜觀新諭已欣然，」注云：「時閩中監國諭始傳至。」蓋與亭林聞詔詩同時之作。亭林與歸莊爲摯友，踪迹至密。據歸莊手寫崇禎十四年詩稿有與顧咸正倡和詩，且與顧大鴻、仲熊同硯席，故有句云：「落落窮居正得閒，嘗從元季共扃關。」亭林甲申前詩刊落不可見，度亦必有與顧氏父子往還之作。要之，咸正、歸莊、亭林氣類早通，志同道合，其「與君共三人，獨奉南陽帝」者，蓋締結已深，心契已久矣。亭林於隆武雖以母喪不能趨朝，然急難赴義，如侯嬴之於信陵，固已心許，故繼是有精衞、越鳥巢南枝、擬唐人五言八韻、大唐中興頌歌諸詩，皆睠睠歸心唐王之作。亭林自聞唐王出亡之後，卽興訪尋之意。故於順治五年戊子，卽亭林心目中之隆武四年，有「將遠行作」詩，此行雖遇阻未成，而蓄意則宣之於詩。詩云：「杖策當獨行，未敢憚羈孤。顧登廣阿城，一覽輿地圖。回首八駿遙，悵然臨交衢。」自注云：「《後漢書・鄧禹傳》：從至廣阿。光武舍城樓上，披輿地圖。指示禹曰：天下郡國如是，今始乃得其一。」亭林詩每以光武比唐王，是明言欲追隨唐王，覽輿地圖，以圖恢復。而八駿日遙，唐王出狩，故臨交衢而悵望也。越二年，順治七年庚寅，卽亭林心目中之隆武六年，亭林變衣冠，僞作商賈，游金壇，登顧龍山，投止副將于元凱之家，蓋元凱爲唐王故臣，亦亭林同志，又曾冒死入海赴唐王之朝，故亭林將追尋唐王之際，特就諮訪。是年有翦髮詩，以將遠行，自傷不能守其毛髮。復表明其棄小節而圖大計之意。故詩曰：「丈夫志四方，一節亦奚取，毋爲小人資，委肉投餓虎。」又自白其遠行之願望曰：「浩然思中原，誓言向江滸，功名會有時，杖策追光武。」亭林以唐王比光武，意欲追尋唐王，恢復明室，建功立業也。每當歲始，亭林輒賦詩見志。今集中元日詩，凡存五題六首。皆睠懷明室，廑念唐王。其一，順治六年己丑元日詩，實爲隆武五年元日，故詩云：「伏念五年來，王塗正崩淪。」其二，順治十二年元旦陵下作二首，實爲隆武十一年，故詩云：「風雲終日有，兵火十年餘。」其三，順治十四年丁酉元日詩，實隆武十三年。詩云：「流轉雖不居，咫尺猶天顏，」咫尺天顏，即「十行書字識天顏」之天顏也。又云：「佇期龍虎氣，得與春光還。」龍虎氣還，即「合見文公還晉國」之還也。其四，順治十八年辛丑元日詩，實隆武十七年，詩云：「行宮刊木間，輦路山林裏。雲氣誰得窺，眞龍自今起。天王未還京，流離況臣子。奔走六七年，率野歌虎兕。」蓋謂隆武帝出亡，冀其復出，當此天子蒙塵，流離道路，況臣子乎？亭林自順治十四年北游，追尋之志不已，時逾五年，故云奔走六七年也。詩又云：「積齡尚未衰，長策無終已」，蓋誓言有生之年，追尋之志不已也。其五，康熙二年癸卯元旦詩，實隆武十九年。故詩云：「平明遙指五雲看，十九年來一寸丹。」惜詩題十九年三字爲潘次耕刻本所刪，致後人妄加揣測。徐嘉《顧詩箋注》云：「案先生是年五十一歲，去崇禎甲申十九年矣。」王蘧常《顧詩彙注》云：「冒云：十九年者，用弘光十九年之數也。蘧常案：是年海上鄭氏稱永曆十七年，公元一六六三年。十九年說，徐注似勝。」余謂徐氏之說，於「十九年來一寸丹」句，似頗適合。惟於「文公還晉國」、「思彈舊賜冠」諸語，事義皆不愜切。且此篇詩題，據原鈔本、荀羕校文、孫毓修校記皆作「十九年元旦」，可見亭林元稿實有「十九年」三字。亭林爲詩，斷不肯用清曆紀年，而所謂「十九年」者，亦明明與康熙二年不合。如謂繫年於崇禎，則崇禎以十七年殉國，斷無殉國十九年後，稱爲崇禎十九年之理。若指爲桂王年號，則永曆僅十五年，祚至順治十八年而斬。至康熙二年，亦止可稱永曆十七年，而不可稱爲十九年。至謂用弘光十九年之數，尤於事實情理不合。考唐王乙酉閏六月廿七日，即皇帝位於福州，改是年七月一日以後爲隆武元年，下數至康熙二年癸卯，適爲隆武十九年。亭林詩中，明稱隆武二年、隆武四年、隆武九年，則此「十九年」爲隆武十九年毫無可疑。亭林篤信唐王未死，積年追尋之志不怠，此詩之所以謂「十九年來一寸丹」也。其云「合見文公還晉國」者，以晉重耳出亡十九年，終得復國，今唐王亦及十九年矣，故曰「合見」，合見猶言當見也。其云「應隨蘇武入長安」者，蘇武陷胡十九年而歸，以時考之，則出亡之臣亦當相隨返國矣。眼前胡虜縱橫，豺狼當道，誓當淬礪劍鋒，驅除漢賊，故云：「驅除欲淬新鉶劍」也。亭林嘗受唐王兵部職方之命，故云「拜舞思彈舊賜冠」也。後此元日，遂無賦詩，殆追尋隆武，已成絕望歟？集中此類詩篇，後世注家，多昧其意指。若非窺見亭林「獨奉南陽帝」之衷曲，即亦無從索解。余自弱齡誦亭林詩，冥思苦吟，往往若與古人心志相契合，因輒忘其固陋，拈出亭林寄心唐王，含意深隱，自「聞詔」至「十九年元旦」，凡如干首，爲之箋明疏證，庶幾抉烈士之苦心，袪後世之疑誤。豈敢謂曒然如晦之復明，抑娫生欽聖懷賢管窺蠡測之淺見也。

聞詔（潘刻本、徐注本無，孫毓修校作聞嘯。此從原鈔本。）

聞道今天子，中興自福州。二京皆望幸，四海願同仇。滅虜須名將，尊王仗列侯。殊方傳尺一，不覺淚頻流。

案此詩爲刻本所刪，原鈔本在乙酉年十二月十九日奉先妣藁葬詩之前。考歸莊手寫詩稿《隆武集一》（原注：起隆武元年乙酉秋七月盡是年）有冬日感懷和淵公韻兼貽山中諸同志十首，其第五首有云：「未敢墨衰事行伍，拜觀新諭已欣然（原注：時閩中監國諭始傳至）。」足證亭林聞詔詩亦當作於冬季同時。亭林與歸莊爲摯友，踪跡至密。《亭林餘集．從叔父穆庵府君行狀》云：「自崇禎之中年，先王考壽七十餘無恙，而叔父既免喪。天下嗷嗷方用兵，而江東晏然無事。以是余與叔父洎同縣歸生，入則讀書作文，出則登山臨水，閒以觴詠，彌日竟夕。……南渡之元，……余既先奉母避之常熟之語濂涇，而叔父亦移縣之千墩埔上，居於墓左，相去八十餘里。時一拏舟相過，悲歌慷慨如前日也。叔父不多作詩而好吟詩，歸生與余無時不作詩，其往來又日密，如是者又十年。」是知亭林聞詔與歸莊感懷賦詩，蓋均在同時。歸莊手寫詩稿酬亭林詩有「同鄉同學又同心」之句，足知二人聞詔之始，即於唐王寄以深望，同時賦詩，以明尊王之志。故亭林哭顧咸正詩，稱「與君共三人，獨奉南陽帝」，知亭林與咸正、歸莊契結之深也。

規又案：《思文大紀》（臺灣文獻叢刊本）卷二云：「隆武元年八月初四日，頒新刻皇明祖訓及御製登極、親征、監國三詔於各郡王、鎭國將軍以上，賜白金千兩。」卷三又云：「（十二月初六日），帝手勅鳳陽知府張以謙：監國、登極、親征三詔，爾其善爲宣布，不負朝廷。」監國、登極、親征三詔同時頒諭，故史家稱爲「隆武三詔」。帝於十二月初六日勅張以謙同時宣布，故歸顧二人均於冬日獲見，歸莊詩注稱「閩中監國諭始傳至」，而亭林詩則題云「聞詔」，皆兼指隆武三詔也。三詔悉出自隆武手撰。錢澄之《所知錄·隆武紀事》云：「上特好讀書，博通典故，爲文下筆數千言立就。手撰三詔及與魯監國書，凡館閣諸臣擬上者皆屏不用，親洒宸翰，洋洋灑灑，諸臣相顧皆不能及。」惟三詔全文，南明史家均未有完整翔實之記載。幸賴有海外琉球國《歷代寶案》一書，得以保存不墜。琉球原爲我國藩屬，明代以降，國王均受我朝廷册封。由於琉球仰慕天朝，故所受册封詔策並留爲傳國之寶案，因名其彙存之原始史料爲《歷代寶案》。《歷代寶案》原爲抄本，已燬於火，國立臺灣大學藏有傳抄本，曾影印流傳。隆武三詔，竟赫然完整保存於《寶案》中，令人驚喜珍重。《寶案》中尚有琉球國王尚賢「遵旨開讀三詔」咨文，尤爲三詔乃同時頒示之證。以原文過長，而與亭林意志出處有重大關係，且爲亭林獨奉唐王歸心之始，故特迻錄於文末附錄中，讀者可觀覽焉。

李定自延平歸齎至御札

春風一夕動三山，使者持旌出漢關。萬里干戈傳御札，十行書字識天顏。身留絕塞援枹伍，夢在行朝執戟班。一聽綸言同感激，收京遙待翠華還。

案《亭林》年譜：「弘光元年乙酉六月，唐王卽位於福州。唐王遙授先生兵部職方司主事。亭林自撰譜系考，於本身炎武下，自注云：「元名絳，同應仲子，出嗣，以貢生薦授兵部司務，再薦職方司主事，未仕。」亭林福王之命，譖言出於崑山令楊永言之薦。隆武之命，不知薦自何人。余疑亭林與路振飛父子頗有往還，或出於路氏之薦。同時福京禮部尚書曹學佺與亭林有舊，曾於崇禎十六年癸未爲音學五書作序，遙授出於曹氏之薦亦未可知。蓋亭林膺薦聞詔之後，卽命其家僕李定詣朝。其時唐王知鄭芝龍不可恃，欲從何騰蛟請，棄閩就楚；乙酉十二月，發福州，駐建寧。明年二月，駐延平，故李定自延平歸也。今《亭林餘集》有〈廟號議〉、〈廟諱御名議〉二篇。〈廟號議〉有云：「臣聞當日南京新立，邦禮繁多。禮部尚書顧錫疇素不考古，一切謚號悉聽其門人謝復元撰定。以不學之宗伯，任委巷之小夫，逞其胸臆，目無旁人，以至謚册一頒，天下用爲譏笑。今當聖明御極之日，可不亟爲更定乎？」〈廟諱御名議〉有云：「臣伏覩皇上中興，命儒臣纂修國史之日，竊謂宜申祖宗之典，頒晝一之規，以垂之萬世。又恐後之人守婦寺之忠，而不達敬君之義，是以具典詳陳。況今日聖明卓見，超出千古，必有一洗漢唐之陋，而爲萬世之法者矣。」余疑此二議乃唐王即位福京時亭林所上。考甲申五月十九日，福王命顧錫疇爲禮部尚書，錫疇亦崑山人，亭林同里能詳其行事，殆非無故。議稱「當日南京新立」繼稱「今當聖明御極之日，」其所指當爲隆武無疑。又據《南明野史・紹宗紀》：「隆武元年十一月二十七日，以太常卿曹學佺署翰林院事國史總裁，專設蘭臺館以處之。」與〈廟諱御名議〉所云：「臣伏覩皇上中興，命儒臣纂修國史之日，」時事正合。曹學佺既與亭林有舊，疑亭林草此二議，家僕李定詣福京時，必當併獻於朝。至次年丙戌春，李定返自延平，所賫御札，殆隆武之手筆。詩所謂「萬里干戈傳御札，十行書字識天顏」者，非泛語，乃紀實也。《清史・南明紹宗本紀》曰：「帝性素儉，既即大位，慨然以復仇雪恥爲務，布衣蔬食，不御酒肉，勤於德政，批閱章奏，丙夜不休，日與大臣講求政治於便殿。上書陳軍國大事者，輒手詔答之。重風節之士，不次用人。諭兵部尚書郭必昌：朕自登極以來，諸臣未有催發事件者，今始于卿見之。具見愼重關切，朕心嘉切。每日文書甚多，俱經朕之手眼方行。此後卿部凡有要緊本章，即于封上搭一紅簽，上書六字曰：要本乞速批行。庶即先批發。以後卿切記着。」據此，可見隆武勵精圖治，每親筆裁答諸臣奏議，故雖輔弼乏人，而其精誠形於手翰者，亦足以固人心而作士氣。

以此推知亭林雖未趨朝，而於隆武已有獻納，君臣之間早通誠悃，相感之深，固有甚於膠膝者。是以「身留絕塞」，而「夢在行朝」，此亭林血心流注，形之於歌詠者也。亭林以母喪身羈故里，而故里已陷胡清，因稱之爲絕塞。受命爲兵部主事，當居執戟之班，雖以墨絰難從，而已神馳夢往。故余謂亭林於弘光雖獲賜職，然覩其君臣泄沓，荒肆無志，清歌漏舟，痛飲焚屋，故聞命而不肯出仕。於隆武，則身未仕而心已委身仕之矣。且觀李定齋御札之詩，可推知後十年殺世僕陸恩之實況。亭林四十三歲時（順治十二年乙未），有贈路光祿詩，其序云：「先是有僕陸恩，服事余家三世矣。見門祚日微，叛而投里豪。余持之急，乃欲陷余重案。余聞，亟擒之，數其罪，沈諸水。其壻復投豪，訟之官，以二千金賂府推官，求殺余。余既待訊，法當囚繫，乃不之獄曹，而執諸豪奴之家。同人不平，爲代愬之兵部使者。移獄松江府，以殺奴論。豪計不行，遂遣刺客伺余，而余乃浩然有山東之行矣。」此題「欲陷余重案」，原鈔本、荀羨校文皆作「告余通閩中事」，此語至要，斯爲亭林殺世僕陸恩之眞正原因。蓋世僕或趨附權豪，或謀奪田產，亭林未必竟置之死地。而唐王遙授職方，亭林確曾與閩中通款。觀李定歸齋御札詩，知亭林必有文札與福京往還。李定既爲亭林之僕，則世僕陸恩當能洞悉其隱事，乃欲以此脅亭林，故亭林不得不殺之以滅口杜禍。獄之得解，實賴路氏兄弟諸人，而諸人又皆與閩中往還同志。是其贈詩路光祿，亦非僅尋常酬謝之作已也。

規又案：「黃道周逃雨道人舟中記」（見陳壽祺編《黃漳浦集》，臺灣文獻叢刊編入《黃漳浦文選》中）云：「唐藩亦從諸將過清湖矣。過清湖，南望即仙霞嶺，回視中原，如幽與朔，不知誰復溉釜烹魚誦下泉之詩者乎？」亭林此詩云「身留絕塞」，聞詔詩云「殊方傳尺一」，「絕塞」、「殊方」正如漳浦「回視中原、如幽與朔」之意。遺臣心志，亦可悲矣！

海上 四首

日入空山海氣侵，秋光千里自登臨。十年天地干戈老，四海蒼生痛哭深。水湧神山來白鳥，雲浮仙闕見黃金。此中何處無人世，祇恐難酬烈士心。

滿地關河一望哀，徹天烽火照胥臺。名王白馬江東去，故國降旛海上來。秦望雲空陽鳥散，冶山天遠朔風廻。遙聞一下親征詔，夢想猶虛授鉞才。

南營乍浦北營沙，終古提封屬漢家。萬里風煙通日本，一軍旗鼓向天涯。去夏，誠國公劉孔昭自福山入海。樓船已奉征蠻敕，博望空乘泛海槎。愁絕王師看不到，寒濤東起日西斜。

長看白日下蕪城，又見孤雲海上生。感慨河山追失計，艱難戎馬發深情。埋輪拗鏃周千畝，蔓草枯楊漢二京。今日大梁非舊國，夷門愁殺老侯嬴。

王蘧常《顧詩彙注》：「全云：『浙江失守。』戴注：『是年十一月，唐王走汀州被獲，海上以下諸作，皆感觸詠懷之作也。』黃注：『是年亭林未嘗至海上。據南疆逸史，丙戌六月，清兵渡江，魯王由江門入海，其時唐王猶駐延平。亭林此詩作於秋間，則在魯王入海之後，是時鄉居登山，千里望海而作。首章感魯王之入海，以下皆唐王、魯王並言，故胥臺、秦望、冶山、乍浦、南沙、燕城全不就海上言，知此四首爲未嘗至海上，蓋千里望海而作也。』蘧常案云：全謂浙東失守而作，是。《南疆逸史・紹宗紀略》云：八月二十三日丁酉，大兵至延平，上先一日啓行如汀州。九月辛丑朔，上駐汀州，將至江西，大兵猝至，見害於都司署。此詩作於是年秋，當時民間傳訊濡滯，何能及知隆武九月之變。戴本吳譜謂爲唐王被獲，感觸而作，非。」

規案：此詩編次緊接「李定自延平歸賫至御札」詩後，蓋亭林聞唐王下親征之詔，故登山望海，日夕佇望王師之至，此亭林當日之心情，亦了解此詩作意之關鍵也。第一首，言閩中海嶠，雖可偸安，然烈士志切恢復，豈可懷安苟活。第二首，感懷時事，謂吳中烽火，胡兵纔至，而諸王或降或逃，遙聞唐王親征詔下，令人寄望無窮；惟惜統帥乏人，猶勞夢想耳。第三首，極望海口，惟記去歲明軍入海遠颺，而不見征蠻王師來至，寒濤斜日，令人目極傷心。第四首，感慨河山，痛深傾覆。雖有心報國，而二京沈淪。至使老卒夷門，有欲報無從之感。亭林以侯嬴自比，意欲效侯嬴殺身以報信陵。王維夷門行云：「七國雄雌猶未分，攻城殺將何紛紛，秦兵益圍邯鄲急，魏王不救平原君。公子爲嬴停駟馬，執轡愈恭意愈下。亥爲屠肆鼓刀人，嬴乃夷門抱關者。非但慷慨獻良謀，意氣兼將身命酬。向風刎頸送公子，七十老翁何所求。」侯嬴荷信陵禮遇，遂得殺身以報信陵；亭林受知於唐王，則王師渺不可見，欲報無從，極望雲天，哀慟之情，更有百倍於侯生者！千載之下，令人哀感不能自已！徐嘉、黃晦聞、王蘧常諸家皆以爲侯嬴指陳潛夫。黃氏云：「潛夫心傷國計之不立，門戶之不破，社稷將亡，而羣心日潰，上疏爭之。士英疾怒之，凡所請兵餉，乞隨征文武官吏及聯絡戰守諸大計，率不相應。尋以憂去官。清兵下金陵，潛夫航海至會稽，魯監國拜太僕寺少卿。明年，清師下紹興，潛夫書絕命詞，攜其妻自沈，時順治三年五月三十日也。亭林此詩作於是年秋間，或尚未知潛夫之自沈，故以愁殺老侯嬴比潛夫。蓋以江淮不守而回想中原，痛當時不從潛夫之謀也。」王蘧常云：「潛夫初爲開封推官，其後又擬身至開封謀聯絡號召。自謂汴梁一路，聯絡有素。南都論恢復功，又使巡按河南，故詩以侯嬴爲比。非謂其上恢復中原大計，有似於侯嬴之進擊秦存趙之策也。明史陳潛夫傳：潛夫字元倩，錢塘人。家貧，落魄，好大言以駭俗。卒年三十有七。詩曰老，蓋就侯嬴言之也。」規案：諸家以侯嬴攀附陳潛夫，說曲而泥不可通，失亭林賦詩言志之旨矣。

大漢行

大漢傳世十二葉，祚移王莽繇居攝。黎元愁苦盜賊生，次第諸劉興宛葉。一時併起實倉皇，漢書賈誼傳：高皇帝與諸公併起。師古曰：併音步鼎反。國計人心多未協。新市將軍憚伯升，遂令三輔重焚掫。指揮百二歸蕭王，一統山河成帝業。吁嗟帝王不可圖，長安天子今東都。隗王白帝何爲乎，扶風馬生眞丈夫。

規案：謝國楨《南明史略》云：「當隆武帝卽位稱帝之時，在浙東，魯王以海監國於紹興，朱亨嘉起兵於桂林，朱統鏆稱兵於重慶，益王由本起兵於建昌，還有韓王本鉝稱帝於巴東（早於永曆一年），其他尚不可勝數。」是南明情勢亦與季漢大同，亭林以唐王乃大有爲之君，故獨專誠奉之也。

黃節注：案此詩，據《年譜》列於順治四年丁亥，是亭林三十五歲時作。其時唐王已被殺於汀州，紹武又被殺於廣州。明之諸王，惟魯王在海上，桂王在肇慶耳。魯桂二王無爭立之事，而詩言指揮百二歸蕭王，一統山河成帝業，吁嗟帝王不可圖，長安天子今東都，則明明言爭立，故予以爲此詩作於丙戌，蓋是年十一月蘇觀生立唐王弟聿鐭於廣州，改元紹武；丁魁楚等立桂王由榔於肇慶，改元永曆。亭林此詩，當作於此時。十二月，清師入廣州，殺聿鐭，踰年丁亥，則爭立事已成過去矣。亭林何必用隗囂馬援事以譏丁魁楚蘇觀生乎？

《彙注》：蘧常案：黃謂此詩爲永曆紹武爭立而作，是也。玩詩意，似尊桂而斥唐，或以桂監國於前乎？……然黃謂此詩不作於丁亥而作於丙戌，則非。潘鈔本爲先生手訂之稿，此詩編於丁亥，次第二，與年譜合，不能謂年譜誤也。紹武亡在丙戌十二月望日，此詩當作於丁亥歲初；是時道路遼遠，傳報濡滯，只知二王之爭，尚不知紹武之滅，故其言云爾。如此釋之，似可兩得之矣。

規案：此詩但言隆武初即位之時，諸王蠭起併立，以與季漢「次第諸劉與宛葉」相比，初與永曆紹武諸王無涉。此詩題名大漢行者，意謂能知帝王自有眞者，在漢有馬伏波，在南明則亭林自許。詩言今唐王即位東都（長安天子指唐王，東都指福京），覬覦大位者可以止矣。諸家說似皆未得亭林「獨奉南陽帝」之意。

哭楊主事廷樞

吳下多經儒，楊君實宗匠。方其對策時，已負人倫望。未得侍承明，西京俄淪喪。五馬遂南來，
汪黃位丞相。幾同陳東獄，幸遇明主放。佛貍飲江南，眞龍起芒碭。首獻大橫占，竝奏東胡狀。
手詔曰：朕甚感楊廷樞之占卦。是日天顏廻，喜氣浮綵仗。御筆授二官，天墨春俱盎。擢兵部主事，
兼監察御史。魚麗笠澤兵，烏合松陵將。滅跡遂躬耕，猶爲義聲唱。松江再蹉跌，搜伏窮千嶂。
竟入南冠囚，一死神慨伉。往秋夜中論，指事竝吁悵。我慕凌御史凌駉，倉卒當絕吭。齊蠋與楚
龔，相期各風尚。君今果不食，天日情已諒。隕首蘆墟村，噴血胥門浪。唯有大節存，亦足酬帝
貺。灑涕見羊曇君甥衞向，停毫默悽愴。他日大鳥來，同會華陰葬。

顧詩彙注：「元譜：『廷樞，福王時薦授兵部主事，監察御史。』案：此官爲隆武所授，元譜非。思文大紀：『隆武二年四月，楊廷樞以前職方司主事兼山東道御史。』」規案：順治四年丁亥四月，吳勝兆反正，爲之策劃者卽廷樞門人戴之儁。觀詩意，可知亭林實亦參與其事。「往秋夜中論，指事竝吁悵」，「齊蠋與楚龔，相期各風尙」，皆亭林與廷樞中夜論心，勵志殉國之辭。「君今果不食，天日情已諒」，「唯有大節存，亦足酬帝貺」，謂廷樞果踐相勵之言，而足以酬答帝之恩貺，帝卽隆武帝也。此詩「眞龍起芒碭」，指隆武登極，亦辛丑元日詩「眞龍自今起」之眞龍。「是日天顏廻」，亦丁酉元日詩「咫尺猶天顏」之天顏。蓋廷樞亦亭林同效忠於隆武南陽帝之同志也。

哭顧推官

推官吾父行，世遠亡譜系。及乎上郡還。始結同盟契。崎嶇鞭弭間，周旋僅一歲。痛自京師淪，王綱亦陵替。人懷分土心，欲論縱橫勢。與君共三人，其一歸高士祚明。獨奉南陽帝。談笑東胡空，一掃天日翳。君才本恢弘，闊略人事細。一疏入人手，幾墮猾虜睨。乃有漢將隙，因掉三寸說。主帥非其人，大本復不濟。君來就茅屋，問我駕所稅。幸有江上舟，請鼓鈴下枻。別去近一旬，君行尙留滯。二子各英姿，文才比蘭桂。身危更藏亡，幷命一朝斃。巢卵理必連，事乃在眉皆。一身更前卻，欲聽華亭唳。時猶未知二子之死。我時亦出亡，聞此輒投袂。扁舟行勸君，行矣不再計。驚弦鳥不飛，困網魚難逝。旦日追吏來，君遂見囚縶。檻車赴白門，忠孝辭色厲。竟作戎首論，卒踐捐生誓。倉皇石頭骨，未從九原瘞。父子兄弟間，五人死相繼。嗚呼三吳中，巍然一門第。尚有五歲孫，伏匿蒼山際。門人莫將變，行客揮哀涕。羣情佇收京，恩卹延後世。歸喪琅邪冢，詔策中牢祭。後死媿子源，徘徊哭江裔。他日修史書，猶能發凡例。

規案：此詩敘亭林與咸正同戴唐王從事抗清之經歷甚悉。或疑崇禎之末，咸正入京，又游宦延安，亭林與咸正形迹疎闊，何由心神契合，「與君共三人，獨奉南陽帝」耶？余案，亭林摯友歸莊手寫詩稿，殘存有崇禎十三、十四年以後數年詩稿。自聞隆武卽位之後，卽名其詩稿爲《隆武集》，注云：「起隆武元年乙酉秋七月盡是年。」集中有冬日感懷和淵公韻兼貽山中諸同志十首。其第五首有云：「未敢墨衰事行伍，拜觀新諭已欣然。」注云：「時聞中監國諭始傳至。」觀歸莊以隆武名集一事，已足證明其「獨奉南陽帝」之心志矣！殘稿中保留與咸正父子往還之跡頗多。其崇禎十四年辛巳詩稿有和顧端木先生棄庵十咏，題下注云：「先生時爲延安司李。」其第三首云：「西風應送家鄉夢，南雁猶存江海人。」注云：「端翁自在都及抵任，兩度寄書余父子。」其第九首云：「落落窮居正得閒，嘗從元季共扃關。」注云：「余上年與其兩郎君大鴻仲熊同研席。」其崇禎十三年庚辰詩稿，與大鴻仲熊兄弟往還之作尤多。在顧仲熊所失衣一襲，仲熊遺以匹帛，詩以答之云：「偷兒妄意亦徒然，桁上鶉衣不直錢。博得美人錦繡段，卻嗤大令戀青氈。」足見歸莊與咸正父子交誼之密。歸莊與亭林尤爲至交摯友，則亭林與歸莊、咸正共戴唐王之志事，必結契有素。況亭林編詩，凡崇禎殉國以前之作，皆被刪去，不能遂謂亭林早年與咸正父子無文字往還。觀歸玄恭遺著兩顧君大鴻仲熊傳云：「丁亥夏五月，顧大鴻仲熊匿兵科都給事中陳公於家，事覺皆死。友人顧甯人爲之狀。他人與交未久，故不詳其平生，余與兩君相知最深，則宜稱述以傳者，余之責也。」據歸莊文，知亭林曾爲兩顧君撰行狀，今其文亦不傳，故知亭林與咸正父子往還文字，蓋遭亂遺佚耳。吾人於亭林與歸莊咸正父子間之交誼既明，乃知「與君共三人，獨奉南陽帝」之同心同志，必非偶然。而亭林與咸正同事之迹，亦約略可見於此詩。詩云：「崎嶇鞭弭間，周旋僅一歲。」卽謂咸正自丙戌延安歸後，一歲間皆共同出入軍旅。故徐譜云：「先生從軍於吳，咸正必同行」也。詩中又敍咸正上書唐王，爲吳勝兆所獲，幸勝兆秘之，未爲清人所得。及勝兆事敗，咸正二子被擒，咸正復至亭林住所，共商避逃之計，乃亭林出亡得脫，而咸正被擒，闔門殉難。故詩稱「後死媿子源」也。

哭陳太僕子龍

陳君鼂賈才，文采華王國。早讀兵家流，千古在胸臆。初仕越州理，一矢下山賊。南渡侍省垣，
上疏亦切直。告歸松江上，欻見胡馬逼。拜表至福京，願請三吳敕。詔使護諸將，加以太僕職。

遂與章邯書，資其反正力。幾事一不中，反覆天地黑。嗚呼君盛年，海內半相識。魏齊亡命時，信陵有難色。事急始見求，棲身各荆棘。君來別浦南，我去荒山北。柴門日夜扃，有婦當機織。未知客何人，倉卒具糲食。一宿遂登舟，徘徊玉山側。有翼不高飛，終爲罻羅得。恥污東夷刀，竟從彭咸則。尚媿虞卿心，負此一悽惻。復多季布柔，晦迹能自匿。君出亡時，尚僕從三四人，服用如平日。酹酒作哀辭，悲來氣哽塞。

規案：據此詩，「拜表至福京，願請三吳敕，詔使護諸將，加以太僕職。」知臥子拜表唐王，受命爲太僕，以策動淸將吳勝兆起兵。事敗被擒，其逃竄之際，曾投止食宿於亭林之家。可見亭林與陳子龍顧咸正皆參與兵事。《明史・陳子龍傳》謂：「尋以受魯王部院職銜，佐太湖兵欲舉事，事露被獲。」亭林詩作於順治四年丁亥（卽隆武三年），蓋當時實錄，明史之誤甚明。

詩云：「復多季布柔，晦迹能自匿。」《彙注》引「全云：『二句當在未知客何人二句之間。』蘧常案：二句確有誤，但全說亦未安。」規案：二句不誤，蓋惋惜陳臥子不能如季布晦迹自匿之辭，故自注云：「君出亡時，尚僕從三四人，服用如平日。」卽嘉季布能柔忍而惜臥子不能韜匿之事。全王二氏之疑皆非。

《年譜》云：「哀執友松江陳太僕子龍、同邑顧推官咸正、吳縣楊主事廷樞，及推官二子天遴、天逵，先後死難，各以詩弔之。」規案：諸人皆與亭林共奉唐王，戮力抗清殉國之同志也。

吳興行贈歸高士祚明

北風十二月，遊子向吳興。榜人問何之，不言但霑膺。三年干戈暗鄉國，有兄不得歸塋域。高堂有母兒一人，負米百里傷哉貧。此來海虞兩月日，裁得白金可半鎰。歸來入門不暇餐，直至山中求兄棺。湖中雪滿七十峯，江山對君凝愁容。冬盡月向晦，慈親倚門待。果見兄骨歸，心悲又以喜。如君節行眞古人，一門內外唯孤身。出營甘旨入奉母，崎嶇州里良苦辛。君向余太息，此事不足言。遙望天壽山，猶在浮雲間。長歎未及往，胡塵沒中原。神州已陸沉，菽水難爲計。豈無季孫粟，義不當人惠。世無漢高帝，餓殺韓王孫。寧受少年侮，不感漂母恩。時人未識男兒面，如君安得長貧賤。讀書萬卷佐帝王，傳檄一紙定四方。拜掃十八陵，還歸奉高堂。窮冬積陰天地閉，知君唯有袁安雪。

規案：此詩亦亭林與歸莊共奉唐王勵志恢復之作。黃節注云：「亭林生平與玄恭最善，然集中關於玄恭詩，此篇之外，祇〈送歸高士之淮上〉及〈哭歸高士〉兩詩。亭林出游四方而玄恭守鄉曲，乃亭林於此篇云：讀書萬卷佐帝王，傳檄一紙定四方。於送詩云：窗下聽鷄舞亦佳；於哭詩云：悲深宗社墟，勇畫澄清計，是皆不忘恢復之言。無論其言是否克肖玄恭之爲人，所謂佐帝王者，爲何人效命？所謂計澄清者，爲何人畫策？事或佚聞，而言難證實。此蓋亭林對故國之恢復絕望於當時，而有期於後日；無得於將帥之踴躍用兵，而有待文人之申明大義。其忠憤之氣，隨時流露，而一見之於詩。卒之種族之痛，亘有清二百餘年，不絕於天下，一旦而漢卒光復，有清無死節之臣，此得於文人之申明大義爲多也。」規案：黃注舉顧集關於玄恭詩，漏列〈詶歸祚明戴笠王仍潘檉章四子韭溪草堂聯句見懷二十韻〉一首（《同志贈言》載原詩，作於順治十四年丁酉臘月八日，酬詩則作於順治十五年戊戌）。往還詩少之故，歸莊詩曾自解之云：「同鄉同學又同心，卻少前賢唱和吟，他日貢王今管鮑，不須文字見交深」（此詩見《歸莊手寫詩稿．寧人東來謂元白皮陸集中唱和贈答連篇累牘，我與子交不減古人，而詩篇往來殊少，後世讀其集者寧無遺恨，賦此卻寄》。王蘧常《彙注》亦引此詩）。至於歸莊所佐之帝王，自爲隆武帝，亭林詩謂「與君共三人，獨奉南陽帝」，自注明謂「其一歸高士祚明」。而莊編詩，亦自署隆武集。亭林〈哭歸高士詩〉云：「發憤吐忠義，下筆驅風雲，平生慕魯連，一矢解世紛，碧雞竟長鳴，悲哉君不聞。」自注云：「君二十五年前嘗作詩，以魯連一矢寓意，君沒十旬而文覃舉庚。」文覃舉庚乃雲南舉兵之韻目代語，指吳三桂起兵雲南。是歸莊早年尊奉唐王，規圖恢復，必有書招降將，傳檄四方之計畫。是皆實事，豈曰佚聞！

賦得越鳥巢南枝用枝字

微物生南國，深情繫一枝。寒風羣拉沓，落日羽差池。繞樹飛初急，尋柯宿轉遲。懸冰驚趾滑，集霰怯巢危。路入關河夜，思縈嶺嶠時。山川知夙性，天地識恩私。向日心常在，隨陽願未虧。寄言幽谷友，勿負上林期。

《彙注》：「是年爲明永曆二年，魯監國三年，海上鄭氏稱隆武四年，公元一六四八年。是思赴南明之作也。」

規案：是詩蓋聞唐王出亡，思赴難之作也。「路入關河夜，思縈嶺嶠時」，即指唐王自延平移蹕汀州出亡之事。《彙注》謂「思縈嶺嶠，則意在桂林」，蓋非。向日之心，隨陽之願，實意欲追尋唐王。亭林去秋至海上，見年譜。本年又擬遠行，見〈將遠行〉詩。順治十三年，復南行，見〈出郭〉、〈旅中〉兩詩。雖不能至，而其隨陽之願，向日之心，固始終注心於唐王也。

將有遠行作時猶全越

去秋闚大海，今冬浮五湖。長歎天地間，人區日榛蕪。出門多蛇虎，局促守一隅。夢想在中原，河山不崎嶇。朝馳瀍澗宅，夕宿殽函都。神明運四極，反以形骸拘。收身蓬艾中，所之若窮途。

杖策當獨行，未敢憚羈孤。願登廣阿城，一覽輿地圖。《後漢書・鄧禹傳》：從至廣阿，光武舍城樓上，披輿地圖，指示禹曰：天下郡國如是，今始乃得其一。回首八駿遙，悵然臨交衢。

黃注云：願登廣阿，乃回念北都，歎懷宗殉國之期日去日遠，蓋此詩作於順治五年戊子之冬，亭林年三十六歲，詩題曰〈將遠行〉，其實未嘗遠行也。

《彙注》：「此詩下接〈京口〉詩，疑已行復阻而折回者，非未嘗行也。黃說未確。汪云：越疑代髮，必初本以月代，後又誤測爲越也。」規案：汪說是。越、髮皆《廣韻》入聲十月字，蓋亭林用月代髮，全月不詞。故後人改月爲越。亭林是時尚未剪髮，故云時猶全髮。至下「剪髮」詩乃剪髮也。

規案：此詩乃亭林聞唐王出亡，將遠行追尋唐王之作。順治五年戊子，實卽亭林心目中之隆武四年。爲此詩時，彼但知唐王之出亡，而不信其被弒。詩云「回首八駿遙」者，以穆王之出巡，喻唐王之出狩。「悵然臨交衢」者，乃追尋佇望之意。臨交衢一語，實本工部〈哀王孫〉詩：「豺狼在邑龍在野，王孫善保千金軀，不敢長語臨交衢。」徐注以《周禮》五馭舞交衢釋之，失其義矣。亭林此詩意欲遠行，冀得遇唐王，如鄧禹從光武於廣阿，規畫恢復大計。亭林素以唐王比光武，故願登廣阿二句，乃望唐王之得逢，非歎懷宗之已逝。下接回首八駿二句，卽申其延佇悵望之情。黃氏未達亭林心曲，謂「願登廣阿，乃回念北都，歎懷宗殉國之期，日去日遠」，誤以希冀隆武中興之情，爲崇禎殉國之痛，似非亭林之意也。

元日

一身不自拔，竟爾墮胡塵。旦起肅衣冠，如見天顏親。天顏不可見，臣意無由申。伏念五年來，王塗正崩淪。東夷擾天紀，反以晦爲元。我今一正之，乃見天王春。正朔雖未同，變夷有一人。歲盡積陰閉，玄雲結重垠，是日始開朗，日出如車輪。天造不假夷，夷行亂三辰。人時不授夷，夷德違兆民。留此三始朝，歸我中華君。願言御六師，一掃開青旻。南郊答天意，九廟恭明禋。大雅歌文王，舊邦命已新。小臣亦何思，思我皇祖仁。卜年尚未逾，眷言待曾孫。

此詩潘刻本、徐注本無。《彙注》：「是年歲次己丑，爲明永曆三年，魯監國四年，清順治六年，公元一六四九年。」規案：是年實爲亭林心目中之隆武五年，故詩云：「伏念五年來，王塗正崩淪。」《彙注》：「自明崇禎十七年甲申之變，至是凡五年也。」未得其實。又「眷言待曾孫」，《彙注》：「曾孫，指永曆帝，時帝在肇慶。」規謂當指出亡之隆武帝，乃合於亭林之心志。詩云：「旦起肅衣冠，如見天顏親，天顏不可見，臣意無由申。」《彙注》：「《小腆紀年》：清順治六年春正月朔，明桂王在肇慶府。」規案：李定《自延平歸賚至御札》詩云：「萬里干戈傳御札，十行書字識天顏。」則「如見天顏親」者，實指唐王隆武帝也。

贈于副將元凱

常笑蘇季子，未足稱英俊。雒陽二頃田，不佩六國印。當世多賢豪，斯言豈足信。于君太學髦，文才冠諸生。悵然感時危，遂被曼胡纓。乍領射聲兵，南都已淪傾。芒鞵走浙東，千山萬水裏。饑從猛虎食，暮向鳶巢止。召對越王宮，胡沙四面起。間道復西來，潛身入吳市。崎嶇赭山渡，迫阨三江壘。七月出雲閒，蒼茫東海灣。孤帆依北斗，幾日到舟山。海水鹹如汁，海濤觸舟急。日夜白浪翻，蛟龍爲君泣，瀕死達閩中，閩中事不同。平虜奉降表，胡兵入行宮。途窮復下海，兩月愁艨艟。七閩盡左衽，一身安所容。攀厓更北走，滿地皆山戎。歸家二載餘，闊絕無音書。故人久相念，命駕問何如。君家本華胄，高門徧朱紫。囷倉禾百廛，趨走僮千指。侍妾裁羅紈，中廚膾魴鯉。更有龍山園，池亭風景繁。水聲穿北固，花色蔭南軒。有琴復有書，足以安丘壑。身有處士名，不失素封樂。何用輕此身，久試風波惡。不辭風波惡，不避干戈患。敝屣棄田園，孤遊淩汗漫。乃知鴻鵠懷，燕雀安能伴。君看張子房，不愛萬金家。身爲王者師，名與天壤俱。所貴烈士心，曠然自超卓，是道何足臧，願君大其學。異日封侯貴，黃金爲帶時。知君心不異，無使魯連疑。

規案：此詩刻本刪去。據詩意知于副將亦亭林故人，曾往閩中赴義者也。張譜：「順治七年庚寅，時怨家有欲傾陷之者，乃變衣冠僞作商賈，游金壇，登顧龍山。」此詩次「金壇縣南五里顧龍山上有高皇帝御題詞一闋」詩之後，此行當卽訪元凱投止其家，故詩云：「故人久相念，命駕問何如」也。于元凱爲唐王故臣，亦亭林同志，又曾入海冒死赴唐王朝廷，故亭林將遠行追訪唐王，先就元凱商榷，此可揣度情事而知者也。

剪髮

流轉吳會間，何地爲吾土。登高望九州，憑陵盡戎虜。寒潮盪落日，雜遝魚蝦舞。饑烏晚未棲，弦月陰猶吐。晨上北固樓，慨然涕如雨。稍稍去鬢毛，改容作商賈。卻念五年來，守此良辛苦。畏途窮水陸，仇讎在門戶。故鄉不可宿，飄然去其宇。往往歷山澤，又不避城府。丈夫志四方，一節亦奚取。毋爲小人資，委肉投餓虎。浩然思中原，誓言向江滸。功名會有時，杖策追光武。

此詩作於順治七年庚寅，亭林三十八歲。

黃注：「《亭林餘集·與潘次耕札》云：『昔有陳亮工者，與吾同居荒村，堅守毛髮，歷四五年，莫不憐其志。』節考亮工，陳芳績也。其祖名鼎和，與亭林隔垣而居者。後又與亮工同居。當時二人皆全髮，非亮工獨全也。」規案：此詩謂「卻念五年來，守此良辛苦」，是亭林此時尚未剪髮，故前將遠行作，注明「時猶全髮」也。今將遠適四方，歷城府關梁，故不得不改容剪髮，犧牲小節，而欲杖策追尋光武，以圖恢復大計也。將遠行作云：「願登廣阿城，一覽輿地圖」，卽鄧禹從光武覽輿圖謀恢復事。此時亭林至金壇京口訪于元凱副將，蓋卽規劃尋訪唐王蹤迹也。

恭謁孝陵

閏位窮元季，眞符啓聖人。九州殊夏裔，萬古肇君臣。武德三王後，文思二帝鄰。卜年乘王氣，定鼎屬休辰。江水縈丹闕，鍾山擁紫宸。衣冠天象遠，法駕月遊新。正寢朝羣后，空城走百神。九嵕超嵽嵲，原廟逼嶙峋。寶祚方中缺，炎精且下淪。郊坰來獵火，苑籞動車塵。繫馬神宮樹，樵蘇御道薪。肅然唯殿宇，一望獨荆榛。流落先朝士，間關絕域身。干戈逾六載，雨露接三春。患難形容改，艱危膽氣眞。天顏杳靄接，地勢鬱紆親。尙想初陵制，仍詢徙邑民。因山皆土石，用器不金銀。時有倡開煤之說紫氣浮天宇，蒼龍捧日輪。願言從鄧禹，修謁待西巡。後漢書鄧禹傳：南至長安，率諸將齋戒，擇吉日，修禮謁祠高廟，因循行園陵，爲置吏士奉守焉。

此詩作於順治八年辛卯。亭林心目中之隆武七年。

彙注：蘧常案：歲在辛卯，明大統曆於庚寅十一月置閏，而清則於本年二月置閏，故是年明永曆五年正月己卯朔，實爲清順治八年二月朔也。魯監國六年，公元一六五一年。據後孝陵圖詩自序，初謁孝陵爲本年二月乙巳。

規案：詩云：「干戈逾六載」，蓋指隆武卽位七年，故曰逾六載也。詩云：「患難形容改」，此詩在去年剪髮詩之後也。詩云：「願言從鄧禹，修謁待西巡」，謂願從鄧禹隨光武恢復漢室修謁陵廟，猶己之願追隨隆武恭謁明陵也。故此詩自注云：「後漢書鄧禹傳：南至長安，率諸將齋戒擇吉日修禮謁祠高廟，因循行園陵，爲置吏士奉守焉。」剪髮詩云：「功名會有時，杖策追光武」，將遠行作云：「願登廣阿城，一覽輿地圖」，自注云：「後漢書鄧禹傳：從至廣阿，光武舍廣阿城樓上，披輿地圖指示禹。」皆以光武比隆武，己則極慕鄧禹之扈從也。黃晦聞注：「考庚寅，桂王在肇慶，十一月，廣州破，繼而桂林亦破，此猶曰『願言從鄧禹，修謁待西巡。』蓋仍望桂王之恢復，而未知廣州桂林之相繼破也。」恐非亭林之意。

贈萬舉人壽祺 徐州人

白龍化爲魚，一入豫且網。愕眙不敢殺，縱之遂長往。萬子當代才，深情特高爽。時危見縶維，
忠義性無枉。翻然一辭去，割髮變容像。卜築清江西，賦詩有遐想。楚州南北中，日夜馳輪鞅。
何人詷北方，處士才無兩。回首見彭城，古是霸王壤。更有雲氣無，山州但坱莽。一來登金陵，
九州大如掌。還車息淮東，浩歌閉書幌。尚念吳市卒，空山弔魍魎。南方不可託，吾亦久飄蕩。

崎嶇千里間，曠然得心賞。會待淮水平，清秋發吳榜。

徐注：萬壽祺自志：「其泛湖圖云：乙酉五月，江以南郡縣皆陷，炳、儁、芑起陳湖，瑞龍起泖，易起笠澤，皆來會。八月，潰，被執，不屈，將加害，有陰救之者，囚繫兩月餘，得脫，還江北。」是壽祺、亭林皆乙酉起義兵時同志。壽祺脫還江北後，仍負有偵察時世之任，故詩云：「何人詗北方，處士才無兩」，處士，稱壽祺也。

贈路舍人澤溥

秋雁違朔風，來集三江裔。未得遂安棲，徘徊望雲際。嗚呼先大夫，早識天子氣。謁帝福州宮，柄用恩禮備。汀州失警蹕，一死魂猶視。君從粵中來，千里方鼎沸。絕跡遠浮名，林皐託孤詣。東山峙大湖，昔日軍所次。奉母居其中，以待天下事。相逢金閶西，坐語一長喟。復叙國變初，山東竝賊吏。長淮限南北，支撐賴文帥。擒魁獻行朝，逆黨皆戰悸。江外甫晏然，卒墮權臣忌。鑠金口未白，胡馬彎弓至。天子呼恩官，干戈對王使。詔書曰：朕有守困恩官路振飛。感激千載逢，一下君臣淚。嶺表多炎風，孤棺託蕭寺。怒聲瀧水急，遺策空山閟。君才賈董流，矧乃忠孝嗣。恭惟上中興，簡在卿昆季。經營天造始，建立須大器。敢不竭微誠，用卒先臣志。明夷猶未融，善保艱貞利。

規案：此詩作於順治九年壬辰。年譜：「壬辰，遇路舍人澤溥於虎丘。」虎丘在閶門西，故詩云：「相逢金閶西，坐語一長喟。」亭林與路氏父子關係極深，敍路氏與唐王君臣之際至爲感人。琉球寶案載隆武登極詔曰：「朕有守困恩官漕撫總督路振飛，聞在太湖。」此詩「天子呼恩官」自注卽亭林聞詔賦詩時所見。又詩云「汀州失警蹕」，謂天子出亡，不言被擒，故末言「恭惟上中興，簡在卿昆季」，「敢不竭微誠，用卒先臣志」，仍互相激勵，欲成隆武中興之業也。

隆武二年八月，上出狩，未知所之。其先，桂王卽位於肇慶府，改元永曆。時太子太師吏部尚書武英殿大學士臣路振飛在廈門，造隆武四年大統曆，用文淵閣印頒行之。九年正月臣顧炎武從振飛子中書舍人臣路澤溥見此有作。

夏后昔中微，國絕四十載。但有少康生，卽是天心在。曆數歸君王，百揆領冢宰。路公文貞公識古今，危難心不怠。屬車乍蒙塵，七閩盡戎壘。粵西已建元，來歲直丁亥。侵尋一年半，迫蹙限匡海。廈門絕島中，大澤一空磊。新曆尚未頒，國疑更誰待。遂命疇人流，三辰候光彩。印用文淵閣，丹泥勝珠琲。龍馭杳安之，臺星隕衡鼐。猶看正朔存，未信江山改。在昔順水軍，光武戰幾殆。子顏獨奮然，終竟齊元凱。叔世乏純臣，公卿雜鄙猥。持此一册書，千秋戒僚寀。

《彙注》：李佩秋云：「桂王即位於肇慶，爲丙戌十月，在唐王出走後，此詩題內『其先』二字，乃『其年』也。潘鈔漏未改正。」蘧常案：桂王即位於肇慶，實在丙戌十一月十八日，非十月也。

黃注：唐王以順治二年乙酉六月，即位福州，改元隆武。明年丙戌十一月，清兵下建寧、延平等府，唐王走汀州，被執見殺。元譜所記如此，與此題所記不同。然考《南疆逸史》：「丙戌七月，清兵破浙東。何騰蛟遣郝永忠以鐵騎迎駕，將至韶州，而清兵已入衢州。八月乙未，抵關上，即日如汀州，庚子入城。追騎執上，遇害於福京。或曰：代死者爲唐王聿釗，上實未死。」據《逸史》與詩題相合，則元譜所記之十一月誤也。規案：《明史·卷一百一十八諸王傳》云：「何騰蛟遣使迎聿鍵，將至韶州。唯時我兵已抵閩關，守浦城御史鄭爲虹、給事中黃大鵬、延平知府王士和死焉。八月，聿鍵出走數日，方至汀州，大兵奄至，從官奔散，與妃曾氏俱被執，至九瀧，投於水。聿鍵死於福州。」是官方明謂唐王被害。然當時異說實多。黃藜洲〈錢忠介公傳〉云：「王次閩安鎮，公請立史官。言近者主上遣使訪求隆武（《南雷文定後集》卷四）。」是魯王君臣亦不信隆武爲清兵所擒也。至於亭林，尤篤信唐王未死。其《餘集·文林郎貴州道監察御史王君墓誌銘》記唐王脫險之曲折至爲明

確，惜諸家皆未徵引。（墓誌銘文引見前）

亭林與路氏兄弟交誼至篤，亭林據路氏及其姻親所得之第一手資料，亦即隆武四年曆一詩題目之根據。其所聞見，親得之於當時義從近臣，故篤信唐王之得脫，猶紀信之代漢高，終有復興之日，亭林秉此信念，徬徨求索之情見於詩集中者不可勝數。詩云：「但有少康生，即是天心在」，此言唐王不死，則明祚斯在。又云：「龍馭杳安之，臺星隕衡霈。猶看正朔存，未信江山改。」此言君主蒙塵，國曆猶在，則國脈未斷也。又云：「在昔順水軍，光武戰幾殆，子顏獨奮然，終竟齊元凱。」亭林有自注云：「《後漢書・光武紀》：光武北擊尤來、大槍、五幡於順水北，乘勝輕進，反爲所敗。軍中不見光武，或云已沒，諸將不知所爲。吳漢曰：卿曹努力，王兄子在南陽，何憂無主，衆恐懼數日乃定。」則以光武比唐王，而激勵中興之志氣也。

出郭

出郭初投飯店，入城復到茶庵，秦客王稽至此，待我三亭之南。
相逢問我名姓，資中故王大夫，此時不用便了，只須自出提酤。

案，此首，朱刻本、荀校本、孫校本皆有，潘刻本無。朱刻本、孫校本題作六言。朱刻本注云：柔兆涒灘，蓋作於順治十三年丙申（西元一六五六）殺奴獄解之後。「秦客王稽至此」，用《史記．范睢傳》事。魏人鄭安平操范睢亡，更名姓曰張祿。當此時，秦昭王使謁者王稽於魏，鄭安平侍王稽，稽問魏有賢人可與俱西游者乎？鄭安平曰：臣里中有張祿先生，欲見君言天下事，其人有仇，不敢晝見。王稽曰：夜與俱來。鄭安平夜與張祿見王稽，語未究，王稽知范睢賢，謂曰：先生待我於三亭之南。與私約而去。王稽辭魏去，過載范睢入秦。

《括地志》：三亭岡，在汴州尉氏縣西南三十七里。

《彙注》：案王稽云云，當有所託，疑南明當有使至。此詩與旅中詩似前後一事，惟當是約後獨行，並非同載而去，下詩所謂愁人獨遠征也。然所期仍不能達，與前丁亥秋海上之行相同，故其末云：買臣將五十，何處謁承明也。時永曆初入雲南。魯王已去監國號，鄭成功奉居金門，成功方應永曆詔，欲北上爭衡，則先生此行，或滇或閩乎？又案：此行與避禍亦有關。相逢二句：《彙注》：下詩云：甘心變姓名，則此所謂問我名姓，資中故王大夫者，當卽所變之姓名矣。《蔣山傭殘稿．與李紫瀾書》有云：第五倫變姓名，自稱王伯齊，往來河東，陌上號爲道士，親友故人，莫知其處，心竊慕之。其所以變名爲王姓歟？又案：卷二贈鄔處士繼恩詩有云：「去去復悽悽，河東王伯齊，卽已以伯齊自命矣。據後漢書第五倫傳：倫晚遇光武，得柄用，此先生所以自期，與卷二剪髮詩「功名會有時，杖策追光武」同意。倫曾爲蜀郡太守，故用王褒僮約語稱資中王大夫乎？

規案：此時閩中或有使訊，欲去而未果。「問我名姓」、「自出提酤」，卽下旅中詩「混跡同傭販，甘心變姓名」也。六年前剪髮詩卽已「稍稍去鬢毛，改容作商賈」矣，特未變姓名耳。

旅中

久客仍流轉，愁人獨遠征。釜遭行路奪，席與舍兒爭。混跡同傭販，甘心變姓名。寒依車下草，饑糝鏖中羹。浦雁先秋到，關鷄候旦鳴。蹠穿山更險，船破浪猶橫。疾病年來有，衣裝日漸輕。榮枯心易感，得喪理難平。默坐悲先代，勞歌念一生。買臣將五十，何處謁承明。

《彙注》：釜遭行路奪以下十句，述途中艱苦之情狀。此行當在夏令，故云浦雁先秋到，又明謂自北而南也。考元譜本年於閏五月初十日五謁孝陵後，卽書冬在鍾山度歲。中有所諱，其跡可尋。其歸當在七八月之交，下有訓王處士九月見懷之作可推也。王處士，王煒也。其原作起云：孤窮迢遞八荒游，似指此行。又承明二句，案《小腆紀年》：「本年正月，明桂王在安龍府。三月，孫可望遣將白文選犯安龍。文選與李定國連和，遂共扈王入雲南，改雲南府為滇都。」

規案：承明二句，仍「杖策追光武」之意。亭林自嗟年將半百，而唐王踪跡仍杳，欲謁無從，亭林始終注心嚮往於唐王也。

元日

雰雪晦夷辰，麗日開華始。窮陰畢除節，復旦臨初紀。夷曆元日，先大統一日。行宮刊木間，華路山林裏。雲氣誰得窺，眞龍自今起。天王未還京，流離況臣子。奔走六七年，率野歌虎兕。行行適吳會，三徑荒不理。鵬翼候扶搖，鯤鬐望春水。頹齡尚未衰，長策無終止。

此首朱刻本、荀校、孫校均有，潘刻本、徐注本無。此詩作於順治十八年（西元一六六一）辛丑，實亭林心目中之隆武十七年。是年先生年四十九。此詩行宮、蹕路等，《彙注》皆以永曆帝當之。如歷引《小腆紀年・永曆紀》：「順治十六年己亥夏四月，移蹕至者梗，庶僚之貧者飢寒藍縷，大臣有三日不舉火者。」《野史無文・永曆皇帝兵敗入緬甸土司紀事》：「進至地名者梗，緬民每日貿易如市，我大臣等皆短衣跣足，混入民婦之內互相交易。緬官譏曰：原來天朝大臣如此規矩禮貌，安有不失天下者乎?」又天王未還京注云：《小腆紀年》：「順治十八年春正月辛亥朔，明桂王在緬甸之者梗。」

規案：《彙注》引時事釋詩，皆與亭林心事不相應。亭林所注心者唯唐王，此詩仍爲寄望唐王之作。「行宮刊木間，蹕路山林裏」，此言唐王出亡之事。「雲氣誰得闚，眞龍自今起，」

言唐王卽將復出。「天王未還京，流離況臣子」，言唐王猶蒙塵在外，臣子安得免流離之苦。「奔走六七年，率野歌虎兕，行行適吳會，三徑荒不理」，亭林自言辛苦追尋唐王之意。率野、奔走，皆所以訪尋唐王也。亭林順治五年（一六四八）將遠行作：「去秋闖大海，今冬浮五湖，長歎天地間，人區日榛蕪。出門多蛇虎，局促守一隅。杖策當獨行，未敢憚羈孤。願登廣阿城，一覽輿地圖。回首八駿遙，悵然臨交衢。」卽已蓄志追尋唐王。至順治七年（西元一六五〇）作剪髮詩：「流轉吳會間，何地爲吾土，登高望九州，極目皆榛莽。」「稍稍去鬈毛，改容作商賈。」卽削髮改容，欲遠尋唐王。故云：「浩然思中原，誓言向江滸，功名會有時，杖策追光武。」及順治十四年（西元一六五七），先生四十五歲，始離鄉北游，同人餞之，先生追尋唐王之意，迄未少衰，故此詩末云：「鵬翼候扶搖，鯤鬐望春水，頹齡尙未衰，長策無終止。」言待時運之至，年歲未衰，追求永無終止。長策，卽「杖策當獨行」、「杖策追光武」之策，猶羲和馭日之鞭，永無中止也。《彙注》引漢書王吉傳「未有建萬世之長策」，以解「長策無中止」，失亭林之心意矣！觀二年後元旦詩，亭林之心志愈明。

十九年元旦

平明遙指五雲看，十九年來一寸丹。合見文公還晉國，應隨蘇武入長安。驅除欲淬新硎劍，拜舞思彈舊賜冠。更憶堯封千萬里，普天今日望王官。

規案：此詩作於康熙二年癸卯（西元一六六三），故徐嘉《顧詩箋注》云：「先生是年五十一歲，去崇禎甲申十九年矣。」《顧詩彙注》云：「冒云：十九年者，用弘光十九年之數也。蘧常案：是年海上鄭氏稱永曆十七年，公元一六六三年。十九年說，徐注似勝。」

重規案：徐氏之說，於「十九年來一寸丹」句似頗適合；惟於「文公還晉國」、「思彈舊賜冠」諸語事義皆不愜切。且此篇詩題「十九年」三字，遭潘耒刻本時所刪去；據原鈔本、荀羨校文、孫毓修校記皆作「十九年元旦」，可見亭林元稿實有「十九年」三字。亭林爲詩，斷不肯用清代紀年，而所謂「十九年」者，亦明明與康熙二年不合。如謂繫年於崇禎，則崇禎以十七年殉國，斷無殉國十九年後，又稱崇禎十九年之理。若指年爲桂王號，則永曆僅十五年，祚至順治十八年而斬，亦難強合。至謂用弘光十九年之數，尤於事實情理不合。是此「十九年」者，果爲何代之年號耶？余考南都既陷，唐王聿鍵入閩。乙酉閏六月廿七日，即皇帝位於福州。《南疆繹史》：「閏六月丁未，祭告天地祖宗，即位南郊。以福建爲福京，福州爲天興府，大赦，稱號隆武（此據陳燕翼思文大紀），改是年七月一日以後爲隆武元年。」下數至康熙二年癸卯，適爲隆武十九年，此必亭林用唐王隆武紀年，故題爲「十九年元旦」也。亭林身居清代，不用當朝年曆，觸犯時忌，斯爲大逆，故潘耒刻本不得不刪去

「十九年」三字，於是亭林用隆武正朔之志晦，而此詩涵蘊之情感事義，亦遂掩抑湮沒而弗彰矣。或謂永曆朝亡於順治十八年，而隆武朝更早亡於順治三年，豈有歷載十餘，而仍用隆武紀年者，得不令人大惑不解乎？余應之曰：此世之所疑詫者，正亭林隱衷志事流注於楮墨間者也。試觀詩集卷二原鈔本：「隆武二年八日，上出狩，未知所之。其先（當爲年），桂王即位於肇慶府，改元永曆。時太子太師吏部尚書武英殿大學士路振飛在廈門，造隆武四年大統曆，用文淵閣印頒行之。九年正月，臣顧炎武從振飛子中書舍人路澤溥見此有作。」刻本詩題，經潘耒改爲「路舍人家見東武四先曆」。是年爲順治十年癸巳，其時爲桂王永曆七年，而亭林仍稱隆武九年正月，是亭林「獨奉南陽帝」，特用隆武紀年之確證，不容委爲抄寫之誤者也。或又疑唐桂皆明裔，亭林何以不遵尙存之永曆，而奉已故之唐王。此則由於明史雖明謂唐王被害，而亭林則篤信唐王未死。其事實見於詩題：「隆武二年八月，上出狩，未知所之。」其曲折更詳見於《亭林餘集·文林郎貴州道監察御史王君（國翰）墓誌銘》：「君奏人情恇迫，傳敵騎已至近郊，上宜速發。與其子涼武待命宮前。俄而追騎奄至門，中人與之相持。有張致遠者，自詭爲上，被執。上乃決行宮後垣出去。」國翰爲路氏至戚，亭林與路氏交誼至篤，其所聞見，親得之於當時義從近臣，故篤信唐王之得脫，猶紀信之代漢高，終有復興之一日。必明亭林不忍死其君之心，而後十九年元旦一詩之義可得。其云「合見文公還晉國者，以晉重耳出亡十九年，終得復國，今唐王出亡亦及十九年矣，故曰「合見」，合見猶言當見也。其云「應隨蘇武入長安」者，蘇武陷胡十九年而歸，以時考之，則出亡之臣亦當相隨返國矣。故曰：應隨蘇武入長安也。眼前胡虜縱橫，豺狼當道，誓當磨礪劍鋒，驅除漢賊，故云「驅除欲淬新鉶劍。」亭林嘗受唐王兵部職方之命，故云「拜舞思彈舊賜冠」。亭林友人陳璧詩（見陳璧詩文殘稿）云：「萬里天朝自服官，三年無日不辛酸。枕中長秘蟠龍敕，夢裏空彈獬豸冠。」又黃師正酬亭林詩云（見同志贈言）：「卻笑爲儒頭欲白，與君冠敝不須彈。」皆思彈舊賜冠之辭。既已歸誠事君，自當以身許國，惟惜海宇茫茫，靈脩眇眇，時逢元旦，悵望故君，此情眞欲動天地泣鬼神矣。

附錄琉球寶案

南明監國唐王令諭

監國唐王令諭曰：孤聞天地立極，必有不可晦之日月；帝王御世，斷有不可變之華夷。我太祖奉天逐胡，十四年混一區夏。歷二百七十八年之升平，傳十六代天子之有道。烈皇帝英明，善政史不勝書。乃以勵精逢剝運，甲申奉社稷身殉，此誠凡有血氣之大羞奇痛也。禍自萬曆季年，大廷黨同伐異，流賊橫本，建奴稱兵。建奴張目，臣工貪婪。嗚呼！國家三十年來，久不見恤民之實政矣。新餉舊餉，糜爛骨肉於遼東；欠徵預徵，竭盡腦髓於鞭朴。洶洶止見似仇讐，哀哀誰人是父母。致我百姓，苦極無告。加以流賊反善於兵，故今逆虜日逼。羣心瀾倒，夫豈一朝一夕之故哉。北變臣工坐視，借名立主南都。又負皇上委任，孜孜穢德日彰。晉陽甲直止奸名，僅一年犬羊飛渡。京破帝奔，國危旒綴。諸臣萬誤千差，尚各或降或竄。孤藩出自高皇少子，洪武二十四年開國南陽。自皇賢妃李娘娘之生定王，歷靖、憲、莊、成、敬、順、端、裕爲十世。孤夙家庭多難，仇叔鴆薨裕王。爭國位，兄弟操戈；憤父寃，孤誓必報。壬申年，先皇帝封我唐王。丙子歲，孤抗疏勤王朝覲。止因苦孝危忠，情願爲法受過。幽囚八年，不尤不怨。弘光主復我爵章，遣護官送寓東粵。虜變，孤至嘉興，文武勸孤監國，孤辭，轉奉潞藩，出揭明告天下。監國三日改圖，停宣攝政明諭。讐虜示之南來，信邪謀而甘恥。靖虜伯等倡大義，迎請孤主恢復。大臣懇陳宗社危，啓孤監國安民。自審孱虛，何堪多難。堅拒二祈，合詞三請。闔閩藩院司道，在籍九卿士民沿路飛章，懇請遝至。祖宗事重，黽勉而從。敬於弘光元年閏六月初七日，於福建福州府市政司公署朝見文武臣民。自孤監國之後，竭力維新是圖。待臣如我手足，視民如我子孫。慈愛出孤天性，斷然終始不忽。治兵以報君仇，驅虜而復廟貌。布素身宿外朝，見孝陵才用原章；賢奸必不並用，再一統方酬孤志。君愛民，始稱孝祖；臣愛民，方是忠君。孤以不貪率天下，天下以不貪慰孤心。擢廉誅貪，監國首務。許臣民直言時政，即觸忌孤亦優容。但有裨益，定加懋賞。惟除舊希新之大赦，故待正鑾後舉。乃恩大恤小之明條，宜當監國先頒。救民於水火之危，款件詳列如左（款件略）。孤天性至眞至實，不酒不色，十四歲卽喜靜修。今因國步艱危，祖宗無倚，萬萬不得已，勉從臣民監國之請，先必以身率下，綜覈名實，期以眞精神流注四方，格天感人。以上十六款俱孤親定，內外俱要實實舉行。如部文何日到撫按，撫按何日行司府，司府何日行州縣，州縣何日榜示百姓。並五府行文司衞，俱要該部確以遠近定限期。該撫按明明白白指定何日行下，何日報上。州縣仍具遵依，一同報部。該部先後題知，慰孤視民如傷之意。仍舊玩視，重治不饒。嗚呼！祖宗之德澤在人，大明之天命未改。知有孝陵，不知有身。定親御六師之衆以復南京；思愛民，更思愛臣，必雪先帝之仇而還一統。不論親疏之人，賞罰惟公惟信。十五省忠臣赤子，勿負孤枕戈眞心。佇視告廟功成，萬古中興爲烈。待詔天下大酺同慶之日，卽奉天殿大封功臣之年。孤今夢寐不忘，惟願節節君臣實做，孤秉至誠，信如皎日。令諭伸心，出孤親撰，布告天下，咸使聞知。弘光元年閏六月初十日。

南明紹宗詔：布告登極

奉天承運皇帝詔曰：朕惟天地原本億兆以立君，聖人必謹華夷而出治。恭□我太祖高皇帝混一區夏，皇子二十有四，分王歲在洪武辛未。朕始祖唐定王開國南陽，積德累仁，至朕□□□以艱難險阻，痛遇虜覆兩京。靖虜伯忠貫日月，奉朕監國南來。憂勤攝政，廿日於茲。勤王之師漸集，嚮義之心漸起，匡復之謀漸〔有〕次第。朕方登壇誓武，親履戎行。以身率衆，觀厥成功。乃行在在廷王宗文武、耆老士民，咸奏：萃〔渙〕之際，義貴立君。寵綏之方，本於天作。理無復待，時不可失。再三肫懇，迫切極陳。乃朕自顧缺然，未有鉅績以仰對上帝祖宗。重念臨安不振，尊攘無期。祀懸民恐，三月無君，朕又何敢堅執小節而誤天下。於是僶俛僉允，以副羣望，實朕心之不得已也。謹於弘光元年閏六月二十七日卯時祭告天地祖宗，即皇帝位福州府行在南郊。即於是日建立行在大廟、社稷、唐國宗廟。立妃曾氏爲皇后；大赦天下。嗚呼！臣民之懇請朕立者，爲祖宗先帝計也。朕勉允臣民之請立者，爲祖宗先帝計也。朕今即位之日，即是身許祖廟之年。從今以後，朕若有一時一刻負祖宗之業，忘先帝之仇者，天下臣民得執大義以誅朕矣。朕登極後，天下臣民若有一人一事負孝陵，忘大讐者，朕亦得正臣節公衆而誅之。確議恢復大計，惟在調和兵民。治兵足食以無驕，務民安生而不苟。朝絕宵小之臣，外鮮貪殘之吏。從斯大政力圖維新，凡舊日權奸所行苟且害民之政，一概滌除，與民更始。語出眞誠，天下所共見也。朕稽載籍，光武纘祚於乙酉六月，即以是年爲建武。昭烈繼統於辛丑四月，復號章武於茲年。蓋凜續宗社於極危，必不可循踰年改元之常度。今古相揆，道符不遠。其以弘光元年七月初一日爲隆武元年。大寶朕固弗貪，顯號明復祖烈。其奉天翊運宣力定難武臣，悉以次第進爵行賞，稍俟恢復，分茅胙土以勒勳庸。其奉天翊運宣猷守正文臣，亦以次第進級，詳備□典，別需來章。其有凡在洪武分封之王，太祖功高萬世，理宜宗國興滅繼絕，與後來繼體守文分封者不同。況□鄭王譴後，文致多出權臣，宜悉追復王號，仰慰高廟神靈。其有開國功臣緣嫌久湮未續者，並建文壬午十族殉國諸臣，俱依後開恤例加恩。其北直、河南、山東、山西、陝西、湖廣等處山寨豪傑，人心思漢，倡義勤王，若有顯效，一體優擢；克復大小地方，卽令本官永守。其孝秀耆宿，軍民人等，俱依前例，所司優給。天下山川鬼神，除淫祠不致外，餘皆遣官精禋祭告。一統本我舊山河，僅汙腥羶於一載；南北陷溺之臣庶，誰無瞻戀於天朝。雖暫越省以俟時，恩詔必覃於天下。所有推廣成憲肆赦，除舊布〔新〕。於朕纘茲丕基，焦勞宵旰，不忘我三百年中華之赤子，日夜孜孜，亟圖爲萬國億兆請命之至意焉。（款件略）

一，記人功，忘人過，人君也。朕有奉藩恩官守道陳奇瑜，隔在西保德州，存亡未審。朕有守困恩官漕撫總督路振飛，聞在太湖，察訪莫遇。二臣皆朕續命之人。朕□日夜思念。有能以二臣眞□確信來報□可求至朕得相見者，立賞銀一千兩，仍受五品京官。（下略）

嗚呼！愛臣民而報祖宗，執舊章以程天下。良知貫徹於宇宙，終有不昧之衣冠；正氣充滿於乾坤，行將大掃乎羊犬。誓復此夏禹提封，始不愧洪武孫子。凡我同心，速來助朕。崇報功成，朕言如日。布告天下，咸使聞知。隆武元年七月初一日。

南明紹宗詔：布告御駕親征

奉天承運皇帝詔曰：朕惟天朝運啓中興，首正華夷之大義；王師威驅逆虜，急救湯火之窮民。朕自卽位十日，切痛高皇廟貌。七月初六日郊外□誓天地，奴寇害我祖君，重讐朕所必報。繼復哭拜臣民，若不忘我高廟，同心助朕親征。朕有堂堂不懼死之身，朕有巍巍不退悔之心。朕實敬上帝，朕實孝祖宗，朕實重親親，朕實體文武，朕實愛百姓，朕實有大量，朕實秉至公，朕實忘舊怨，朕實念微功，朕實不貪財、不好酒、不好色。若有一字欺人，天地祖宗立殛。朕必定出師成功，仗有此十個實字。臣民試看奴寇，十實能行其一否？見眞識定，則今日之勝負曲折斷斷可必矣。況朕以太祖皇子分封九世之唐王，□我光明正大□百年混一之大統。有開□卽有中興，□□心期乎高帝。奴虜以金元之殘孽，爲我豢養之屬夷，鴟張於萬曆之季年，卽以遼餉荼毒我中國之百姓。今乃肆虐過江，大略姑指十罪。巧持鷸蚌，占我西北陵京，大罪一也。助我叛臣，寇我共主，大罪二也。以犬羊之騷腥，汚太祖之陵廟，大罪三也。不道陷我城邑。辱我弘光，大罪四也。在杭凌我慈禧，蔑我潞王，斥逐無奔，奪家剪首，大罪五也。誘降中國臣民，威□盡令剃髮，以禽獸之風俗，換華夏之衣冠，大罪六也。強奪百〔姓之□〕帛，淫占百姓之妻女，大罪七也。到處□□僞示，行僞文，定要絕大明宗社，大罪八也。強奪文武之印信，□置貪虐之酋官，大罪九也。戮我忠臣顧咸建等，派百姓以難受之差役，動縱豺狼之性，無日不見殺人，大罪十也。十罪若有其一，必正天討無赦。朕自到閩一月以來，進素膳，穿布袍，日以忠孝訓羣臣，慈愛待百姓。人人知朕在雪祖救民。況此福建，家盡□書禮義。朕未至前，日盼我大明子孫；朕已至後，無人不歡呼愛戴。以天時，則慶雲德星之久見，五風十雨之調均。以地理，則仙霞崇安鳥道揷天之易防守；北聯江西，南合浙省之可出兵；東粤之財貨日貢於行朝，海上之健民盡投誠於闕下。以人和，則文武奮敵〔愾〕同仇之志，□□懷成仁取義之心。加以鄭家父子〔兄〕弟，實是將星聚於〔一〕門。輔臣黃道周蓋代之清風，勳臣鄭芝龍振古之豪傑。朕仰賴天地人之盛寶，故今大出二十萬之雄兵。先欽差御營御左先鋒定虜侯鄭鴻逵統領大兵五萬，內令前都督府總兵官施福一軍道出廣信，後都督府總兵官黃光輝一軍道出金衢。該爵親領左都督府總兵官陳順等及中軍文武監紀推官等副參游等共八十員馳赴軍前，適中調度。欽差御營御右先鋒永勝伯鄭彩統領大兵五萬，內令前都督府總兵官陳秀、周之藩一軍出汀州，直抵南昌；王秀奇、林習山一軍出杉關，直抵建昌。該爵親領都督副□洪旭、黃廷及中軍文武監紀推官等副參游等八十員馳赴軍前，適〔中〕調度。再差都督總兵官鄭聯林察領水兵一萬、船三百號出惠潮，直抵南贛；再差都督副將李一根、崔芝領水兵一萬，船三百號由福寧直抵溫臺。此水兵二枝，俱聽定虜侯節制。以上勳臣兵將，自七月二十八日朕親登壇禡祭，授鉞專征之後，務令星馳電發，齊至南京，速救塗炭百姓。擇定八月十八日朕率御營御中軍平虜侯鄭芝龍、總兵鄭泰、武英殿大學士蔣德璟、黃道周及行在文武五府、六部大小諸臣共一百四十六員，盡起福州三衞、戎政五營共兵十萬，正天討之親征，爲四路之後勁。再差都督府總兵官鄭芝豹領兵一萬，護運御用錢糧。再差戶部侍郎王觀光、兵部侍郎吳震交督諸軍之月餉，明各路之軍紀。再差禮科給事中陳履貞監軍於定虜侯，兵科給事中嚴通監軍於永勝伯；凡有軍機，俱同商榷。州縣無官，兩侍郎卽准於隨征文職內量才速補，令卽視事。一面飛疏奏聞。其行在京城，則暫以皇后垂簾聽政，益王世子領班。傳命，則以司禮掌印太監龐天壽；佐理，則以內閣輔臣何吾騶、林欲楫；總理留務，造器轉餉，則以吏部尚書張肯堂、侍郎王志道；嚴守城池，則以戎政總兵曾德、總兵郭之英。留兵三萬，文武百員，務都疆之兩顧。董戰守之齊行。再命廣東總兵陳邦傅一軍道由南雄，廣西總兵黃斌卿一軍道出廣信。朕統六軍，節制五路之雄師。大明有征而無戰。凡我大小受苦之民齊赴軍前來迎，求朕再切明諭文武官兵：此行各遵弔民伐罪之明綸，無負簞食壺漿之百姓。一，不許擅殺一民，敢犯者斬。二，不許擅奪一物，敢犯者斬。三，不許擅進民屋。敢犯者斬。四，不許擅踐民田，敢犯者斬。五，不許擅淫婦女。敢犯者斬。六，不許違令私行，敢犯者斬。七，不准拆毀民房，敢犯者斬。八，不許訛言驚衆，敢犯者斬。九，不許酗酒賭博，敢犯者斬。十，不許喧嘩私鬬，敢犯者斬。其餘割耳細打，一聽主將約束。（下略）嗚呼！大兵共會於南京，先靖半壁之天下；再乘破竹之偉勢，□報烈廟之深讐。若不復西北之境土，朕仍是祖宗之罪人。無朕自無中興，有朕卽有一統。概凡西北直省，知朕旰食宵衣。秦晉豫燕之豪傑，齊魯楚蜀之英雄，來作雲臺之將相，復我大統之山河。朕以天地之爵祿，還爾四海之忠義，定全酬功之大典，報我九廟之神靈。縣賞縣，府賞府，前詔明甚；德懋官，功懋賞，古今通制。上得比夏少康之爲主，下可似郭子儀之爲臣。南陽再受天命，萬國共轉春風。祖宗臨照，天下得人，朕復訪道空同，遂朕恬沖夙志。世亂，朕則冕首衮身，率文武共靖神州；世治，朕則竹冠草履，狹宇宙逍遙物外。朕語如四時，朕心如日月，總□負昊天上帝篤生朕躬之□意焉。布告天下，咸使聞知。隆武元年七月十五日。

琉球國王世子尚賢奏：開讀三詔謝恩

琉球國中山王世子臣尚賢一本謹奏：爲謝恩事，承遵禮部咨稱：奉聖旨四夷皆我赤子，朕切懷柔，遣使頒賜琉球國王敕諭，詔書三道。隆武二年正月二十一日到國。敬畏天威，不違顏咫尺。理合涓良擇吉，謹就二月初五日奉迎天使按臨王城開讀，欽此欽遵。虔備方物，遣王舅、長史、通事等官毛泰昌等赴京慶賀皇上登極，仍荷欽賜綵緞、紗羅共二十四疋，仰紫宸嵩呼，拜而跪領。太祖高皇帝以至今日雨露潤澤，朝廷浩蕩之恩波矣。世子臣尚賢踴躍於悠久矣。爲此，謹具奏謝以聞。隆武二年三月初九日，琉球國中山王世子臣尚賢謹上奏。

顧詩講義續補序

《亭林詩集》，手訂於亭林生前，詩中閒附注出處，蓋亦先生自注。先生卒後，其弟子吳江潘耒，編刻行世；惟以遭罹文網，竄改刪削，勢不能免，先生命世通儒，學兼王霸，生逢革命，無所發抒，耿耿孤忠，思欲銜木塡海，出日月於晦冥而重光之，而卒不可得。於是數十年靡訴之衷，一一流露發洩於所爲詩歌之內。然當時所論之事，多秘密忌諱；所遇之人，類遁世逃名。故詩不易讀，而亭林之詩尤不易讀，蓋亭林之詩，與其個人志事民族命運，訢合無間。其詩遭遇禁錮竄亂，則亭林之詩不可讀，其志事不可知，而民族摧殘，乾坤或幾乎熄矣。清末山陽徐嘉積十餘載之勤，成《箋注》十七卷，不獨徵引故實，探明文辭無一語無來歷。而於朝章國采，時事民情，出處進退，友朋離合，皆可於詩注中見之。與化李審言師序之曰：「山陽徐先生嘉篤嗜顧詩，剌剟羣籍，著爲長編，若明季稗史，國初舊聞，比附牽合，咸具首尾，尙論揚搉，宛得心曲。」非虛譽也。特徐氏未盡見原鈔稿本，又當清世，故於血心流注之隱語微詞，猶見之未眞，宣之未盡。蓋亭林聲詩心志與國運同其湮阨者踰三百年矣。余少誦習亭林詩，流竄海外，取孫仲容校文、孫毓修校補，鉤稽抽繹，得窺見詩集未删改前面目。嘗爲〈亭林詩發微〉、〈鉤沈〉諸篇，以窮究詩人之指歸，恍然有以見亭林之心志。方欲重編《亭林詩集》，去髡鉗而復其舊觀。而日本京都大學小川環樹教授見予所作，馳函於予，且以黃晦聞先生《顧詩講義》影本一帙相贈，則余之所見，多先我言之，益喜所見之不妄，而亭林沈霾幽隱之情志，眞足以光昭於天下後世矣。晦聞先生學於粤東大儒竹居簡先生，清季走上海，刊行《國粹學報》，昌明民族大義，鼓吹革命。民國締造，同輩多致通顯，覩政教泯棼，獨愍然憂之，於是絕意仕進，思以詩教瀹民心，救國危。在北京大學授詩學十餘年，成《漢魏樂府風箋》、《謝康樂詩注》、《鮑參軍詩注》、《阮步兵詠懷詩注》諸編。最後，授顧亭林詩，微以亭林自況。未卒業，竟終於講壇，故《顧詩講義》爲未完之作。吳雨僧先生《空軒詩話》云：「黃晦聞師在北京大學授毛詩未完，乃於甲戌秋起，改講顧亭林詩，並依例作箋注。宓昔聞碧柳（重規案：碧柳爲詩人吳芳吉號。）盛稱顧亭林詩，至是乃始研讀。本年（原注：民國二十四年乙亥）一月三日，宓謁黃師，續借講義，歸而鈔錄。師復爲闡述亭林事蹟，謂其既絕望於恢復，乃矢志於學術。三百年後，中華民族由其所敎，卒能顚覆異族，成革命自主之業，今外禍日亟，覆亡恐將不免。吾國士子之自待自策當如亭林。是日，師言時，極矜重熱誠，宓深感動。覺其甚似耶穌臨終告語門弟子『天地可廢，吾言不可廢』之情景。黃師箋注顧亭林詩，於史事考證極確，於詩意亦發明甚詳，未半而殂，至堪痛惜。」蓋《顧詩講義》未完，故無自序，黃氏遺言載於《空軒詩話》者，是卽黃氏之自序矣。余以小川教授之貺，得讀《講義》，凡四十二頁，選詩如干首。注釋一依徐嘉《箋注》，間加補正。每首皆下案語，發揮大義，蓋微言精意之所萃。全稿體例，首尾多不一致。所錄箋注，或綴於全詩之後，或夾注於詩句之中。或詳載徐注於當句之下；或僅標「徐注」二字，而全省徐注之文。良由講授時，隨講隨印，未暇整理，故有此現象。至於手民訛脫，尤不勝縷數。規念晦聞先生箋注漢魏六朝諸家詩，講習傳誦，歷久不衰。獨臨終之作，精意微言，尤足見其平生志節者，舉世幾不知有其書。卽幸得葆有，亦編簡不全，訛文滿紙，無以行世而傳遠。世變翻瀾，卽此殘稿，海內外藏弆者不過數人，深懼其苦心孤詣與斷簡殘編同歸湮滅，而亭林意志炳然復明者將黯然終晦也。於是據講義未完之稿，詳錄徐嘉《箋注》，務求詳贍，毋失苟簡。至於《講義》文句史事之考訂，詩旨大義之發明，不敢有一字失墜。又續選亭林詩若干首，加以箋注，俾亭林一生心志，行事出處，終始本末，具見編中。至於管窺所及，凡文字之考訂，史事之甄明，詩義之發揮，微言之探索，有足以正徐注之失誤，補黃氏之缺漏者，靡不隨文著錄，竭意闡明。欲令讀亭林之詩者，開篇發唱，則亭林之心志，時勢之推移，人心之向背，莫不躍然紙上。讀詩知史，因史明詩，悄然冥想，彷彿覩詩人崎嶇漂泊，或亡命兵間，時發蘆中之唱；或登臨海上，望深恢復之師。乘城披廣阿之輿圖，牧邊踵伏波之遺策。謁陵南北，松楸鑒其本誠；絕跡新朝，刀繩誓其歸宿。河山有恨，望極中華；日月依辰，痛深元旦。死終是客，別豈無家，數十年流離危苦之詞，以視澤畔行吟，其悽惻爲何如也？後之覽者，亦可以哀先生之志矣！中華民國六十八年七月廿一日重寫於澄清湖畔林園小屋。

後記

三十年前，曾撰〈亭林詩發微〉、〈亭林詩鈎沈〉、〈亭林隱語詩覈論〉、〈亭林元日詩表微〉諸篇，結集成册，署曰《亭林詩考索》。香港新亞研究所所長錢賓四先生爲之印行。今年春，三民書局董事長劉振強先生擬爲重印。遂裒益近年續撰之〈亭林詩文用南明唐王隆武紀年考〉、〈朝鮮李朝著述中反清復明之思想〉、〈顧亭林詩自注發微〉、〈亭林先生獨奉唐王詩表微〉諸篇。又往歲得黃晦聞先生《顧亭林詩講義》未竟稿，思欲爲之補完，以永其傳。忽忽十年，未能訖功。歲月浸遠，慮終亡佚。因以黃先生講義及十年前所撰〈顧詩講義續補序〉一併付印，仍冀他日補成，以遂區區景仰之忱云。壬申季春潘重規識，時年八十有五。

附錄

黃晦聞先生顧詩講義

潘重規先生惠存

顧亭林詩

黃節講錄

大行哀 節案元抄本大行下有皇帝二字、風俗通曰、皇帝新崩未有定諡、故總其名曰大行皇帝、

神器無中墜、英明乃撫興、紫蜺迎劍氣、丹日御輪升、共命殷王及、遺符代邸膺、天威宜降鑒、神武廟丕承、采聖昭王儉、焦勞象帝兢、深能回夏曆、心似涉春冰、世值頹風逝、人多比德朋、求官逢碩鼠、馭將失饑鷹、細柳年年急、偏師歲歲崩、國門亡鎖牡、路裂泄金縢、烽起昭陽殿、風搖中觀燈、已占伊水竭、真遘杞天崩、道否窮仁聖、時危慨股肱、哀同望帝化、神想白雲乘、秘讖歸新野、孤心寄有仍、小臣王室淚、無路哭橋陵、

太元經衆蜺蓄其明潤日墨子堯舜禹湯文武之事書於竹帛鏤之金石琢之盤盂傳遺後世子孫 漢書五行志成帝元延元年正月長安章城門門牡自亡函谷關次門牡亦自亡師古曰牡所以下閉者也以鐵為之 庾信哀江南賦序長安之

顧亭林詩 一 北京大學

小川環樹敬贈 一九六二年三月

[illegible]耳本詩

[illegible]生[illegible]富自[illegible]述鄉[illegible]、[illegible]、[illegible]注、[illegible]成也、

[illegible]明史[illegible]紀、[illegible]十七年三月乙巳、[illegible]京師、[illegible]陽、[illegible]外[illegible][illegible]丁未[illegible]內[illegible]陷、[illegible]於[illegible]山、[illegible]日[illegible]

之[illegible]先生曰、嗚呼、天下豈不[illegible]國亡[illegible]學亡者哉、[illegible]曰、國[illegible][illegible]以土

[illegible]為此人之[illegible]天[illegible]也以保天下之故、[illegible]立國君以承天[illegible]、[illegible]出此[illegible]之[illegible]、[illegible]不[illegible]明[illegible]天[illegible]之[illegible]、人、乃不為[illegible]亡而[illegible]、死[illegible]

[illegible]國之不[illegible]、[illegible]之仇、[illegible]使天[illegible]可[illegible]、不知[illegible]古[illegible][illegible]天[illegible]

[illegible]天之下、[illegible]生[illegible]千年[illegible]未有之[illegible]、[illegible][illegible]不可[illegible]於[illegible]、[illegible]子[illegible]之[illegible]、[illegible]於[illegible]、凡古之[illegible]士仁人、[illegible]不[illegible]

其然也、[illegible]而[illegible]不明也、[illegible]國亡[illegible]學亡也、[illegible][illegible]之[illegible]、[illegible]知[illegible]林[illegible]中明[illegible]野死[illegible]之[illegible]、[illegible]

[illegible]亡之故、[illegible]不[illegible]、[illegible]曰[illegible]、[illegible]則[illegible]人多[illegible]、[illegible]之[illegible]、[illegible]失[illegible]

感事（六首選四）

上帝承王命將征指大沽出關收瀕卒分陝寄周邦日氣生元甲雲祥下赤輪登壇推大

將圖士定無雙

[illegible]當、明史史可法傳、可法請督師出鎮揚、十五日王即位、明日可法陛辭、議分江北爲四鎮、東平伯劉澤清轄淮海、駐淮北、經理

山東一路、總兵官高傑轄徐泗、駐泗水、經理開歸一路、劉良佐轄鳳壽、駐臨淮、經理陳杞一路、靖南伯黃得功駐廬州、經理光固一輔

路、十月可法赴清江浦遣官屯田開封、爲經略中原計、諸鎮分汛地、乃王家營而北至宿遷最衝要、可法自任之、而[illegible]邊史巷三

可法上疏曰、爲今之計、宜遣下討賊之師、廢貫四鎮、悉聽精鋭、汛入秦關、經上貢以待有功、假便宜回資成敗、赫諭之布、威惜

鼓舞、四方忠義之士、必有聞風投袂而起者矣、

尙餘文伏命、深咎雒邑東、千秋懸國恥、一旦表微功、蹈躪追名將、乘軒比上公、君王名尙

託、宋輿賦彤弓

孟子誦先傳曰、予讀文侯之命、知東周之不復興也、宗國傾覆、願救孫矣、予王室將衰文公猶勾踐然、今其詩乃旋旋焉喪其平儀、

之[illegible][illegible]具、春秋傳曰、[illegible]王之鋪、諸侯釋位以間王政、宜王有志而後效官、讀文侯之命、知平王之無志也、史記鄭[illegible]傳、其在塞外

[illegible]學林[illegible]

二一

北京大學

崔[illegible]本詩

[illegible]

[illegible]

[illegible]

[illegible]

[illegible]

[illegible]

[illegible]

[illegible]

清蹕郊宮寂、春遊苑籞荒、陵邊[illegible]收[illegible]、[illegible]下[illegible]十紫[illegible]巡[illegible]、[illegible]口十[illegible]仕

眼涕淚已潸衰

[illegible]出版組印

史記劉敬傳、白羊樓煩王、去長安近者七百里、輕騎一日一夕可以至、徐注、先生昌平山水記、州西四十里爲白羊口城二門

居庸關口二十里、節注、元紗本陵邊兩句作城中居谷廣、殿上左賢王、

自昔南朝地、常稱北府雄、六軍多暴日、萬國鼓鞞中、聽律音非吉、焚旗火乍紅、恐聞劉展亂、父老泣江東。

六月壬午、督師標下兵、與浙江兵鬨於鎮江、西門外、焚民居數百家、周鑣、大鋮輩執同律、以爲鎮軍舉、而器吉凶、左傳僖十五年、火

焚其旗、通鑑唐肅宗紀、安史之亂兵不及江淮、及劉展反、田神功討平之、其民始罹荼毒矣、徐注顧祖禹讀史方輿紀要、鎮江

府鎮又僑置徐兗二州謂之北府又六朝都建康、謂京口爲北府

京口即事二首選一

大將臨江日、中原望捷時、兩河通詔旨、三輔急王師、轉戰收銅馬、還兵飲月支、從軍無限樂、早賦仲宣詩。

安記事、嘗與[illegible]居之、嘗師太師[illegible]太子太師兵部尚書史[illegible][illegible]大學士史可法不知所在、是時已疑史可法未死、而明史本言可法死、其[illegible]、天[illegible]救兵[illegible]不可辨識、其後因[illegible]兵者多假其名號以行、故時謂可法不死云、南疆逸史本云、可法既死、[illegible]史亦亡、人疑之、乃知亭林於[illegible][illegible]於先、及其死也、[illegible]於後、甚惜之也、

金陵雜詩 五首其二

天居宜壯麗，形勢自宜王。地即因湖右，規因漢未央。水衡存物力，司隸識朝章。父老多垂涕，還思祖德長。

[illegible]

顧亭林詩

正殿虛椒寢蒼生望[illegible]佛國風思窈窕小雅夢熊羆中使頻傳勅朝臣早進規[illegible]幽委府

疏仍及[illegible]朝時

漢書杜欽傳、佩玉晏鳴、關雎歎之、知好色之伐性短年、天下將[illegible]化、陂[illegible]寘而成俗也、故詠淑女幾以配上、列女傳、周宣[illegible]后賢而[illegible]

育[illegible]、宣王嘗早臥而晏起、后夫人不出於房、姜后[illegible]於[illegible]出、乃[illegible]待罪於永巷、使其傅母通言於王、王孤[illegible]於[illegible]后、[illegible]於[illegible]事、早朝晏[illegible]

[illegible]文武之道、[illegible]周室之[illegible]、[illegible]詩、會且歸矣、[illegible]予子惰、

[illegible]、大率南略、科區[illegible]子[illegible]奏、中使四出、[illegible]、[illegible]不并[illegible]、[illegible]、史乘[illegible][illegible]。言大者選份宮[illegible]、小者[illegible]數、曾[illegible]曲、[illegible]口、不敢一[illegible]、[illegible]、工科[illegible][illegible]

[illegible]、日東[illegible]、[illegible]不[illegible]、[illegible]門、[illegible]王[illegible]、[illegible]中[illegible]、[illegible]取[illegible]女、以[illegible]宮[illegible]、[illegible]少女自[illegible]投井、本大不成[illegible]、[illegible]又[illegible][illegible]史[illegible]王

[illegible]位於南[illegible]、一年而[illegible][illegible]、女此中使[illegible]句、所由[illegible]也、

千里

千里[illegible]封大三州[illegible]澤[illegible]戈矛[illegible]海外文檄動江東 [illegible]、時[illegible]兵已[illegible]、江[illegible]、大軍[illegible]駐金[illegible]、一軍[illegible]、一軍駐[illegible]、

一軍駐沿海吳淞等處、有明江南總兵吳志葵者、吏部主事夏允彝門人也、領兵海上、又有十將官者、屯兵陳湖中、與[illegible][illegible]諸生陸世鑰者、各有衆千餘、閏六月十日、明兵科給事中陳子龍、[illegible]人徐孚遠率[illegible]、聞南都不守、起兵松江、與陳湖兵合、允彝又入志葵軍、為之[illegible][illegible]、[illegible]、聯絡士大夫、華亭則總督兵部侍郎沈猶龍、下江監軍道荊本徹、中書舍人李待問、嘉定則左通政使侯峒曾、進士黃淳耀、總兵蔣若來、崑山則鄖陽[illegible]撫王永祚、編修朱天麟、吳江則職方吳易、總兵黃蜚、太倉則總兵張士儀、宜興則行人盧象觀、[illegible]凡為[illegible][illegible]先生與錫永宮、吳其沆、錦莊、皆佐王永祚軍、諸軍[illegible]以松江兵攻杭、嘉定太倉兵攻沿海、宜興兵趨南京、約伏[illegible]舟中、[illegible]吳志葵先進向蘇州、[illegible][illegible]州[illegible][illegible]至、[illegible]日開發、

王子新開邸、

節案元[illegible]、順治二年乙酉、弘光元年五月初九日、清兵渡江、初十日、弘光帝出走、十五日、清兵入南都、明亡、明靖虜伯鄭鴻逵、戶部主事蘇觀生、奉唐王聿鍵如閩、黃道周、張肯堂等、奉聿鍵稱監國、六月丁未、即位于福州、改元隆武、此詩王子新開邸、當指南都亡後之唐王言、徐注所引、六月初八[illegible][illegible][illegible]王於杭州、乃先一年事、見南疆逸史鈔本、非南都亡後之事、

將軍欲總戎、登壇多忼慨、誰復似臧洪、

[illegible]注、後漢書臧洪、陳留太守張超與諸牧守大會酸棗、設壇場將盟、而更相辭讓、莫敢先登、咸共推洪、洪乃攝衣升壇、操血而盟、辭氣忼慨、聞其言者、莫不激揚、

[illegible]

秋山

秋山復秋山，秋雨連山殷。昨日戰江口，今日戰山邊。[illegible]

[illegible]

已聞右甄潰，復見左拒殘。

旌埋地中，梯衝舛城塢。一朝長平敗，伏尸徧岡巒。北去[illegible]三百舸，舸舸好紅顏。[illegible]

[illegible]

[illegible]吳

口擁橐駝[illegible]鳴笳入燕關昔時鄢郢人猶

在城南間[illegible]

秋山復秋水秋花紅未已烈風吹山岡燐火來城市天狗下巫門[illegible]

[illegible]白虹屬軍壘可憐壯哉

縣一旦生荊杞歸元賢大夫斷脰良家子[illegible]

[illegible]

[illegible]

[illegible]

顧亭林詩 六

顧亭林詩

及子女子姪先縊、乃舉火自焚、從死者二十人、舉人夏維新、諸生王瑋、呂九韶自刎死、崑山城陷、佐才冠帶坐帥府、被殺、[illegible]投[illegible]寺

後河死、門人張[illegible]民、張[illegible]川死、宣城項大任亦死之、宣城子[illegible]大任子恩、翰曾同死、時以守[illegible]川死者、[illegible]莊萬[illegible]世[illegible]陸[illegible]

歸之甲闖復增陸彥沖代父死者沈徵憲朱國軾妝母死者徐治、自盡者徐徵王在中吳行貞、楚人問焚麇、庶幾歆舊祀

原注、左傳定公五年、吳師居麇、子期將焚之、子西曰、父兄親暴骨焉、不能收、又焚之、不可、子期曰、國亡矣、死者若有知也、可以歆舊祀、豈

傳焚之、句踐棲山中、國人能致死、歎息思古人、存亡自今始、晉書[illegible]石虎傳、三軍歎息、詩、我思古人、[illegible]

葛亮傳、此誠危急存亡之秋也、詩、自今以始、

鄭家、秋山二首、[illegible]鄭亡後也、亭林詩從王永祚軍[illegible]州、[illegible][illegible]山、亭林餘集、有當[illegible]陳言[illegible]示、吳中舊騎、並起[illegible]兵自

守、與之抗衡、而余以母在、獨居水鄉不出、[illegible]此二首當[illegible]江口者、[illegible]元江陰之以死也、當[illegible]山邊者、沈[illegible]江之死、與侯承

崑山之死也、右甄左[illegible]以下、總言崑山之敗亡、北[illegible]句、則言侯峒曾之死、而嘉定被屠也、次言天狗下巫門、則言蘇州之陷也

元譜、六月初七日、清豫王方駐金陵、遣刑部侍郎李延齡、[illegible]土國寶統兵[illegible]蘇、七月初六日、下崑山城、越九日、下常熟、時[illegible]

可悔壯敍醜、一且生削杞也、歸元以下、乃統嘗中誥見譜、合蘭曾之事言之、甚不說爲楚人之技窮、則當國旬談之復舊以上論論

詩、當是亭林事後補作、不必定當時作也、

延平使至 御寄、元本作李定自延平歸齎至御札、元本題此題當是後來所改、元譜、弘光元年乙酉、南都亡、大月唐

王即位福州、遙授先生兵部職方司主事、此詩張譜列於年丙戌、至福州、授在上年、顧作詩在盟年丙戌之春也、李定乃盟

亭林家人、自延平歸、重申其命、其赴閩、王是時知芝龍不可恃、欲從何騰蛟於湖廣、督師於閩、十二月徵贛州、駐

亭、明年二月駐延平、李定自延平歸、御札、一即爲授兵部主事之札也、故詩中身留二旬、明其不能從御札、總兵者、主

指李定所十一月唐王在延平、何騰蛟命使至福州、以邵武十一縣人也、徐注引七月唐王授任爲實職、

春風一夕動三山、福州府志、城中三山、東南曰于山、西南曰烏石山、一曰道山、北曰越王山、一曰閩山、使者持旌

出漢關、福寧漢關、赤嶺玉關也、對東胡、故稱漢關、南嶺越史、芝龍議戰守、事立、自仙霞關外、當守者一百餘處、又言建關自撤閩兵

閩之戰無意出關、持撤備閩關言出也、萬里干戈傳御札十行書字識天顏、御寄、南瞻總史、上諭於福政、撫閩章奏、上

[illegible]來、身留絕塞援枹伍 [illegible]

夢在行朝執戟班 [illegible] 一紙[illegible]

書問隱然收京近待羣英還 [illegible]

……乙酉七月……六月……

海上 [illegible]

聞、朗在弁王入海之後、於時鄭[illegible]居登山、千里望海[illegible]作、[illegible]魯王之入海、以下皆唐王、魯王並存、故有[illegible]望[illegible]冶山作、[illegible][illegible]

沙[illegible]城、登不能[illegible]上、言知此四首爲宋[illegible][illegible]海上、望千里[illegible][illegible]作也、

日入空山海氣侵、秋光千里自登臨、[illegible]家、所登以望海[illegible]也、[illegible]登海上也、山

十年天地干戈老、[illegible][illegible]林[illegible]

[illegible][illegible]大[illegible][illegible]、由[illegible][illegible][illegible]、江河日下、[illegible][illegible]長亭[illegible]已、[illegible][illegible]十[illegible]三四年、[illegible]除[illegible]會[illegible]、[illegible]庚辰[illegible]之[illegible]、[illegible]多[illegible]危、方州[illegible][illegible]、[illegible]天[illegible]

此[illegible][illegible]乃自[illegible]也、[illegible]年[illegible]林三十四歲、[illegible]門老者、[illegible]十年[illegible]、[illegible]此[illegible]作於、[illegible]丙戌、[illegible]上[illegible]蓋七[illegible]矣、[illegible]十作、[illegible]大[illegible]上句言自[illegible]天[illegible]

四海蒼生痛哭深、[illegible]不[illegible][illegible][illegible]似來[illegible]部、地干戈中[illegible]矣、已[illegible]北年矣

水涌神山來白鳥、雲浮仙闕見黃金。

史記、封禪書、自威宣燕昭、使人入海求蓬萊方丈瀛洲、此三神山者、其傳在勃海中、去人不遠、患且至則船風引去、蓋嘗有至者、諸仙人及不死之藥皆在焉、其物禽獸盡白、而黃金銀爲宮闕、未至望之如雲、[illegible]

此中何處無人世、祇恐難酬烈士心。

[illegible]王[illegible]、[illegible]舟山、[illegible]、[illegible]不納、[illegible]泊海外也、[illegible]所[illegible][illegible]烈士心也、[illegible]住[illegible][illegible]、南[illegible][illegible]、[illegible]王之[illegible]出海[illegible]、[illegible]不[illegible]軍[illegible]名[illegible][illegible]石[illegible]、以舟[illegible][illegible]

[illegible]、[illegible]王[illegible]

顧亭林詩[illegible] 八 北京大學

顧亭林詩

滿地關河一望哀、徹天烽火照胥臺、蘇州府志、姑蘇臺在胥門外、一名胥臺、名王白馬江東去、徐案、南疆逸史、弘光元年乙酉正月、清兵入西安府、三月、清兵從河南下、入歸德府、四月自歸德分道、一趨亳州、一趨碭山、乙丑入泗州、丙寅渡淮、史可法退保揚州、揚州破、五月清兵入儀江、敗鎮江、清兵入南都、元蹟、六月初七日、豫親王駐金陵、遣將部付成李延齡爲擒土國寶統兵渡蘇、詩所謂滿地關河一望哀、徹天烽火照胥臺也、南疆逸史、弘光元年四月、命魯王駐台州、閏六月、兵部尚書張國維等奉魯王監國、移駐紹興、紹興在浙江之東、晉元紀、太安之際、童謠云、五馬浮渡江、一馬化爲龍、詩所謂名王白馬江東去、指魯王也、徐注引明史、闕指魯王遺、入海事誤、故國降幡海上來、徐注、南略、大兵渡江、錢塘不守、芝龍微聞之、撤兵回安平鎮、因就海我、守閩將吏皆隨之、仙霞嶺空無一人、初芝龍使微行通款、其子弟皆勸芝龍入海不願降、而芝龍田園遍閩廣、不遂、遂降我、秦望雲空陽鳥散、徐注、水經注、秦望山、紹興城南、爲衆峯之傑、陟境便見、始皇登之以望南海、徐案、此指魯王也、南疆逸史、魯王由江門入海、張國維、陳函輝、余煌、王之仁皆死之、方國安、方逢年、馬士英、阮大鋮等皆降、冶山天遠朔風迴、徐注、一統志、冶山在福州府城東北隅、山西北有歐冶池、相傳歐冶子鑄劍之地、徐案、此指唐王也、朔風以喻清兵也、樓船見說軍容盛、徐案、元本作遙

聞一下製征詔、當從元本、即指唐王元年十一月所下詔征詔也、徐注從詩集改本、引南略芝龍保安不奉、恐非

左次猶虛授鉞才

節案、南疆逸史、乙酉八月丁酉、唐王以鄭鴻逵為御營左先鋒出浙江、鄭彩為御營右先鋒出江西、將拜兩鄭、行授鉞禮、先期爲壇、設先帝高皇帝位、上御翼善冠、詣壇所、百官陪位、武臣戎服鞠畢、上皮弁升壇、拜天地、立于上帝位西、東面、兩先鋒北面鞠躬、兵部授鉞、上東向拜之、賜餞光祿寺、授餉、御先鋒臨受餉、上慰勞畢、謝出、奉將士跪壇下、上甲冑督師、乃躬金揭旌旗出、當授鉞時、風雨颯至、大風起、壇上旗皆斷、帥位仆、鴻逵出、被馬蹶踣地、論者以為不祥、閩易師左次、詩曰左次猶虛授鉞才、言虛左以待將才也

南營乍浦北南沙、

徐注、明史志地理五、浙江嘉興府平湖縣、又東南有乍浦鎮、又志兵三、海防、嘉靖二十三年、時倭經掠杭嘉此、南京御史屠仲律言五事、其守海口云、守鼈子門、乍浦、峽、使不得近杭嘉、又萬曆中許孚遠撫閩、奏於南直隸乍浦以東金山衛設營將、黃浦以北、吳淞口設總兵、防禦汛、讀史方輿紀要、南沙在崇明縣南七十里、舊志、沙長八十里、廣十餘里、多稻麥魚蘆之利、明初置寨沙巡司於此、嘉靖十九年、南沙土寇秦王以仲構亂、據南沙上據險內為之備、僅等討不之、因建南沙守禦所軍營、三十二年、倭登南沙、蓋據總年、官軍襲之、不能克、久之、遣兵分作南六洪口、島舟行要地、時召南營乍浦北營南沙、蓋如上注、則白不過之乍浦沿海北洋、且金

顧亭林詩

[illegible]

終古提封屬漢家。[illegible]

萬里風煙通日本，一軍旗鼓向天涯。[illegible]

[illegible]

倭船已報征蠻勅，[illegible]

博望空乘汎海槎　漢書、張騫[illegible]、封博望侯、拜中郎將、至烏孫、西北國始通於漢、[illegible]、何焯曰、汎海乞師日本、必不相助、空往耳、徒損漢之威耳。

愁絕王師看不到，寒濤東起日西斜　箋、何焯曰、唐王聿鍵命將出師之語、然謂王師不遂、軍中所見、祗

案、隆武二年、何焯曰、明、南略、王以鴻逵為大元帥、出浙東、彭為副元帥、出江西、二將各擁兵數千、號數萬、出關百里、候餉不行、逗遛月餘、

內閣二將徵餉、閒、乃下詔已趣關付四五百里、此即上諭所引南疆逸史乙丙八月、唐王授鄭左先鋒右先鋒事也、逸史未記二將行師

識、南略補出、可以證之、遠此兩句之意矣。

逸史何以當作之，又未記二將行師之遠，綫南略補以證此兩句之意矣。

長看白日下蕪城　箋、宇記、邗溝城在州西四里、蜀岡上、吳城、邗溝通江淮、廣以後置地、謂之蕪城、鮑照蕪城賦、即此、故城也、漢時廣[illegible]

又見孤雲海上生　箋、案十一年、鄭[illegible]、陷南京、改名江寧、何焯曰、史可法死於揚州、南都遂陷也、箋、何焯曰、鄭王入海也。

感慨河山追失計　箋、案、[illegible]、河山失計、不取[illegible]方[illegible]、[illegible]失計[illegible]、[illegible]內[illegible]、不[illegible]矣、

艱難戎馬發深情　箋、案、[illegible]本林[illegible]、[illegible]於此詩中也、

埋輪拗鏃周千畝　箋、楚辭九歌、埋兩輪[illegible]、今[illegible]四馬、[illegible]子、拗矢

箋、周本紀、宣王三十九年、戰于千畝、王師敗績于姜氏之戎、[illegible]、[illegible]地名、在河介休縣、何焯曰、明季[illegible]師失地、

亭林詩[illegible]

亭林詩

出曹[illegible][illegible]

國于清兵、爲宜王之爲孫攻敗于千
誠、統前事言之、不果就南方言也、
塋亭枯楊淡二京
曾京、以漢之南
京東京陵明之

北京、南京也、臺京枯楊、
有周大夫黍離之感矣、
今日大梁非舊國夷門愁殺老侯嬴、
曾熹、東林列傳
陳潛夫傳[illegible]

十六年除開封推官、時圍賊既踐圍河南、以最年入圍、明薬中、且出
師寇晉、而中州八郡、開封歸德汝寧南陽、作大河之南部總衙陣懷

塞及開封屬縣、開封、邱原武、在河以北、河北來破路、持節使者傳
居之、委河南不守、而河南村落壤納土幕以自固、犬牙其間無所

賜、賊羣設官數十人、據之人心不爲用、潛夫有封邱、舉上開、
當河南向有可因之勢、河北官有累郡之危、願請賓兵守軍慎、遇於

勿使下、而身自渡汴梁、聯絡號召復進部之地、故上來復報時當納
十七年正月也、既而開封城陷、士卒仲給兵川師、遣使說陳陰尚於

柳園大破之、令賊敗走秦中、氣方沮、丹挽河上下數汀盟、疾馳下實
投誠、中原數州斂動、六月傳聞佈江南、時遍王立南都、方經理江淮

度中原不可開、及見潛夫陳大奇之廷論復功援瀛按河南監軍
監察御史、潛夫入陸見仍議侯勤之饋、人以四鎮之兵不下數十

萬人、而脊汴陸、尚持按堵如故、陸下一誠分令諸鎮一軍出渡、一
軍出濟、徐馬首北向、則人心思奮、汴梁一路、可勝禍若定、何日可緩

十餘萬人、與醫鎮之兵相爲掎角、左提右挈、則河南五郡、可以盡復、
五郡既復、衰河爲固、南連荊楚、西控秦關、北臨趙衛、上之恢復可[illegible]

下之本江權永安此今日之至計也如因循反覆國日苦且劉之堂皇之內臣恐江權亦宋可待也圖馬士英方修列晨儲論儀建多事

劉玉璽金色後審畫圖之異賢開淸夫言鎮作國之不爲亂將夫心傷國計之不立門戶之不破壯經將亡國孤心日讓上疏學之士英

疾堅之凡所請兵餉乞陵任文武官吏及聯始戰守當大計畢不相國不以憂去官清兵下金陵清夫就海殲會師舟監國拜太保守少

靜明年清師下紹興詩夫賓絕命到携其甚孟氏凡汝時職於三年五月三十日也亭林此詩作於是年秋閏歲得來知靜夫之內沈故

以器殺老侯巖比靜夫蓋以江淮不守而同怨中原痛當時不從夫之謀也侯巖爲信陵君遺響寨存道之領見史紀信陵君列傳靜

飾當此四首徐注多有誤解余於上篇已遇句辭之重萬四皆誤雜句徐注引當時詩沉所上之意則是以深情屬辭凡千無句徐

注縣陳靜傳以實之倖未明作詩之代故余不敢看同大識句徐注誣爲靜夫降紹興後赴水死事附宋事靜夫所上侯箴中原

疏則於福圖之幾來詳故余補付正之此首不言及唐王以唐王此時尙在延平未能預其其歸敗也第二首滿地關河痛淸兵之

國第四首原然河山則使其情關來二句痛情民之入國實由於中原之內亂觀亭林文集形勢論及復答作詩所云中原有大

勢攻戰不任多國爲諸將言不者其余何之句則知此首大旨二句之用意矣

顧亭林詩講義　十一　北京大學

[illegible]

大漢行

[illegible]

大漢傳世十二葉，忽移王莽居攝篡，元元蒼盜賊生

[illegible]

次第諸劉興宛葉

[illegible]

[illegible]

[illegible]

國計人心多未協，新市將軍

顧亭林詩

悍伯升（注：徐注、漢書劉玄傳、新市人王匡、王鳳……平林人陳牧、廖湛……［illegible］）

（注：［illegible］……光武……［illegible］）

（注：立［illegible］……伯升……［illegible］）

（注：［illegible］）遂令三輔貧英雄（注：徐注、後漢書……［illegible］）

（注：［illegible］）指揮百二歸蕭王，一統山河成帝業（注：徐注、後漢書……［illegible］）

（注：［illegible］……使……王、［illegible］）吁嗟帝王不可圖，長

安天子今東都（注：徐注、［illegible］……光武……［illegible］）隗王白帝何爲乎（注：徐注、［illegible］）

（注：［illegible］）

（注：［illegible］……白［illegible］……）

（注：［illegible］）扶風馬生眞丈夫（注：徐注、後漢書馬援傳、［illegible］……丈夫爲志、窮當益堅、老當益壯、［illegible］）

十二

北京大學

臨案此詩據年譜列於順治四年丁亥是亭林三十五歲時作在時唐王已被殺於汀州紹武又被殺於廣州明之紹王恪為王其海上桂王在肇慶即位桂二王無能為之事耐詩言州揮叮二歸鑑王一統山河成帝業叶睎帝王不可同日安天下个東都則明明晉爭立故余以為此詩作於丙戌蓋是年十一月紹興作立唐王聿鐭於廣州改元紹武丁魁楚等立桂王由榔於肇慶改元永陳亭林此詩當作於其時十二月清兵入廣州殺卜潛撥年丁亥則爭立事已成過去矣亭林何必用隱為馬援事以潛丁魁楚蘇顧生詩故人之事不相關者非也後漢書陳以傳初以與書詠馬援相詩故帝敵使故彼奉使往喪勸令人謝作以衣詩以違使違詩既而以上客書三楠服歸未宜謀蜀帝知以歉詩雨編不顯天下統一於以稱隗其囂正君臣之僕以知帝當片非遽逍使將以於公孫述又馬援傳責囂賓客曰丈夫為志窮當益堅老當益壯因建田牧至有牛馬羊數千頭穀數萬斛王莽末四方兵起公孫述稱帝於蜀囂使援往觀之歸謂囂曰子陽井底蛙耳而妄自尊大不如專意東方建武四年冬囂使援奉書洛陽見光武曰陛下恢廓大度同符高祖乃知帝王自有真也此詩末二句亭林蓋微寓楚漢生且相爭立不欲統一有如隗之詩刪編幽燕馬援之餘識主至於處田牧中羽從堅老益壯後來亭林識定於西北其志

蓋早示之於此矣

義士行

飲此一杯酒、浩然思古人、自來三晉多義士、程嬰公孫杵臼無其倫、下宮之難何倉卒、賓客衣冠非舊日、袴中孤兒未可知、十五年後富何時、

徐注、史記、趙世家、趙朔客曰公孫杵臼、朔友人程嬰、又屠岸賈不請而擅與諸將攻趙氏於下宮、殺趙朔趙同趙括趙嬰齊、皆滅其族、又趙朔妻成公姊、有遺腹、走公宮匿、免身、生男、屠岸賈聞之、索於公宮、夫人置兒袴中、祝曰、趙宗滅乎、若號、即不滅、若無聲、及索、兒竟無聲、已脫、程嬰謂公孫杵臼曰、今一索不得、後且復索之、奈何、杵臼曰、立孤與死孰難、嬰曰、死易、立孤難耳、杵臼曰、趙氏先君遇子厚、子彊爲其難者、吾爲其易者、請先死、乃二人謀取他人嬰兒負之、衣以文葆、匿山中、嬰出、謬謂諸將軍曰、與我千金、吾告趙氏孤處、諸將許之、發師隨程嬰攻杵臼、杵臼謬曰、小人哉程嬰、昔下宮之難不能死、與我謀立趙氏孤兒、今又賣我、縱不能匿、而忍賣之乎、抱兒呼曰、天乎天乎、孤兒何罪、請活之、獨殺杵臼可也、遂殺杵臼與孤兒、諸將喜、然趙氏真孤乃反在、程嬰卒與俱匿山中、居十五年、景公疾、卜之、大業之後不遂者爲祟、景公問韓厥、厥知趙孤在、乃曰、大業之後、

在晉、趙[illegible]者其[illegible]氏乎、有如不淬先朝露、此恨悠悠誰與訴、一心立將事竟成、存亡死生非所

顧、嗚呼前朝之[illegible]與奇特、人主之[illegible]成不能[illegible]、獨有人兮[illegible]山側、徐注、明史諸王傳、太子慈烺、莊烈帝第一子、崇禎二年二月生、京師陷、賊獲太子、偽封宋王、賊敗西走、太子不知所終、南渡時、有自北來稱太子者、驗之以為駙馬都尉王昺孫王之明者偽為之、下獄中、南京士民譁然不平、[illegible]成、及劉良佐、黃得功之衆皆上疏爭之、左良玉起兵、亦以救太子為名、一時眞偽莫知、[illegible]太平、南京亂、民擁王之明立之、越五日降於我大清、定王慈炯、莊烈帝第三子、永王慈炤、莊烈帝第四子、賊陷京師、皆不知所終、[illegible]日知錄云、王之明一事、中外[illegible]言、洶洶不[illegible]、[illegible]偽[illegible]兵、[illegible]以[illegible]口、此亦亡國之妖也已、錄、[illegible]此[illegible]太子[illegible]之事[illegible]作也、日知錄三十、有詐稱太子一段、[illegible]所引王之明[illegible]、其文[illegible]作[illegible]、如目為亡國之妖、則此[illegible]可不[illegible]、作矣、亭林於日知錄[illegible]其[illegible]日[illegible]有太子自[illegible]於[illegible]武[illegible]為[illegible]、來[illegible]之[illegible]、[illegible]然明白、十年之後、[illegible]有如成方[illegible]之[illegible]、[illegible]貢[illegible]事[illegible]、北[illegible]、[illegible]史民[illegible]、[illegible]萬人、公[illegible]其[illegible]、[illegible]況[illegible]棄[illegible]之[illegible]中[illegible]、[illegible]來、一年、[illegible]之子、天下[illegible]心[illegible]口[illegible]、命、不加[illegible]、是[illegible]得[illegible]、不可以亡國之[illegible]、[illegible]加之[illegible]、[illegible]

（注文漫漶）[illegible]太子[illegible]、此詩歌[illegible]太子、[illegible]人、[illegible]不以[illegible]

[illegible]亡[illegible]、故[illegible]

塞下曲 二首 其一

趙信城邊雪化塵、（原注、史記衛將軍驃騎列傳、[illegible]）紇干山下雀呼春（原注、五代史、[illegible]傳、紇干山頭凍死雀、何不飛去生處樂、）即今三月鶯花滿長作江南夢裏人（原注、梁邱遲與陳伯之書、暮春三月、江南草長、雜花生樹、群鶯亂飛、）

[illegible]

[illegible]

哭顧推官成正

[illegible]

推官吾父行，世遘亡國黍，及予上郡逃，

[illegible]

始結同盟契，崎嶇艱難間，周旋僅一歲，

[illegible]

痛自京師淪，王綱亦陵替，人懷分土心，欲論縱橫勢，

[illegible]

與君共三人，

[illegible]

獨奉南陽帝，

[illegible]

[illegible] 揮白羽扇 [illegible] 一朝失日馭，君才本恢弘，闊略人事細，一

疏入人手，疏所從盜晚 [illegible]

[illegible] 乃有漢將陳、

因挎三寸說，主帥非其人，大事復不濟 [illegible]

[illegible]

[illegible]

[illegible] 君來就茅屋，問我

[illegible] 所說，幸有江上舟，鼓枻下桃別，去近一旬，吾行尚留滯，二子各英姿，文才比閭[illegible]

身危更逃亡，兼命一朝殞 [illegible]

[illegible] 與卿理必達，事乃在周旋 [illegible]

顧亭林詩

背目、匪也、一身更前卻，欲聽[illegible]吠節案、元本句下有注云、時難未知二子之化、此當是亭林自注、蓋權官未知其二二子

之被殺也、節考、閩鐵逸史、陳子龍傳兆事、遁子龍亡命、與朝卒厦之姐岡奔嘉定、竹金於使、蝴竹、匿其使、執捕遁、巳逃嵐山、綱天迫

所、官諸捕至嘉定、執崩曾、而總兵巴山遣兵關天遣家、鷹鐘子識鐵於舟中、泊跨塘橋下、子龍乘守者不備、躍入水死、又聞成總傳、京

師變、成正君夫於家、丑丁亥、陳子龍欲與吳淞兆共事、發為人告變、匪成正子天逵所、跡捕得之、子龍死、成正執悉江事總督洪承疇問

曰、汝知史可法在乎不在乎、成正作色曰、汝知洪承疇死乎不死乎、洪嘿然、與二子天逵、天逵仍見殺、據逸史、則推官與二子同時死、何云

時難未知二子之死乎、讀亭林此詩與此詩則知、逸史所傳、有未得實者、元譜云、譜兆反、密破、逵發、逮金陵、為洪承疇所殺、殺二子

之死僅一月、譜元譜、明推官之死、與二子不同時、證之卒林集推官二子死矣、一詩、在此詩之前、則知二子死在詩附、推官死在後也、但

考當時推官寄夫於家、正與亭林同居嵐山、故詩云、丹哀紀華隱間投親所殺、而亭林答之云、公有江上府論、飲餘下恨、是痛甚、亡命之

新、立當時二子與推官別居、殿逸史云、遇嵐山園天逵所、又云、別逮兵圍天逵家、又云、匹成正子天逵所、則是二子別居之舐、蓋二子以

匪陳子龍而被逮在先、推官以吳勝兆敗密疏之被發時、見逮在後詩中說洞茅屋、當在勝兆事從、子從與二子被逮之時、附皆破巢者

出版組印

豐、撥官翻居崑山、故原注有時翻未知二子之死耳。我時亦出亡聞此輒投袂原注、先生是年就孟海上、錄案、句意謂被閣、案謂之後、翻刷安一句、案念在肝肺、況聞二子之被逮、不能再留矣、案休於此時遽決計出亡、翻推官之不可再留也。扁舟

來勸猶行矣不再計窮弦鳥不飛困網魚難逝且日追亡來君遂見囚繫檻車赴白門忠

孝辭色厲、錄案、句意謂撥官被逮江寧、對洪承疇之言也、案見上案領句注、竟作投首翁卒踐初生誓、倉皇

石頭骨、未從九京瘞、父子兄弟閒、五人死相繼、嗚呼三吳中、巍然一門第、尚有五歲孫、伏

匿蒼山際錄注、南略、大鳴兄弟、自閉暨受國恩、誓當生殺不苟活、故一門父子兄弟五人、同死國事、吳中人莫不痛之、僅存一孤

叔、年五歲得免、門人莫將變行客操哀絲、原注、後漢書李固傳、門生王成將固子燮、江東下門、孤情佇收京恩卹

延後世賦哀瑯邪衆詔敕中牢祭原注、後漢書伏隆傳、詔中郎將收隆喪、太中大夫隆魏衆、賜隆子作洛後

死媿子游倡俳哭江裔原注、三國志吳志陳表傳、子陳表、爲國害、今日事與誠洪國日國死、不國與時軍國日國生、

他日修史齋猶能發凡例

顧詩本　卷四　十六　北京大學

亭林詩

節密、明史不爲成正立傳、則府知總史、亦附之於成總傳末耳、亭林云、他日作史者、識能世凡例、知成正傳之立、有待於後人也、

亭林此詩、足補南明史之所未備、他日作傳者所當取也、詮山作亭林詩、神道衣、以爲徵據之哭歸此之嫡、觀此詩信然、亭林詩集、

前乎此篇、有哭楊主事廷樞詩、後乎此篇、有哭陳太僕子龍詩、曾同年之作、而吾獨歸此篇者、以楊陳爲史傳所共書、而臨則無傳、

故也、自哭楊陳三詩後、亭林知愼無望、故曰繼此難有詩、亭林於鄒得詩、隱其淺於先世行狀、則偽其愧曰、不孝男以墨難、

而不孝將有感於此而死、不可以死而死焉、而山不孝而死、終無日也、所又云父子兄弟不、孝所以死者、二年而欲死且以死者也、觀行狀所云、兄此弟

之死焉者、戚則友之死焉者、則有識於楊陳之死而訂也、自哭楊臨陳三詩後、亭林不復再預南明兵事、於上年丙戌作與同

初行於此年丁亥作哭楊臨陳詩、蓋於共同忠難之朋友作一、結束此後、則獨懷悲憤、歷覽山川、感發爲詩、微言以寄悲懷、與高

上總山是南江介悲風、等詩、知恢復之無期也、

精衛

徐汴、山海經、發鳩之山、有鳥狀如烏、文首白喙赤足、名曰補衍、又曰是炎帝之少女、名曰女娃、女娃遊於東海、溺而不返、

故爲精衛、常銜西山之木石以塡於東海

萬事有不平，爾何空自苦，長將一寸身，銜木到終古，我願平東海，身沈心不改，大海無平期，我心無絕時，嗚呼，君不見西山銜木衆鳥多，鵲來燕去自成窠。

節案、亭林於南都傾覆之後、知恢復無期、而抱恨終古、大海無平期、我心無絕時、其悲慨可見也、故句鵲來燕去自成窠、此[illegible]故詩所謂諸公、可[illegible]詩以身[illegible]者也、

吳興行贈歸高士祚明

徐注、張譜、元恭時赴吳興入覓兄[illegible]清教諭、[illegible]祚作、蘇州府志、歸莊字元恭、昆山諸生、生平與顧炎武、以博雅爲行相推許、有歸奇顧怪之目、節案、元恭後改名祚明、

北風十二月，遊子向吳興，節案、吳興今湖州府治、傍人問何之，不言但沾膺，三年干戈暗鄉國，有兄不得歸空城，徐注、見所介志、歸昭字爾德、爲世長子、史可法開府揚州、昭與其從兄[illegible]材等、皆爲賓館士、大兵屠揚州、城陷死之、又弟繼登十[illegible]、勸[illegible]西郡人、昆興戰敗、歸奉城[illegible]不屈死高堂有母兒一人，負米百里傷饑菽，

亭林詩

此來海虞兩月日、裁得白金可半鎰、一統志、常熟虞山一名海虞山、歸來入門不暇餐、直走山下求兄檜、湖中雪滿七十峯、江山對君鬚愁癸、節案、求兄檜、求戀[illegible]也、以歸來入門闕自海虞歸虞山、不暇餐、走向虞山與門[illegible]也、徐注、王鏊洞庭山記、兩洞庭分峙太湖之中、其峰之最高者、西曰縹緲、東曰莫釐、共七十二峰、節案、詩言直走山下、謂走洞庭山下也、

冬盡月向晦、慈親倚門待、果見兄甘歸、心悲又以喜、如君節行眞古人、一門內外唯孤身、出贅甘旨入奉母、崎嶇州里良苦辛、君向余太息、此事不足書、遙望天壽山獨在浮雲間、節案、先生昌平山水記、天壽山在州北一十八里、永樂五年七月、皇后徐氏崩、上命禮部尚書趙羾往擇地、得吉壤於昌平縣東黃土山、及車駕臨視、封其山為天壽山、以七年正月己卯作長陵、自是列聖因之、皆兆於長陵之左右、[illegible]為一[illegible]、此句言謂高士獨己言、見昔賢安西帝陵來、復、遠高士之言也、長歎未及往、黃沙、節案、[illegible]校、元本作胡沙、沒中原、神州已陸沈、

萩水雖為計、豈無季孫粟、徐注、家語、季孫之賜我粟千鍾也、而交益親、辭不當人惠、徐注、[illegible]、王役之少[illegible]讀、高操、為吏部郎時、鄰有會同[illegible]之[illegible]一[illegible]、辭不受、曰、所費[illegible]復小小、然少來不欲當人之惠、節案、此事不足[illegible]、[illegible]此句、當事[illegible]高

士對己之君也、世無漢高帝、餓殺韓王孫、寧受少年侮、不感漂母恩、[illegible]、自此四句以下[illegible]末、又爲亭林之

亦時人未識男兒面、如君豈得長貧賤、[illegible][illegible][illegible]移佐帝士、傳檄一紙定四方、拜掃十八陵

[illegible]、十三陵者、成祖永樂長陵、仁宗洪熙獻陵、宣宗宣德景陵、英宗正統裕陵、憲宗成化茂陵、孝宗弘治泰陵、武宗正德康陵、世宗嘉

靖永陵、穆宗隆慶昭陵、神宗萬曆定陵、光宗泰昌慶陵、熹宗天啓德陵、凡十二陵、合懷宗思陵爲十三陵也、餘注、又鳳陽二陵、孝陵、懿文

太子陵、及西山景帝陵、爲十八陵、還歸奉高堂、窮冬積陰天地閉、知君唯有袁安雪、[illegible]高、後漢書章懷太

子注、引汝南先賢傳曰、時大雪積地丈餘、洛陽令自出案行、見人家皆除雪出、有乞食者、至袁安門、無有行路、謂安已死、令人除雪入戶、見安僵臥、

問所以不出、曰大雪人皆餓、不宜干人、又後漢書袁安傳、安與公卿言國家事、未嘗不噫嗚流涕

節案、亭林生平與元恭最善、然集中關於元恭詩、此篇之外、[illegible][illegible]歸高士之[illegible]上、及哭歸高士兩詩、亭林出遊四方、元恭守[illegible][illegible]

乃亭林於此篇云、讀書萬卷佐帝王、傳檄一紙定四方、於[illegible][illegible][illegible][illegible]下[illegible][illegible][illegible]亦作、於哭[illegible]詩云、[illegible][illegible][illegible][illegible][illegible][illegible][illegible][illegible]許、是[illegible][illegible]不忘

恢復之志、無論其[illegible][illegible]克有元恭之爲人所[illegible][illegible]王者、爲何人物命、所謂計從[illegible]者、爲何人豈[illegible]、[illegible][illegible][illegible][illegible][illegible][illegible]實、此[illegible]

顧亭林詩[illegible]　十八　北京大學

亭林詩

亭林對故國之恢復、絕望於當時、圖有[illegible]於後[illegible]、[illegible]於詩[illegible]之所[illegible]用兵、而有待於文人之中、明大義、[illegible]忠誠之氣、[illegible]時流[illegible]、[illegible]

一見之於詩、亦之種族之痛、因有說二百餘年、不絕於天下、一旦而漢族之光[illegible]、有[illegible]死節之民、此得於文人之中、明大義爲多也。

詩小雅曰、魚在于沼、亦匪克樂、潛雖伏矣、亦孔之炤、憂心慘慘、念國之爲虐、嗚呼、此則亭林之心、而有待於後人之表白者也。

偶來

元譜、將遠行詩云、去秋[illegible]東[illegible]、今年江五湖、偶來詩云、偶來湖上已三秋、蓋自[illegible]多在五湖也。

偶來湖上已三秋、便可棲遲老一邱、赤米白鹽猶自足、青山綠野故無求、柴車向夕逢元亮、徐注、江淹擬陶徵君詩、日暮巾柴車、欵段乘春遇少游、後漢書馬援傳、從弟少游曰、士生一世、但取衣食裁足、乘下澤車、御款段馬、爲郡掾史、守墳墓、鄉里稱善人、斯可矣、鳥獸同羣終不忍、微瑕非是爲身謀、徐注、論語、鳥獸不可與同羣、

謹案、此詩作於順治五年戊子、亭林三十六歲、秋、[illegible]湖上、似非[illegible]心[illegible]見於詩中、然而鳥獸不與同羣、與[illegible]微瑕天下、是年永曆帝

在桂林、[illegible]川[illegible]按御史[illegible]、[illegible]根國川金[illegible]有恢復、江西總督金[illegible]王得仁以南昌內附、廣東總兵李成棟以廣東內附、[illegible]王在

[illegible]印

全

國安、先後、設役、三府一州二十七縣、皆見南[illegible]、[illegible]之[illegible]史、李林[illegible]、[illegible]
[illegible]遊之志、其所[illegible][illegible]一州一丘者、乃偶來之意、[illegible]之於[illegible]矣、[illegible]其本

志也、[illegible]潘[illegible]碑歌云、鄒[illegible]、[illegible]閒、牧[illegible]已如林、西南
天地[illegible]、零落山水深、則本林不忘、西南於此可見、

將遠行作 [illegible][illegible]元本作將有遠行作 作字下注云時[illegible]在[illegible]

去秋闚東溟，今冬浮五湖。徐注、周禮職方氏揚州其浸五湖、鄭注五湖在吳南、後漢書[illegible][illegible]傳注虞翻云、太湖有五[illegible]、[illegible]有五湖、故在[illegible][illegible]之五湖、[illegible]湖、洮湖、射湖、貴湖及太湖為五湖、並太湖之小支、俱連太湖、故太湖兼得五湖之名、在今[illegible]州東也、之

長歎天地閒，人區日榛蕪。出門多蛇虎，局促守一隅。夢想在中原，河山不崎嶇。朝驅瀍澗宅，尚書[illegible]乃卜[illegible]水東、[illegible]水西[illegible]

夕宿殽函都。史記[illegible][illegible]世家[illegible]中左殽函右隴蜀

神明運四極，反以形骸拘。收身蓬艾中，原注莊子[illegible][illegible][illegible]夫三子者[illegible]存乎蓬艾之閒

所之若窮途，杖策當獨行。徐注、後漢書鄧禹傳[illegible][illegible]光武[illegible]河北、禹杖策[illegible]軍門[illegible]

[illegible]上[illegible][illegible]人材

未敢憚羈孤。願登廣阿城，一覽輿地圖。原注、後漢書鄧禹傳[illegible]、光武舍城樓上、披輿地圖、指示禹曰、天下郡國如是、今始乃得其一、[illegible][illegible]地[illegible]、[illegible]今[illegible][illegible]州[illegible]半[illegible][illegible]

回首八陵道，悵然淚交

顧亭林詩 十九

北京大學

[illegible]

春牛兩不絕北風吹祝山江南花不開白日慘生寒登高望千里苦霧何[illegible]

圖[illegible] 權益刀亦尋 [illegible]

世得先主亦作三分事干戈方日尋天時自當至 [illegible]

雖志不挫終然正[illegible] 一朝得孔明何以託[illegible]

攻戰不在多 [illegible]

光武、徐注

節案、元本題作薙髮二字、闕孫校本仲同、據此則亭林亦斷髮矣、明季遺聞云、大兵之下江浙也、薙髮令嚴、蘇松間以不薙髮死者不可勝紀、元本題作薙髮、明其非薙髮、詩所謂稍稍去鬢毛、可想見也、亭林餘集、與潘次耕札云、昔有陳亮工者、與吾同居荒村、堅守毛髮、歷四五年、莫不憐其志節、考亮工、陳芳績也、其祖名鼎和、常熟人、亭林於崇禎十七年、在吳門、聞京師之變、乃奉母避之常熟之語濂涇、與陳君隔垣而居、陳君嘗謂亭林曰、吾年六十有六矣、不幸遭此大變、不能效徐生紀四之節、將從衆薙髮、念餘年無髮、當貫之於棺、與我俱葬耳、徐生者名懍、君之同學諸生、全髮自經者也、亭林與隔垣而居者五年、見所爲常熟陳君墓誌銘、則陳君薙髮爲甲申年、其時陳君六十六歲、又越七年而亭林薙髮詩作於庚寅、是後乎陳君薙髮七年矣、亮工四五年堅守毛髮、則是於乃祖薙髮時、仍自全其髮、亭林與同居、當時二人皆全髮、非亮工獨全也、然亮工當時雖全髮、而其後不能堅守其志節、遂忘其先人之訓、而有千秋之願、故亭林於潘札中引以爲戒、然則亮工雖全髮、而不能保其志節、亭林譏薙髮、而尤慎於志節、原不必改題以爲之諱也、

淮東（元題闕劉本讀作淮又見徐注）

淮東三逆城（徐注）北北舊侯府昔時王宅壞南京立新主（徐注）河上賊帥來東南以撐柱（徐注）

詔封四將軍分割河淮土（徐注）侯時擁兵居千里暫安堵（徐注）促觴進竽瑟堂上坎坎鼓美

人拜蝦小請作使（元本作蝦）旋拜（徐注）爲欽尚未畢羽檄來旁午揚舲出廟灣欲去天威怒

舉族竟生降一旦爲俘虜（徐注）傳水浙幽燕劉佩通侯組（徐注）長安九門市出入黃金塢（徐注）

故侯多嫌猜貲金爲禍胎白日不留待長夜來相催（徐注）彷徨闕門前一時下選雷法吏

逢上意疑猜及發掘（徐注）具獄阿房宮腰斬咸陽市臨刑念黃犬太息謂諸子父子一相

哭同日歸蒿里（徐注）有金高北郎不得救身死（徐注）地下逢黃侯舉手相揶揄我爲天朝將

爾作燕山俘（徐注錢案或爲二句元本作俘在天朝時在闕河山符）俱推凶門轂各割河山符（徐注錢案俱）

（據二句元本作何圖貳師食本受何敘屬）嗟公何不死死在淮東郭（錢案此二句元本無）一死留芳名一死

骨已枯寄語後世人觀此兩丈夫

注：留寓亭林著弘安記事最略記曰癸卯良佐率兵犯駕左柱國太師靖國公黃得功死之其[illegible]田雄等奉上如虜營丙午上至南京

九月甲寅上北狩其於南都之亡聖安之過甚不復繼書而於此[illegible]紀得功之忠[illegible]憤之痛曾補記事之闕也記事稱劉宗周在錦

上破[illegible]上[illegible]慨又官國[illegible]不宜封南[illegible][illegible]史論曰南[illegible]畏凶[illegible]之設愚率之審[illegible]子圖以[illegible]南興京不敢遂退回論此不知御將之

鑑也夫揮濟良位寒人耳儀[illegible]組患其聰策足鎮寨若靖南之忠[illegible]傳戰一時寄將莫負也使立國之初不定分鎮之議茅土之封

以悅寶陣[illegible]陣授鉞[illegible]得功爲太將固以儀副之儀長得功其勢不敢不臨[illegible]臨而揮濟良佐惟所指揮矣然後可法居中制度經

路中原師來[illegible]迅得阿濟亦未至今啟人不血刃而衆渡也觀靖南俗弘光之[illegible]寄子有餘倫焉爵讀亭林國事詩日分決寄同邦

圖觀之日一且[illegible]軍功此篇[illegible]題封四終軍分割河[illegible]士朝亭林不[illegible]於四鎮之邦詩即此亦可見矣

濟江湄

餘柱節寓卒林於李卯年遜濟江渦壬辰年至吳臨之櫟山邦瞰野王氣雄虎丘過路郵渟後再歸常鼎之

南市復區鳳山之下微祥再渡濟江湄渡何抵王家曾此詩乃再渡濟江湄時作也

亭林詩

此地接邳徐（徐注）平江故道除開天成刷代帆潤北京初（徐注）舳下三作盛湖作數尺諸

舳艫通國命貨賄僻軍儲（徐注）陵谷千年變山川物態殊（戴本改作殊）黃流侵內地濟

日失新渠（徐注）米麥江淮貴金錢府藏虛（徐注）蒼生稀土、赤地少從鋤（徐注）廟食思封勞

河防重中書路旁交老指點問舟車（徐注）

節案日知錄云丘仲深謂以一淮受黃河之全然考之先朝徐有貞治河鑿渠分水之淇於濮汜之間不使之並總一道自弘治六年築黃陵岡以絕其北來之道而河流總於曹單之間乃盡於蘭陽儀封各開一口而洩之於南今復塞之故河之在今日欲北不得次有不得唯以一道入淮淮狹而不能容又高圖不利下則頻歲決於邳宿以下以病民而妨運而邳宿以下左右皆有湖陂河必從而入之而生民魚鱉之憂所未已也此詩所言地接邳徐黃流內侵皆與日知錄相應又日知錄云因河以為漕者禹也遏河以爲漕者本朝也故古曰河渠今曰河防詩關廟食思封勞河防電壑審總上不江故疏以下而害益不足之辭也東華錄順治九年河決邳州亭林此詩於是年蓋有感而作歟（一作）

傳聞 徐注

傳聞西極馬 徐注 新巳下湘東 徐注 五嶺遮天霧三苗落木風 徐注節武三苗三徽之苗謂閑雅當六

變也戰國策曰三苗之居右有彭蠡左有洞庭蔡沈疏三苗在荆揚之閩五嶺三苗指粵桂湖湘贛黔即當此二句即徐注所引南略壬

辰三月李定國致書可望欲出楚立功因月至黔與馮雙禮領兵三萬五月由鎮遠下偏橋一戰復沅州復攻靖州靖州遂全州八月復衡州

凡永邵一帶望風而降也 閩關行幸日瘴癘百蠻中 徐注 不有三徐子高本作實王師誰收一戰功 徐注

廿載河元本作吳橋賊 徐注 於今伏斧砧 徐注 國威方一振兵勢已遙臨張楚三軍令

尊周四海心 徐注 書生莽往路不覺淚痕深

節錄南明野史順治九年壬辰清兵入蜀白文選遁回黔南可望乃使李定國馮雙禮由黎平出靖州馬進忠由鎮遠出沅州會於

武岡以圖桂林步騎八萬劉文秀與張先璧由永寧取敘州白文選由遵義取重慶會嘉定以圖成都步騎五萬破靖對定國四事

王文秀南康王五月定國進攻靖沅武岡皆下之疾趨桂林孔有德自焚死劉文秀白文選亦陷敘州重慶清兵還救文秀合軍俱

路舍人家見隆武四年

夏后昔中微國絕而[illegible]有少康生而是天心在[illegible][illegible][illegible]君王百役[illegible]眾[illegible]路[illegible]

顧詩講

原注：文貞公 識古今，危難心不忘。徐注：[illegible]章作嶽麓(?)，七閩盡戎獸。徐注：粵西已踰年。元作其歲(?)

[illegible]本作 直丁亥。徐注：侵尋各自擁。元作一年今 迫憂隔瀛海。徐注：厦門絕島中，大澤一空。

[illegible]。徐注：新曆尚未頒，圖疑更誰待。運命嗟人流，三辰微光彩。徐注：印用文淵閣，丹鳳(?)[illegible]

珠珠。徐注：龍馭杳安之。鄭案：唐王。台星隕衡嶽。徐注：[illegible]文貞。鄭案：猶存正朔存，未絕(?)

江山改。徐注：在昔順水軍，光武戰叢殆。子顏獨春秋(?)，終竟齊元氣。原注、徐注：叔世乏純臣，公

鄉雖鄭猶持此一册書，千秋戒倏忽。徐注：[illegible]

鄭案：唐王以順治二年乙酉六月即位福州，改元隆武，明年丙戌十一月，清兵下建寧、延平、邵府，唐王走汀州，被執見殺，元(?)[illegible]紀

如此，與徵本隆武二年八月上出狩不知所之，所記不同。考南疆逸史、丙戌七月，清兵破仙霞關，何騰蛟遣郝永忠以兵(?)騎五

千迎駕，將至汀州、四清兵已入汀州，八月乙未，從閩、上御日如汀州、虔子入城，辛丑、有十餘騎叩城曰扈蹕者，開門納之，則追騎也

從汀達贛，遂執上與曾后，后赴九龍潭死(?)，上遇害於福京，或[illegible]

[illegible]似來[illegible]秋[illegible]倣[illegible]壯冷[illegible]阿家[illegible]仍文[illegible]周原[illegible]何[illegible]歌[illegible]秀[illegible]多鄉此一詩巳足見式微之歌宋地仍文歌

周[illegible]有客一家知周之[illegible]以詩[illegible]後有[illegible]日[illegible]之 詩周周不[illegible]史記曰[illegible]莊[illegible]王[illegible]京西周周既不[illegible]索[illegible]日既[illegible]

也[illegible]周[illegible]主癸肥[illegible]之[illegible]周則[illegible]子可不必作[illegible]秀之 歌夫清之於[illegible]王唐[illegible]年三月春王又去[illegible]不知[illegible]

[illegible]之[illegible]王在[illegible]耳下一[illegible]示[illegible]詩云知君[illegible] 自[illegible]州[illegible]木孤[illegible]萬[illegible]路攻[illegible]不下一軍守[illegible]空回

[illegible]金[illegible]多[illegible]江山只[illegible]有[illegible]風[illegible]客新 吟[illegible]亭[illegible]即亭林本不[illegible]無式[illegible]之歌也詩

贈劉教諭永錫 原注徐注[illegible]闕

栖遲十載五湖涓 徐注[illegible]引徐[illegible]先生去年自王家[illegible] 仍闕[illegible]庭山是年有[illegible]合人家詩[illegible]居於洞庭[illegible]山

也由洞庭山[illegible]江[illegible]復自江[illegible]吳[illegible]序[illegible]今夜來吳下 [illegible]有[illegible]又[illegible]軍詩序[illegible]今為[illegible]於吳之上詩[illegible]及當[illegible]成

[illegible]有[illegible]詩亦云[illegible]十[illegible]五[illegible]十曾在吳之[illegible]也[illegible] 云乃[illegible]亭林作此詩時在吳[illegible]此詩[illegible]十載五[illegible]則[illegible]

[illegible]也[illegible]大名人[illegible]癸來[illegible]長[illegible]乙[illegible]之[illegible]方 與[illegible]在[illegible]唐[illegible]五十[illegible]

[illegible]

[illegible]

贈朱監紀四輔 原注

十載江南事已非，與君辛苦各生歸。原注 愁看京口三軍潰，原注 痛說揚州七日圍。原注 [illegible]

未消今戰壘，原注 白頭相見舊征衣。原注 東京朱祜年猶少，莫向尊前歎式微。原注 [illegible]

[illegible]

[illegible]

久[illegible]元城初發之 注 [illegible] 百口凋零餘僕從 注 [illegible] 一身辛苦別妻兒 [illegible]

心隨滄水春帆日 [illegible] 目斷長洲夕雁時 [illegible]

獨我風塵何補益 [illegible]

[illegible]

[illegible]

固辭口於實秋之文聞子思之鄰人也已謂亭林先生文集所謂於中者志在萬古之人物圖不能盡於見事故曰我聞周道與宿書此其義之所嘗著歟

孝陵圖 有序

重光單閼二月己巳來謁孝陵值大雨稽首門外而去又二載昭陽大荒落二月辛丑再謁十月戊子又謁乃得趨入殿門徘徊瞻視鞠躬而登殿上中官奉帝后神牌二其後蓋小屋數楹皆黃瓦非昔制矣升殿道左視明樓寶城出門周覽故齋宮享殿遺址胡騎充斥不便携筆硯同行者故陵衛百戶束帶玉稍為指示退而作圖念山陵一代典故以革除之事實錄會典並無紀述當先朝時又為禁地非陵官不得入為其官於陵者非中貴則武弁又不能通諳國制以故其傳鮮矣今既不盡知知亦不能盡圖而其錄於圖者且不盡有恐天下之人同此心而不

覆至者多矣故高曾傳之臣顧炎武稽首頓首謹書

鍾山白草枯冬月蒸霧露徐注十里無立椔岡阜但回互徐注寶城獨青青日色上霜露徐注

殿門達明樓燄灺遺宮炬徐注其外有穹碑繞以曲欄護路文自成朝為千年黎明祚徐注侍

衛八石人祇鹵鉄蔽軒下列石獸六森然象鹵犧自馬至獅子兩兩相比附中間特举碑

有二擎天柱排立榛莽中凡此皆創具徐注又有神烈山世宗所封樹徐注臥碑自崇禎禁

約頃製繳石大故不毀文：尤可何徐注乘於土木工俱已亡其柔徐注東陵在殿左先

時盛文耐徐注云有殿二層法門可百步正殿門有五天子升自阼徐注門內廡三十左右

以次布門外設兩廚右殿上所駐祠不並宮監羊房營潲廩以至各廨字並及諸宅務徐注

東西二紅門四十五藩舖徐注一一費搜尋涉目仍迷誤徐注山後更當設兵牧所屯聚徐注潤

然見銘石剝出宗于監徐注何代無危亂神器莫能反徐注宰茲寢園存[illegible]誠徐注衽

人宿其中無乃致毀狩陵衛多官軍廢毀注不補 注徐 伐木復撤亭上觸天地怒 注徐 雷震

椎犬死棘賤陵賊作乃有高廟靈卻立生毀怖 注徐 若夫本衛官衣食久遺蠹及今盡流

亢 注徐 存兩千百戶下 圖有蛾臣一年再奔赴 注徐 徘徊持寸管能作西京賦背處耳目穢

流傳有錯誤 注徐 相逢嗤子大獨記陵木數未得對東巡空山崇孝故 注徐

[illegible]

[illegible]

[illegible]

[illegible]

[illegible]

[illegible]

[illegible]

贈路光祿太平 有序

已下數首（元本皆缺二字） 皆余經難之作先是有僕陸恩服事余家三世矣見門祚日微叛而投里豪余持之急乃欲陷余重案（元作乃欲告余通閩中事）余聞亟擒之數其罪沈諸水其壻復投豪訟之郡（元作投之官、）行千金（元作以二千金賂府官、）求殺余余既待訊法當囚繫乃不之獄曹而執諸豪奴之家同人不平爲代愬之兵備使者移獄松江府以殺奴論豪計不行而余有戒心乃浩然有山東之行矣（同余有戒心二句元作諸同僑余、同余乃浩然有山東之行矣、）

弱冠追三古（注缺） 中年賦二京、（注缺） 一門更喪亂、七尺尚崢嶸、（注缺） 江海存微息、山陵望本誠、（注缺） 蒿莪餘十畝、（注缺） 蔬草只三楹、（注缺） 變故興奴隸、并蜂（元作奸豪） 出里閭（注缺） 彌天成夏網（注缺） 置地類秦坑、（注缺） 獄卒逢田甲、刑官屬甯成、（注缺） 文深從鍛鍊、事急費經營、（注缺）

節恢多燕語 注徐[illegible] 交情 [illegible] 即弟兄 注徐[illegible] 周旋如一日、抗慨見平生、注徐[illegible] 疾苦

頻存問 注徐[illegible] 阽危得往哥 注徐[illegible] 不伎負土路遍爲故人憐 注徐[illegible] 木向猨聲老 江隨虎迹[illegible] 注徐[illegible]

更承身世[illegible]不覺涕[illegible] 注徐[illegible]

[illegible]

亭林詩集 三十

顧亭林詩

語、當列之乙未、則乙未耳、序數爲獄解後作、又不是獄中之詩、而當謂列之乙未、則因序當然、顧序祇言敘雜、不言在獄、如此然所云、

獄本達田甲、刑官所審收、困獄生云、僕情緣成太史、不害、廢錢行人云、生涯從史、讒、迫羅託遠、傷、情絕寫衆歸之事謝巳、不得、學列之

在獄之作、此文詩者也、沈叔一事、序東明言、其故、詩亦但云、雙故與叙錄附巳、歸元恭沒事人生歸序云、事人事慨友執饒之

死、亦未明言其故、然歸有訂一編云、臨清獻日記、事人處事初、嘗過訪於路上、點作金剛經、使一僧挾之以往、其供知之、以

金與僧、買園殿之、後其似轉以豪力俱、累重託之事、人有所寓於此僕、僞、日金剛經上何物也、乃欲詐我乎、事人僧、夜使力士入其

家殺之、取其所有、並業所託者、亦盜焉、歸序臨記、成言篇之死、則成言入其家殺之、與序沈諸水之言不同、然其所以也載之之故、則

如陸記所云可信也、序又言同人不平、爲代從之兵、繳使者、夢獄於江府、所謂代輿兵、稿者、乃路舍人澤溥也、事見孟附山亭林先

生神道表、圍本林附路舍人詩云、自分寒灰即網繳、非君郡得更吹噓、詩安義重千金許、纍吏情深一上書、此詩云網繳、恢多羅遠、吏

與即向兄、益舍人爲曲周人、曲周即瓜離爽下府曲周縣治、詩稱燕趙節俠、關舍人光錄弟兄也、

附潘節士檉章 徐注

出版組印

北京一崩淪、國史藩中絶二十有四年、記注亦殘缺、徐注 中更所 元本作實 與賊出入互

轇轕亡城與破軍、紛錯難具說、徐注 三朝實錄多是非反覆同一轍、徐注 始終爲門戶、竟與國

俱滅、徐注 我欲問計近、朝會非王都、徐注 我欲問關東、秘書入東胡、徐注 文武道未亡、臣

子不敢墜、徐注 寂身雲夢中、幸與國典俱、徐注 有志述三朝、并及海宇圖、徐注 一書未及

成、觸此憂患塗、徐注 同方有潘子、自小耽文史、罷然持巨筆、直遡明興始、謂惟司馬遷作

書有條理、徐注 自除數十家、充棟徒爲爾、徐注 上下三百年、粲然得綱紀、徐注 索居患無

朋、何意來金陵、徐注 家在鍾山旁、雲端接觚稜、徐注 親見高帝時、日月東方升、山川發秀

麗、人物流名稱、徐注 到今王氣存、疑有龍虎興、徐注 把酒爲君道、千秋事難討、一代多文

章、相隨沒幽草、徐注 城無絃誦聲、柱殘藏書老、徐注 同文化支 元本作實 字、徐注 封火燒

豐鎬、徐注 自非尼父生、六經亦爲煨、徐注 夏王 潘藏本俱作亡 傳禹貢、周衰垂六官、後王有

所憑蒼生蒙治安 徐注 皇祖昔賓天大地千年寒閱別有小臣復見文物忘 徐注 此人待聘珍 徐注 此書藏名山 徐注 顧我雖遲暮 徐注 猶然抱遺冊 徐注 定哀二三世聞所歷如旦夕 徐注 願聞先生語 徐注 付對西部客 徐注 期君共編摩不墜文獻迹便當挈殘書過闕溪上宅 徐注

節案：亭林此詩作於順治十三年丙申，是年四十四歲，越八年為康熙二年癸卯，吳潘二子始遇史禍，亭林祭之以詩云：一代文章亡左馬，千秋仁義在吳潘。及時與潘二子事[illegible]諸稱焉，此詩[illegible][illegible]。力田而詩中言作史、又獨稱同方有潘二子、於詩二子事文中、復記[illegible]。潘子創國史考異三卷，寄予於[illegible]上，予[illegible]其[illegible]書與潘次耕寄云：吾昔年所為史事之書三卷、並為令見取去、及寄潘節士之弟耒詩云云。筆削千年在，英靈此日，論贊存太史節[illegible]作國[illegible]人、贊[illegible]稱潘[illegible]；已潘未刊國史考異序日、亦祇稱亡見力田以史稿之人、亭林所見、[illegible]。潘之史稿尚與稿未見故其書事云二子所著書詩干卷未敘稿；又假予所著書千餘卷盡亡，則是存林所見祇國史考異三卷此。外概未之見也，當庸以國史考異為與潘合之書，然潘耒所作序祇稱亡兄力田未嘗薦於同作，不可泰介也，事之詩，亭林詩作文中、宋[illegible]其目、[illegible]於[illegible]文中云、二子[illegible]高之、年[illegible]二十以上[illegible]其人實史才[illegible]云、然則[illegible]人[illegible]此詩、並[illegible]

[illegible]本[illegible]敘、以[illegible]出自[illegible]本、出[illegible]亭林、[illegible]以[illegible]二子[illegible]本[illegible]自出[illegible]事實[illegible]當[illegible]又[illegible]冷[illegible]十三、當[illegible]分

詠[illegible]時事、[illegible]人多[illegible]百首、名[illegible]新[illegible]中[illegible]本、[illegible]本[illegible]記云[illegible]得[illegible]作[illegible]二[illegible]

[illegible]合[illegible]之[illegible]傳於个[illegible]八此[illegible]云、二十有[illegible]作[illegible]明[illegible]亭林餘集三朝紀[illegible]文序[illegible]平[illegible]

字[illegible]一[illegible]二千[illegible]八[illegible]十八年七月[illegible]七年九月[illegible]二十五[illegible]中[illegible]二年正月[illegible]五年六月[illegible]

[illegible]老不[illegible]取[illegible]其[illegible]氏之[illegible]又十[illegible]其一二[illegible]伏[illegible]史[illegible]為內[illegible]子[illegible]心[illegible]二十一年

抄[illegible]之[illegible]不[illegible]介其[illegible]以[illegible]人之[illegible]之文[illegible]之[illegible]其大[illegible]其不[illegible]之名[illegible]文[illegible]

於[illegible]以[illegible]亡[illegible]已[illegible]之[illegible]十之人[illegible]先人之[illegible]其文武之[illegible]之[illegible]序[illegible]高[illegible]十八年[illegible]七

月[illegible]八月[illegible]九月[illegible]二[illegible]十八[illegible]中七月下[illegible]十七年甲申五月[illegible]二十[illegible]

亦[illegible]三[illegible]文[illegible]林此許不[illegible][illegible]詩云文武[illegible]亡[illegible]子不敢[illegible]序詩之[illegible]

亭林詩[illegible] 三十二

知錄十八、論三朝要典曰、門戶之人、其立言之指、各有所借、以奏
之文、互有是非、作史者兩收而並存之、則後之君子如執鏡以照
物、無所逃其形矣、[illegible]心之[illegible]、[illegible]加[illegible][illegible]、於此之意、則存其是者、
其非者、於彼之[illegible]、則存其非、[illegible][illegible]其是者、於是當者之情[illegible]、而事
靜得以靜之、且如要典一書、其實未必盡非、[illegible]其[illegible]則有所爲、
此之爲作者[illegible]是也、此[illegible]論之所以來不、[illegible]百世之下、[illegible]乎其[illegible]
史稱、詩曰、三案多是非、反覆同一[illegible]、又曰[illegible][illegible][illegible]門戶[illegible]與[illegible]供
滅、日知錄二十九論[illegible][illegible]日後[illegible]初定中原[illegible][illegible]使令[illegible]以[illegible][illegible]
後[illegible]事[illegible]、多不能通、故錄其本首、相傳[illegible][illegible]、[illegible]之[illegible]、[illegible]文[illegible]命
後伏後可、悉驗、以爲[illegible]原本經之言、故於[illegible]人、[illegible]之[illegible][illegible][illegible]經、[illegible]
其例世[illegible]、以[illegible]通四[illegible][illegible]爲當時第一、大[illegible]主命作、[illegible][illegible]
無、以[illegible]其[illegible]可汗、[illegible]曰[illegible]文化[illegible]中、[illegible]大[illegible][illegible]
六經之所傳、一[illegible][illegible]爲之[illegible]、仲尼貴多聞識人[illegible][illegible]古又武、五[illegible][illegible]
詩亡[illegible][illegible]當一變此詩日自非尼父生六經本[illegible][illegible][illegible]同文之化
於[illegible]字[illegible]則火之[illegible][illegible][illegible]、[illegible]往來[illegible]此[illegible]、以[illegible]文化[illegible]爲完[illegible]
之[illegible]女[illegible][illegible]以六[illegible]不[illegible][illegible]八[illegible]之[illegible][illegible]、則[illegible]本[illegible][illegible][illegible][illegible]左[illegible]
[illegible][illegible][illegible][illegible]許者紀曰、[illegible][illegible]有子二十五人、[illegible][illegible]少子受封北土、[illegible]
有大[illegible]中山、[illegible]以爲[illegible][illegible][illegible]以七[illegible][illegible]北[illegible][illegible]土爲托、[illegible][illegible]爲[illegible]、
故以爲氏、[illegible][illegible]此以[illegible][illegible][illegible]托於[illegible]文、又[illegible]天[illegible][illegible][illegible][illegible][illegible][illegible]
元自宋氏[illegible][illegible]江[illegible]、[illegible]北分[illegible][illegible]一[illegible]五六十年[illegible][illegible]文[illegible]已[illegible]

不同、節初以爲謨氏所云、直敘同之有異同也、經由治春秋三傳、檢討康熙時所補春秋傳說彙纂觀之、則凡經傳之誅絕寓伏者、

既從刑落、至於一文一字之間、猶復宣揚不遺、此世儒同文之化於淡而已、且亦并失其義、乃狀亭林六經爲保之旨、微詞隱衷、幽

豈可補心也、

萊州 注徐 卷之三

海右稱名郡齊東亦大都 注徐 山形當斗入 注原 人質非魁梧 注徐 月主祭祠廢 注徐 沙埂

淡蹟孤 注徐 已無巡狩蹕尚有戍軍郛 注徐 滬海匏千斛 注徐 栽岡滋萬株 注徐 濕梁通日際

蜃市接神區 注徐 轉漕新河格 注徐 分符絕島迂 注徐 三方從廟算二撫各兵符 注徐 破甲初

傳遺 注徐 戈鋋已擊居 注徐 中丞愁餌賊 注徐 太守痛捐軀 注徐 郊壘青燐出 注徐 城陴白

骨枯 注徐 危悄隨事往深慮逐年徂 注徐 計上恭紙閣遺民想竊岡 注徐 登臨多感慨

笑一窮儒 注徐

[illegible]

三十四

賦得秋柳 注徐

昔日金枝間白花 注徐 只今搖落向天涯 注徐 條空不繫長征馬 注徐 葉少難藏覓宿鴉 注徐

老去桓公重出塞 注徐 罷官陶令乍歸家 注徐 先皇玉座靈和殿 注徐 淚灑西風夕日斜 注徐

節案徐注闕疑此詩為和王阮亭秋柳之作予考阮亭秋柳詩作於順治丁酉其年二十四歲亭林亦以丁酉遊濟南年已四十五歲明湖水面亭楊柳千餘條詠者不止阮亭一人亭林此詩題曰賦得不云和作又祇一首不是四章知其非和阮亭也且漁洋詩話舉秋柳和詩王西樵徐東癡外未嘗亭林其詩話叢部亦未嘗及亭林之詩而亭林詩集不道漁洋一字說得以秋柳相同遽目為和作此不可不辨也齊梁以前未有以賦得命題者梁簡文作賦樂府得大垂手賦樂名得箜篌又有賦得隴坻雁初飛賦得橋賦得錄鶴賦得入階雨賦得當壚賦得白羽扇諸篇自是以後以賦得命題者代有矣亭林此篇題以賦得明其非和也夫賦者詠也如梁簡文詠柳一首與和湘東王陽雲樓簷柳一首題各不同可體亭林此篇命題之例與篇有賦得二字張謂題之此說詩之失也予為此辨蓋恐世以亭林此詩比之阮亭柳傳阮亭秋柳為鄙妥讀作故四章所言有兒女氣無英雄氣有悲憫意無風懷意

亭林此詩、則哀南明君臣、考丁酉爲永曆十一年、時桂王在雲南詩云、只今搖落向天涯、即丙申謁孝陵詩所云、絕昭覺隱也、錢空業少、喩諸臣之戒叛戒降也、老夫祖公重出塞、念祖溫北伐、而傷有明之恢復無期也、罷官陶令乍歸家、念元亮罷官、而痛逋臣之屈節於虜也、先皇玉座靈和殿、涙灑西風夕日斜、哀憫宗也、英雄感慨、觀阮亭之兒女悲悅、君天壤、說以徵賢論和詩多步原韻漁洋詩話述西樵和秋柳句云、折來玉手曾三月、種向金城更幾年東擬和句云、爲計使人西去日、不堪流涕北征年、待步阮亭第四首折愁帝子悲今日舊事公孫憶往年韻附亭林此詩用韻與阮亭全然不同此亦不可不知也

登岱 注徐

尼父道不行喟然念泰山 鈔本作東山 空垂六經文不覩西周年 注徐 七十二君代乃有封禪壇 注徐 書傳多荒忽誰能信其然 注徐 既登小天下復覩邈古前 注徐 秦皇與堯舜滅同雲烟 注徐 社首與附地 注徐 徂徠高摩天 注徐 下視大海旁神州自相連 注徐 天地有變虧何人得昇仙 注徐 遺弓名烏號橋山葬衣冠 注徐 不世久澆訛 注徐 執探幽明原 注徐 三

顧亭林詩

歲六千年徐注山崩黃河乾徐注立石既已刓徐注封松既已殘徐注太陽不東昇徐注長

夜何漫漫徐注哀哉一顏淵獨立吹吳門瘦精不肯休計畫無崖垠徐注復有孟子與

昇明堂言徐注庶幾大道還民質如初元徐注上采黃金成下塞宣房端何時一見之太

息徒漫漫徐注

[illegible]

高郵本於是本宋[illegible]子[illegible]宮[illegible]上名宣[illegible]宮[illegible]益[illegible]宣[illegible][illegible][illegible][illegible]一[illegible][illegible]宣[illegible]宮[illegible]及本林此詩下宣宮

宣房[illegible]舊徙史記出之 徐注[illegible][illegible][illegible]故[illegible]

七十二弟子 徐注

亂國誰知聖孤生且辟人 徐注 危何曾過宋困亦從陳 徐注 簫舞虞庠久 徐注 弦歌闕里春 徐注 門人惟季次未肯作家臣 自注

節案本林於闕夫子廟詩云闕金兵火代不[illegible]廟堂[illegible]於此[illegible]云門人惟季次未肯作家臣[illegible]曾[illegible]乎當日之事而言也考遼史太祖

本紀神冊四年八月謁孔子廟金史熙宗本紀皇統元年二月上親祭孔子廟元史祭祀志孔宣聖廟太宗始置於燕京此[illegible][illegible]二[illegible]里上

孔廟始以二年金元兵亂入中國當兵戈未息之時尚知尊孔以先[illegible][illegible]於[illegible][illegible][illegible][illegible][illegible]君[illegible]之[illegible]更孔子[illegible]之[illegible]為大成[illegible]孔以先[illegible]

節孔子二十四年又從九年中張文光言大成二字改入[illegible]聖先師孔子[illegible]位[illegible]明[illegible]萬[illegible]九年[illegible][illegible]見[illegible]氏[illegible][illegible][illegible]為[illegible]

國十餘年不[illegible]國宋[illegible]萬國里即燕京孔廟亦未嘗一日[illegible]遺金元之不知[illegible][illegible][illegible][illegible]豆[illegible]千[illegible]有[illegible][illegible][illegible][illegible]氏[illegible][illegible][illegible]又[illegible][illegible]治二

顧亭林詩

年八月以任陝西河西道孔聞謤言、臣家宗子衍聖公已遵令薙髮、但念先聖為典禮之宗章甫逢掖、自漢暨明三千年未之有改

今一旦變更、恐于皇上崇儒重道之典有未備、[illegible]否蓄髮以復本等衣冠統惟[illegible]鑒[illegible]曰薙髮嚴旨違者無赦孔聞謤姑念聖裔免

死、著革職、永不敘用、詩曰章逢被九州、有深慨焉、亭林謁夫子廟、在兵火之餘、廟貌猶存、故曰獨全兵火代、滿清入據中國十餘年

而宋一釋貞、故曰不薦廟衆謀、有深慨焉、徐注未得詩意、余為補釋之、至於此爲篇無庠序夕聞釋奠用幣也、見禮記文王世子篇

弦歌聞里非、則正始以前祠孔子皆於闕里也、見三國魏志齊王紀、亂國誰知問、孤生且肆人、門人惟季次、未肯作家臣、又亭林之

所深慨也、亭林文集華陰王氏宗祠記曰、夫其處權亂偏方國位之、且而守之不變、孰勤帥之而然、故國亂於上而教明於下爲日

改邑不改井、有經常之道、觀於子而存也、詩曰亂國誰知問孤生且肆人、有深慨焉、亭林餘集、與潘次耕札云、原一南歸、當欲延次

耕同坐在次耕、今日食貴居約而饑遊於貴要之門、常人之情鮮不顧者、然而世風日下、人情日趨而孤之官彌貴、客彌多、便佞害

留剛方者去、今且欲延一二學問之士以蓋其羣醜不知黨禍不問難而難也、吾以六十四之身氏主於其家、見彼婦嘗[illegible]附之竟

敢人耳目、至於徵色發聲而拒之、乃僅得自完而已、況次耕以少年而事公卿、以貴士面傲[illegible]下者之、乎央子言、吾死之後、則高矣[illegible]

出版組印

蓋陽也、日後、子貢之爲人、不屈與不若己者、夫子爲有此言、今次詩之往、將與豪奴狎客、朝朝夕夕、不但不能讀書爲學、且必至

於比匪之傷矣、孟子曰、飢者甘食、渴者甘飲、是未得飲食之正也、飢渴害之也、今以百金之餘、贈貽白鏹於狎客豪奴、豈特飢渴之害

客固已乎、荀子曰、白沙在涅、與之俱黑、吾願夫子學子夏氏之徒、勝而肥也、吾獨不可遇、當以靖節之詩爲子賦矣、詩曰、門人惜季

矣、未青作家氏、自往云、一時同人多入、亦且篤讀興隱大耕耘、有深省乎

濟南 徐注

湖上荷花歲歲新客中時序自傷神 徐注 名泉山地環巖郭 徐注 急雨連山淨火旻 徐注 絕

代詩題傳子美 徐注 近朝文士數于鱗 徐注 愁來獨憶辛忠敏老淚無端痛古人 徐注

能家李林詞有詩附二首、乃初刊時作、故有思北海李中客燮、台良時不可盡詞、此篇乃逸、年重刻時附作、日絕代詩題傳子美

則外北海李中之客斷不思矣、日然來獨憶辛忠敏、蓋子美雖生亂世、而讀見牧京李林、則身經亡國、親存仍爲惜、日老淚無端痛

古人則其猶也、不圖憶之而已、考稼軒[illegible]歷城人、然自二十三歲當宋紹興三十二年附歸於宋、後至六十八歲卒於江西鉛山縣

[illegible]

濰縣 徐注

人臣遇變時，亡或愈於死。原注 又詐方中徵廳弃一人兩二將有遺迹當日兵所起 徐注 世

人不建祠，但拜孤山祀。徐注

徐案此題本二首幽予還一首以永首稱孔融爲孫陶也融以爲父郎與人無親詩拜[illegible]召寄盛其中見武帝宜示孔融擧狀令黄

魏志崔琰傳注引魏氏春秋此弃孝之論自融發之也融爲管亥所圍求救於劉備其亭何足稱道亭林朶詩此爲最深矣故予不

取也亟若此篤以人區過從亡念於死引靡弃爲靈足見亭林恢衛故圖之心蹈所感圖發但不當以建祠二字爲像生者聯而於

死節之士殷及孤山此亭林之失也予安能無辨尚書曰商其淪喪我罔爲臣僕詔王子出迪又曰自靖人自獻于先王我不顧行

遯此箕子舍微子以去之之蓋也論語稱微子去之箕子爲之奴此乎微而死孔子同稱有三仁焉烏嘗謂稱去之者而避殷死者

乎觀嘗矣哉矣嗟不當以廟爲奴爲死事各有當而觀所軒輊亂詩曰使人不建祠但拜孤山祀衛之商容大觀則亭林爲失言

矣後篇爲實與廟云計後首篇半不恐區二鎮可爲百世師風操一何獨朗又獨官孤山乃知亭林此詩强於恢復之心發爲一時

顧亭林學述

二十八

北京大學

[illegible]

京師作 徐注

熚熚 元作嘑呼 古燕京金元遼開創 徐注 初興猶雖師遂駐時巡仗 徐注 制掩漢唐閎德儀

商周王 徐注 巍巍大明門如彀時南向 徐注 其陽華圜丘列聖凝蕤睨 徐注 其內郭乾清至

峰㠑旋鑽 徐注 峻以皇城垣制深擬天上 徐注 其旁列兩街省寺營相望 徐注 經營本存哉

所前命般匠 徐注 鼎從郟鄏卜宅地成周相 徐注 穹然對兩京自古無與抗 徐注 郟宮遜

豳畝 徐注 未央失弘壯 徐注 四來大行像連天屬崖嶂 徐注 東盡巫閭支界海看混漾 徐注 居

中守在支 元作宮 豳秋閑爲防 徐注 人物並浩穰風流餘慨伉 徐注 百貨集廣馗 徐注 九

金歸府藏 徐注 通州船萬艘 徐注 便門車千兩 徐注 蘇延祀四六二靈良板蕩紫塞吟 徐本

作歌 豳笳 元作鼓角 黃圖布魁峨 徐注 獄囚祈父臣 自注 徐注 郟死凶門將 自注 徐注 悲號煤山

縱泣血思陵葬 [illegible] 丁年

抱國恥 徐注 未獲居一障 徐注 垂老入都門有願無繇償 徐注 足穿貧士屨首戴狂生帢 徐注

愁同箕子過忤比湘纍放 徐注 縱橫數遺事太息覩今貌 徐注 [illegible]

[illegible]

徐注 空懷赤伏書虛想雲臺仗 徐注 不識舊官儀 元作二 惝怳念安傍 徐注 復思塞上游汗

漫誠何當 徐注 河西訪竇融 徐注 上谷尋耿況 徐注 聊爲舊京辭投毫一盱悵 徐注

[illegible]

[illegible]

[illegible]

[illegible]

[illegible]烈樹記

在山東見登萊並海之人多不[illegible]駿鹿山鐵不得鐵以輸官今余閩中自郭以西至於岐下則歲其登殺甚多尚民且相牽責其者

子至徽經之日則村民舉出謂之人由同其長吏則曰一驗之累於軍營面請印者歲近千人其逃亡成自遣者又不知凡變也詩

曰饑來苦追求可証也文集卷六答徐蝎公庸書曰以今所殺國維人貽禍昔十不得二三而民竭財盡又倍從而無算矣由微助

證饑向頌戎略飛飼饒累世顧民生至有六甸老婦七歲孤兒棄來八升赴營千里于是強者見從斷者燒經闕門而來哭投河併

村面張旗[illegible]令又薄氏東華錄卷四順治六年五月邊兵部滿漢俱膽吾民原無二[illegible]之[illegible]但還來用兵亦出于不得巳[illegible]可若累

良民今後兵行不給多寡其糧科東華[illegible]黑部定歛目文用不得多取詩曰甲卒疲轉饋可證也將氏東錄卷四順治三年八月

以[illegible]順王孔有德爲平南大將軍興懷順王耿仲明[illegible]順公沈志詳錄往征湖廣次定江西[illegible]府由是入廣東四年十二月孔有德

奏區等自岳州進兵長沙偽撫何騰蛟[illegible]兵王進才巳遁進兵武岡州偏永[illegible]偏以身運又遣[illegible]軍[illegible]圍[illegible]追[illegible]永[illegible]於靖州

克其城擒[illegible]兵[illegible]順紀有性趙沅州攻克之湖南悉平詩曰且調入沅兵可証也小腆紀年順治十二年六月命鄭親王世子濟度

率師下海將氏東[illegible]錄順治十三年四月浙閩秦世以以造戰船伐宋[illegible][illegible]木又小腆紀年順治十三年六月爲[illegible][illegible][illegible][illegible]五[illegible]二

出版組印

日遣卜年以河中左詩曰是遣浮海坊可罷由露氏東事勝職治九年十二月塗刑部巨盜李縋試潘文學儘匿郡下多歷年所官
氏契收撝路今因別事發豐訴得李塘試保明例重兒事一業贊强盜交納官討役使衙盜邊近盜賊毓檢重買附城鎗行盤納常
例明作或鉛斫操生殺他者為文門一匿投落自立規則積抽扳鏈遞姪殺人死者家不敢申訴潛文學自充馬販潛通賊鏈挽取
屬餽馬疏接濟這近盜賊且史通官吏包攬不公不法之事任盒與誠其至文武官員多與役鋼合飲道路側目莫敢誰何以上二
犯併伊子姪仍行島斬又順治十二年正月給事中李網萬逃人一事文法遞賣株連太多使海內無賞富無良賊無官民衛惱惱
爲英保其身家左都御史屠賴等言年來因逃人衆多立法不得不嚴但逃人三次始絞而窩主一次即斬又轉窩右流徙似非法
之平也窩罰逃人如有窩主者逃人處死即將窩主家產人口斷給逃人之主兩鄰甲長貫懸該管官員議處無窩主者仍撥一百
輸主其門投歸主及窩主出首者仍照例免議詩日案詮稱攝當逃亡歛籌杖可証也將氏東條錄順治五年十一月加皇叔父攝
政王為皇父攝政王又順治七年十二月林攝政王為義皇帝廟號成宗順治八年二月詔日鄭親王寶親王等同大臣介詞奏言
太宗皇帝賓天時臣等扶立皇上並無欲立攝政王之意伊遂越職郡王陵訓勳遵彼時皇上曾將朝政付伊與鄭親王共理達棧

亭林詩

獨攬衣權不令部設王氏政以親的像部王爲輔政以王之管鑰行自稱尊父攝政王又親贊皇宮院內以爲太宗文皇帝之位歸保條立以挾制皇上又假之死攝政王遂納其妃凡批本章裁用玉父攝政王之旨不得用皇上之旨父攝王理入生母於太廟其等情形請引死奏開伏關賞加建治於反覆靜思王大府以有建了邁首天地宗廟社稷將伊得子併正難追討撤廟享仍其退敕詩日太陰後心中州日相摩豐可証也以上所舉難辨一地一時之一本然時日樞楨數道事明明言非一地也太且歡今是明明言非一時也入沉淨海言其滅明農民甲卒崇禎自盡亡了其失政太陰用日言其宮庭日天運有轉移胡天亂無象日水故來然綠林煙巳燔則言房退衰衰明興無日也自永見作作時徐注綠林見大漢行新市何徐注敵當作燒熾當作焰燔昔謀方言坐免也閼火燄盛也實明之亡也雖當時無光武之中興猶得京師而綠林山中如下江風馬武之流乘時而起已有反情者也

山海關 徐注

芒芒碣石東此關自天作 徐注 粵惟中山王經營始開拓 有注 東支 徐注 作 限重門幽州截垠堮

徐注 前海彌浩溔 徐注 後嶺橫岝崿 徐注 綵峯爲周垣 徐注 蒼山爲鎖鑰 徐注 緬思開創初 元作 盖作

時設險（元作猶恃）制東（鈔本作效）索（徐注）中葉狃康娛（徐注）小有千王略（徐注）擁順矢初穿（徐注）

廣寧旗已落（徐注）抱頭化貞逃束手廷弼卻駸駸河以西（徐注）千里屯旣募（徐注）關外修八

城指麾煩內閣（自注 徐注）楊公策二凶（自注 徐注）東西立羅郛（徐注）時稱節鎮雄頗折氣校惡（徐注）

神京旣顚隕國勢靡所託（徐注）啓關（鈔本作辮頭）元帥降（元本有注蒙吳三桂）歃血名王（元本作寅王）

諾自此來域中（徐注）土崩無關格（徐注）海燕春乳樓塞（潘校徐本作胡 校）塵晚（潘鈔本均作朧）

飛泊（徐注）七廟竟爲灰六州難鑄錯（徐注）

節案此詩作於順治十六年己亥是年亭林四十七歲其先寄弟紓及友人江南詩曰出關每使行花時讀友揚下岱望夫石詩曰

敍遼瀋前春事畢此詩曰海燕春乳檐胡塵晚飛泊則此詩作於己亥春間也是年二月明桂王出奔至緬甸明之國土滿洲歸並

而有之僅朱成功尚駐軍廈門張煌言尚駐軍舟山耳詩曰自此來域中土崩無關格捍禦也蓋痛也考漢書地理志右北平郡驪

成縣大碣石山在縣西南又遼西郡絫縣有碣石水讀史方輿紀要撫寧縣漢驪成縣地又爲海陽縣有絫縣城西明史志地理撫寧

[illegible]

人而食至父子夫婦相牽就屠百姓惟願出城一戰而金王地終遺外援不許民乃轉爲清民耳目詩所謂種瘡力亦一洞者瑞靜也遺

史又言譬相爲人陰爲方附順明徵內占情盛欲待四方有起者而自立觀亭林詩引光武引先主以正其實則知遺史之言非遺

也徐注未揭出此旨遂令漢道作中微以下作意未明故補闡出之

流轉 徐謂、案先生自乙酉以後、展轉江浙之境、於今五年、至此乃欲北至中原、故詩首自序云、炎武之游四方十有八年、亦以此年爲始也、

卷二

流轉吳會間、何地爲吾土、登高望九州、極目皆榛莽、徐案、極目句、元本作還瞻盡戎虜、寒潮盪落

日、雜遝魚蝦舞、飢烏晚未棲、弦月陰猶吐、晨上北固樓、慨然涕如雨、稍稍去鬢毛、改容作

商賈、卻念五年來、守此良辛苦、元譜、時怨家有欲陷先生者、乃變衣冠、僞作商賈、游金陵、故流轉詩云、改容作商賈、

畏途窮水陸、仇讎在門戶、故鄉不可宿、飄然去其宇、往往歷關梁、又不避城府、丈夫志四

方、一節亦奚取、毋爲小人資、委肉投餓虎、浩然思中原、誓言向江滸、功名會有時、杖策追

[illegible]

重規先生有道：承贈大著顧亭林詩發微

鉤沈抽印本均已收到，拜讀之下，欽佩無已。憶張

二十年前留學北平，入北大，曾得順德黃晦聞顧詩

講義鉛印本一冊，是書多論大義，而於亭林亡國之痛

難言之隱，略有闡發，篇幅不多，而所說甚精，未可

一二言之。惟所據仍止二孫校本，除此似未見別本也。

且但聞端為書成，乃竟忽下世，為可惜耳。張久藏

篋中，今取檢視，要其未與，因溯前塵，良為悵惘。至

於大作暢論全集，較黃氏尤進數步，固無論矣。偶

有核鶡聊為注往，聞日紀錄存何年出之人

影印未知，需易端向玄以救援為請

講又此書，因代為奉詢，專此致謝，即頌

撰祉

弟 張樹 頓首

二月廿四日

滄海叢刊書目（一）

國學類

中國學術思想史論叢㈠～㈧	錢　　穆　著
現代中國學術論衡	錢　　穆　著
兩漢經學今古文平議	錢　　穆　著
宋代理學三書隨劄	錢　　穆　著

哲學類

國父道德言論類輯	陳立夫　著
文化哲學講錄㈠～㈤	鄔昆如　著
哲學與思想	王曉波　著
內心悅樂之源泉	吳經熊　著
知識、理性與生命	孫寶琛　著
語言哲學	劉福增　著
哲學演講錄	吳　　怡　著
後設倫理學之基本問題	黃慧英　著
日本近代哲學思想史	江日新　譯
比較哲學與文化㈠㈡	吳　　森　著
從西方哲學到禪佛教——哲學與宗教一集	傅偉勳　著
批判的繼承與創造的發展——哲學與宗教二集	傅偉勳　著
「文化中國」與中國文化——哲學與宗教三集	傅偉勳　著
從創造的詮釋學到大乘佛學——哲學與宗教四集	傅偉勳　著
中國哲學與懷德海	東海大學哲學研究所主編
人生十論	錢　　穆　著
湖上閒思錄	錢　　穆　著
晚學盲言(上)(下)	錢　　穆　著
愛的哲學	蘇昌美　著
是與非	張身華　譯
邁向未來的哲學思考	項退結　著
逍遙的莊子	吳　　怡　著
莊子新注（內篇）	陳冠學　著
莊子的生命哲學	葉海煙　著
墨家的哲學方法	鐘友聯　著
韓非子析論	謝雲飛　著

韓非子的哲學	王邦雄 著
法家哲學	姚蒸民 著
中國法家哲學	王讚源 著
二程學管見	張永儁 著
王陽明——中國十六世紀的唯心主義哲學家	張君勱原著、江日新中譯
王船山人性史哲學之研究	林安梧 著
西洋百位哲學家	鄔昆如 著
西洋哲學十二講	鄔昆如 著
希臘哲學趣談	鄔昆如 著
近代哲學趣談	鄔昆如 著
現代哲學述評㈠	傅佩榮編譯
中國十九世紀思想史(上)(下)	韋政通 著
存有・意識與實踐——熊十力《新唯識論》之詮釋與重建	林安梧 著
先秦諸子論叢	康端正 著
先秦諸子論叢(續編)	康端正 著
周易與儒道墨	張立文 著
孔學漫談	余家菊 著
中國近代哲學思想的展開	張立文 著
近代哲學趣談	鄔昆如 著
現代哲學趣談	鄔昆如 著
宗教類	
天人之際	李杏邨 著
佛學研究	周中一 著
佛學思想新論	楊惠南 著
現代佛學原理	鄭金德 著
絕對與圓融——佛教思想論集	霍韜晦 著
佛學研究指南	關世謙 譯
當代學人談佛教	楊惠南編著
從傳統到現代——佛教倫理與現代社會	傅偉勳主編
簡明佛學概論	于凌波 著
修多羅頌歌	陳慧劍 著
禪話	周中一 著

自然科學類

異時空裡的知識追求
——科學史與科學哲學論文集 傅大爲 著

社會科學類

中國古代游藝史——樂舞百戲與社會生活之研究 李建民 著
憲法論叢 鄭彥棻 著
憲法論衡 荆知仁 著
國家論 薩孟武 譯
中國歷代政治得失 錢穆 著
先秦政治思想史 梁啟超原著、賈馥茗標點
當代中國與民主 周陽山 著
釣魚政治學 鄭赤琰 著
政治與文化 吳俊才 著
中國現代軍事史 劉馥著、梅寅生 譯
世界局勢與中國文化 錢穆 著
海峽兩岸社會之比較 蔡文輝 著
印度文化十八篇 糜文開 著
美國的公民教育 陳光輝 譯
美國社會與美國華僑 蔡文輝 著
文化與教育 錢穆 著
開放社會的教育 葉學志 著
經營力的時代 青野豐作著、白龍芽 譯
大眾傳播的挑戰 石永貴 著
傳播研究補白 彭家發 著
「時代」的經驗 汪琪、彭家發 著
書法心理學 高尚仁 著
清代科舉 劉兆璸 著
排外與中國政治 廖光生 著
中國文化路向問題的新檢討 勞思光 著
立足臺灣，關懷大陸 韋政通 著
開放的多元化社會 楊國樞 著
臺灣人口與社會發展 李文朗 著
日本社會的結構 福武直原著、王世雄 譯
財經文存 王作榮 著
財經時論 楊道淮 著

史地類

古史地理論叢	錢　穆　著
歷史與文化論叢	錢　穆　著
中國史學發微	錢　穆　著
中國歷史研究法	錢　穆　著
中國歷史精神	錢　穆　著
憂患與史學	杜維運　著
與西方史家論中國史學	杜維運　著
清代史學與史家	杜維運　著
中西古代史學比較	杜維運　著
歷史與人物	吳相湘　著
共產國際與中國革命	郭恒鈺　著
抗日戰史論集	劉鳳翰　著
盧溝橋事變	李雲漢　著
歷史講演集	張玉法　著
老臺灣	陳冠學　著
臺灣史與臺灣人	王曉波　著
變調的馬賽曲	蔡百銓　譯
黃　帝	錢　穆　著
孔子傳	錢　穆　著
宋儒風範	董金裕　著
增訂弘一大師年譜	林子青　著
精忠岳飛傳	李　安　著
唐玄奘三藏傳史彙編	釋光中　編
一顆永不殞落的巨星	釋光中　著
新亞遺鐸	錢　穆　著
困勉強狷八十年	陶百川　著
我的創造・倡建與服務	陳立夫　著
我生之旅	方　治　著

語文類

文學與音律	謝雲飛　著
中國文字學	潘重規　著
中國聲韻學	潘重規、陳紹棠　著
詩經研讀指導	裴普賢　著
莊子及其文學	黃錦鋐　著
離騷九歌九章淺釋	繆天華　著

陶淵明評論	李辰冬 著
鍾嶸詩歌美學	羅立乾 著
杜甫作品繫年	李辰冬 著
唐宋詩詞選——詩選之部	巴壺天 編
唐宋詩詞選——詞選之部	巴壺天 編
清眞詞研究	王支洪 著
苕華詞與人間詞話述評	王宗樂 著
元曲六大家	應裕康、王忠林 著
四說論叢	羅盤 著
漢賦史論	簡宗梧 著
紅樓夢的文學價值	羅德湛 著
紅樓夢與中華文化	周汝昌 著
紅樓夢研究	王關仕 著
中國文學論叢	錢穆 著
牛李黨爭與唐代文學	傅錫壬 著
迦陵談詩二集	葉嘉瑩 著
西洋兒童文學史	葉詠琍 著
一九八四	George Orwell 原著 劉紹銘 譯
文學原理	趙滋蕃 著
文學新論	李辰冬 著
分析文學	陳啟佑 著
解讀現代、後現代——文化空間與生活空間的思索	葉維廉 著
中西文學關係研究	王潤華 著
魯迅小說新論	王潤華 著
比較文學的墾拓在臺灣	古添洪、陳慧樺 主編
從比較神話到文學	古添洪、陳慧樺 主編
神話即文學	陳炳良等 譯
現代文學評論	亞菁 著
現代散文新風貌	楊昌年 著
現代散文欣賞	鄭明娳 著
實用文纂	姜超嶽 著
增訂江皋集	吳俊升 著
孟武自選文集	薩孟武 著
藍天白雲集	梁容若 著
野草詞	韋瀚章 著

野草詞總集　章瀚章 著
李韶歌詞集　李韶 著
石頭的研究　戴天 著
留不住的航渡　葉維廉 著
三十年詩　葉維廉 著
寫作是藝術　張秀亞 著
讀書與生活　琦君 著
文開隨筆　糜文開 著
印度文學歷代名著選(上)(下)　糜文開編著
城市筆記　也斯 著
歐羅巴的蘆笛　葉維廉 著
移向成熟的年齡1987～1992詩　葉維廉 著
一個中國的海　葉維廉 著
尋索：藝術與人生　葉維廉 著
山外有山　李英豪 著
知識之劍　陳鼎環 著
還鄉夢的幻滅　賴景瑚 著
葫蘆・再見　鄭明娳 著
大地之歌　大地詩社 編
往日旋律　幼柏 著
鼓瑟集　幼柏 著
耕心散文集　耕心 著
女兵自傳　謝冰瑩 著
抗戰日記　謝冰瑩 著
給青年朋友的信(上)(下)　謝冰瑩 著
冰瑩書柬　謝冰瑩 著
我在日本　謝冰瑩 著
大漢心聲　張起鈞 著
人生小語㈠～㈣　何秀煌 著
記憶裏有一個小窗　何秀煌 著
回首叫雲飛起　羊令野 著
康莊有待　向陽 著
湍流偶拾　繆天華 著
文學之旅　蕭傳文 著
文學邊緣　周玉山 著
文學徘徊　周玉山 著